時空最強自衛隊 下

ニューヨークの大和

遙　士伸

コスミック文庫

この作品は二〇一一年六月に小社より刊行された『異時空自衛隊』を再編集し、改訂・改題したものです。

なお本書はフィクションであり、登場する人物、団体等は、現実の個人、団体、国家等とは一切関係のないことを明記します。

第一部　ハワイ大海戦・米艦隊の逆襲（後）

「旧史」と同じく、日本陸軍は暴走を始めてしまったのか。それを止める術はあるのか、ないのか。

交差する二つの世界は、自らの手で自らを滅ぼす悲劇に向かってひた走る。日本対全世界の戦争は、また新たな局面を迎えようとしていた。

過ぎたこと、ではない。これから起こること、でもない。これは今の、目の前の現実なのだ。

罪を断罪するべき者が、逆に罪を背負う立場になったとき、歴史は……。

第一章　激闘、インド洋

一九四六年六月一九日　ハワイ・オアフ島

オアフ島はとりあえず落ちつきを取り戻していた。

一週間前、日本は海空にわたってアメリカの大戦力を撃退し、ハワイ奪回というアメリカの目論見《もくろみ》を完膚なきまでに打ち砕いた。

太平洋イコール日本海という図式は変わることなく、第二次ハワイ沖海戦と命名された一連の海空戦は、逆にそれをあらためて全世界に知らしめる材料にさえなった。

真珠湾の工廠や浮ドック、それに工作船などでは傷ついた艦艇の修理に今も奔走していたが、大規模な敵の反抗は当面ないだろうとの予測の下、オアフ島を流れる風は幾分穏やかなものに変わっていた。

しかし、内陸のヒッカム飛行場に隣接する航空自衛隊の仮設司令部の空気は重かった。

オアフ島には敵一個機動部隊の艦載機とアメリカ本土から長駆飛来した戦略爆撃機の大編隊が押し寄せたが、航空自衛隊と陸海軍の邀撃《ようげき》飛行隊は、早期発見と効率的な管制、誘導によって、オアフ島の空を守りきった。

ここでAWACS（Airborne Warning and Control System＝空中早期警戒管制機）や海上自衛隊のイージス護衛艦との連携が効いたことは言うまでもない。

ここオアフ島最大のヒッカム飛行場に落とされた爆弾や浴びせられた銃弾はただの一発もなく、当然損害も皆無だった。だが、その一方で、未帰還機四機、戦死者三名という事実は、人命をなによりも重視する自衛隊にとっては痛手だった。もちろん、一〇〇〇機、一〇〇隻を超える航空機と艦艇が入り乱れる規模の戦闘からすれば、むしろ人的損失は少なかったと言えるかもしれない。

しかし、特にオアフ島に展開する航空自衛隊第七航空団第二〇四飛行隊の飛行隊長鳥山五郎二等空佐が戦死したという知らせは、関係者に大きな衝撃を与えたのだった。二〇四空のパイロットの表情は、明らかに暗かった。

鳥山はイエス・マン的な性格のため上の命令を絶対と考える一方、部下の意見を汲んだりするタイプではなく、はっきり言って人望のある上司とは言い難かったが、それでも指揮官戦死というのは、階級社会である自衛隊においてはこの上なく重い事件であった。二〇四空にとっては、半年前の中東輸送作戦に続いての殉職者ということでなおさらであった。

その二〇四空に所属する敏腕パイロットである山田直幸《なおゆき》一等空尉は、エプロンからやや離れた安全な一画で、一人空を眺めていた。アラート（対領空侵犯措置任務）から解放されてはいたものの、山田の心中もまた穏やかなものではなかった。

（これが戦争といえば、それまでだが）

現実はやはりシビアなものであった。圧倒的な戦力差があったとしても、一〇〇パーセントの完勝はありえない。それをまざまざと見せつけられた第二次ハワイ沖海戦だったのだ。

それを頭では理解していても、気持ちの中に受け入れられない自分がいる。

こんな落ちつかない気分のときは、ジェットのエンジン音を聞いているのが一番だ。胸に巣食うもやもやしたものを吹き飛ばしてくれる。これもパイロットの性《さが》というものだろう。

そして、山田にはもう一つ……。

山田はポケットから、一葉の写真を取りだした。妻の香子と一人息子の風也《ふうや》が微笑みかけている。

「香子《きょうこ》、風也……」

山田にとっての、生きる支えだった。

生き延びる。そして、二人のところに帰る。そういった執念にも近い気持ちを、山田は再び呼び覚ました。

この戦争の行く末がどうなるのか、この戦争がいつまで続くのか、それらは二の次だ。もう一度、二人を抱きしめたい。そのためには絶対に死ぬわけにはいかない。なんとしてでも生き延びる。元の世界に戻る手段が見つかるまでは、国を蹂躙《じゅうりん》させるわけにはいかない。

それが、山田の戦う目的だった。

オアフ島上空には、戦時には似つかわしくないほど澄みきった青空が広がっていた。

それは、今後に見いだせる希望を表わしたものだと、山田は信じたかった。

同日　硫黄島

第二次ハワイ沖海戦大勝の報告は、硫黄島に残存する自衛隊留守部隊にも届いていた。

自分たちが開発した無人兵器が活躍したとの知らせに喜ぶ部下たちを横目に、防衛省技術研究本部先端技術推進センター所属の山田智則《とものり》二等陸佐の表情は、「当然だ」とばかりに変わらなかった。

山田が気になることは、一つだけであった。

核兵器開発に必要となる濃縮ウランが入手できるか。それだけだ。材料がなければ、山田が進めている先端兵器の開発はおぼつかない。時空転移の再現試験もままならなくなる。山田は毎日二四時間、吉報を待ち続けた。

山田の要請も後押しして、目下、日本陸軍は朝鮮半島で血眼《ちまなこ》になってウラン鉱石の発掘を続けているらしい。

「二佐。東京からです」

「来たか」

山田は無線電話に飛びついた。

だが……、山田の表情がみるみる曇っていく。

「それはできません。ただでさえ貴重な材料を。……ええ、ええ、それはそうでしょうが。……とにかく自分はその考えには賛同しかねます。どうしてもというならば、自分ではなくほかをあたってください！」

山田は叩きつけるように無線を切った。

先端科学者であるゆえの苦悩と核を取り扱う者としての誇りと責任――弟の直幸と違って全精力を研究開発に叩きつけてきた智則だったが、そのぶん、自身の仕事に対するプライドや信念も並大抵のものではなかった。たとえ上層部の命令であったにしても、気に入らないものはきっぱりと断わる智則だったのだ。

しかし、ここで智則は一蹴したつもりだったが、日本を、自衛隊を取りまく情勢から、智則自身も逃れられるわけがなかった。

個人の意思とはまったく関係のないところで、歴史は流れていく。運命という巨大な渦は、知らず知らずのうちに智則を飲み込み、束縛しつつあったのだ。

一九四六年六月二六日　セイロン

同じ暑さでも、ハワイとセイロンとではまるで異質のものだった。

ハワイはもともとアメリカ本土からのリゾート客でにぎわう観光地というイメージがあるせいか、実際の気温が高くても比較的それを柔和に感じさせる雰囲気があるが、セイロンはまるで違う。

インド洋に浮かぶセイロン島は、ハワイに比べて桁違《けたちが》いに未開の土地といっていい。

たしかに海はきれいで、色とりどりの魚や野鳥が行き交う自然の宝庫であった。

しかしそれは反面、居住に適した土地が少なく、野獣や毒蛇が巣食うジャングルに覆われた場所であることを意味しているのだ。つまり、端的に言って、訪れる者が良い印象を持つのは最初だけであり、感じる暑さは酷暑と呼べる不快なものでしかなかった。

そして、流れる風も決して清浄なものではない。

インド洋の東西を臨むという地理的環境から、ここセイロンは戦略的な要衝であり、自然の意思とはまったく無関係に硝煙と血の臭いが混じった風が島内を吹き続けていたのである。

内火艇は、艦の右舷に接舷した。

南洋の青々とした海面を下にしながら、男は舷梯に足をかけた。

でかい。さすがに日本海軍でも最大とされる艦だと思う。

それまで乗っていた重巡『利根』も決して小さな艦ではなかったが、この見あげる高さにはさすがに圧倒感を覚えさせられる。

これまで何度か目にしたことがある艦ではあったが、実際に乗艦するのは初めてであった。

しかも、メイン・マストには艦隊旗艦らしく燦然と将旗も翻《ひるがえ》っている。

男は一歩一歩高揚感を味わうようにして、舷梯を昇りはじめた。

しばらく行くと、巨大な主砲塔が視界に入ってきた。これもでかい。そして、驚くべきはその砲塔から突きでた太く長い砲身だ。大人がすっぽりそのまま入ってしまいそうなそれは、大日本帝国海軍が世界で唯一保持する口径五一センチの巨砲だったのだ。

「戦艦『土佐』にようこそ！」

いっせいに踵《きびす》を揃えて敬礼する士官と下士官に対して、男――前重巡『利根』副長、現第一艦隊司令部砲術参謀の藤原修三《しゅうぞう》中佐は、傲慢《ごうまん》に胸を反らせて答礼した。

自分はついにここに来た。一介の重巡の副長から海軍の花形といえる第一艦隊の参謀職への異動は、文字どおり栄転といっていい。強欲ともいえる出世欲に満ちていた藤原としては、万感《ばんかん》の思いだった。

艦隊旗艦にふさわしく、『土佐』の甲板は鏡のように光りかがやいていた。新鋭艦らしく、錆や汚れといったものもほとんど見られない。艦内に入れば、真新しい塗料の臭いさえする雰囲気だった。

防御面や運用上の制約から、主砲を連装三基に抑制して大和型戦艦と同等のサイズにまとめられた土佐型戦艦だが、それでも世界最大の戦闘艦ということは揺るぎない事実である。

その圧倒的な威容は、藤原の胸をおおいに高鳴らせていた。

「長官や艦長がお待ちです。こちらへどうぞ」

「うむ」

大尉の階級章を付けた士官に案内されて、藤原は艦内に向かった。

後ろから、「直れ！」の号令とともに、敬礼の腕を振りおろして踵を打ち鳴らす小気味良い音が聞こえた。

司令長官三川軍一《みかわぐんいち》大将、参謀長鶴岡信道《のぶみち》少将以下艦隊司令部の幕僚たちと、戦艦『土佐』艦長山澄貞次郎《やまずみていじろう》大佐が『土佐』の長官公室で藤原を待ち受けていた。

土佐型戦艦は大和型戦艦の艦体を流用して設計された艦であるがゆえに、艦内構造もほぼ等しい。長官室、長官私室と並んで設けられた公室も立派なつくりで、調度品も整えられていた。これも日本海軍の余裕がなせるわざといえる。劣勢な戦いが続けば艦内の可燃物はいっさいが運びだされ、艦内はペンキも剝《は》がされた鋼材剝《む》きだしの殺風景なものになっていたであろう。

しかし今や、日本海軍は優勢続きなのだ。

そもそも資材に余裕がなければ見栄もはれないところだが、それでも艦内の装飾には大日本帝国の隆盛ぶりが反映されていた。

「海軍中佐藤原修三、第一艦隊司令部砲術参謀就任の命を受け、本日着任いたしました！」

「ご苦労。座ってよし」

「はっ。ありがとうございます」

三川に促されて、藤原は腰を下ろした。

知らず知らずのうちに緊張していたようだ。身体はがちがちで、肩が痛い。手足もかすかに震えている。

「まあ、かたいことは抜きにしていこうか。なあ、参謀長」

藤原の緊張を見越してか、三川が傍《かたわ》らの鶴岡を一瞥《いちべつ》してにやりと笑った。

「ハワイでの活躍、聞いているぞ。砲術参謀」

三川は藤原の反応を確かめるように言った。

「空母を含む敵艦四隻を単独で撃沈。共同で五隻を撃沈破したとか。たいした戦果じゃないか。貴官の敢闘精神と勝機を逃さない積極果敢な判断が、大きく貢献した結果だと聞いている」

三川は大きくという部分に語気を強めた。

「ありがとうございます」

「俺もソロモンで派手な戦果を挙げたつもりだったが、すっかり霞《かす》んでしまったよ」

「水上艦隊を率いれば我が海軍一といわれる三川長官に、そうおっしゃっていただけるとは光栄です」

藤原の双眸《そうぼう》には自信が蘇っていた。緊張も徐々に薄れ、野心家たる爛々《らんらん》とした眼光が瞳の奥から発せられている。

「貴官は、かねてから我が艦隊司令部への転属を希望していたとか」

「はい。そのとおりであります！」

鶴岡の質問に、藤原は即答した。

「第一艦隊といえば、我が海軍の中では花形中の花形です。下士官、兵のみならず、士官が希望するのも当然だと自分は考えます」

「正直だな、貴官は」

あまりにストレートな物言いに呆気《あっけ》にとられる鶴岡をよそに、三川は莞爾《かんじ》と笑った。

「まあな。そういった貴官の希望と我が艦隊の希望とが合致したわけだ。こちらとしても、優秀な参謀はぜひとも欲しかったからな」

「ありがとうございます」

その後、藤原はインド洋方面の戦況について説明を受けた。

インド＝ビルマ国境の陸戦は、日本陸軍がイギリスやドイツなどの欧州連合軍を押し込み、インド領内に踏み込んで戦っていること、海軍は当面その支援にはまわらずに、インド洋の制海権確保に努めること、それを脅かすべく欧州艦隊がアフリカ東岸のマダガスカルまで進出し、近々セイロンに向けて進撃してくるであろうこと、欧州艦隊はイギリス、フランス、イタリアの合同艦隊と思われること、などである。

「いよいよ来ますか、欧州の敵も」

「陸戦で押されぎみの敵は、その劣勢挽回の意味も含めて艦隊を派遣せざるをえまい。また、攻撃のタイミングとしては今を逃すとほかにないしな」

「たしかに」

鶴岡の言葉に、藤原はうなずいた。

日本海軍は、質量とも世界最良といえる保有艦艇を、大きく四つの艦隊に分けて運用している。水上打撃艦隊の第一、第二艦隊と、空母を主体とする機動部隊である第一航空艦隊と第二航空艦隊である。

敵にしてみれば、第二次ハワイ沖海戦を戦った第二艦隊と第二航空艦隊の各艦が損傷修理や整備補給に入っている今こそ、狙い目だ。

逆にこれらまでインド洋に進出してくれば、いくら欧州の艦隊が束になってかかろうとも勝ち目はない。言い換えれば、今を逃せば進撃の機会は永久に失われる可能性もあるということだ。

「本来ならば、アメリカのハワイ攻撃に呼応して同時襲撃としたかったのだろうが、足並みを揃えるのに時間がかかったのかもしれんな」

「そこが、各国の寄せ集めならではの悲しい事情というところだろう」

鶴岡の言葉に、三川が嘲笑《ちょうしょう》混じりに言った。

「どのみち、我が軍は二正面作戦を想定していた。それなりの戦力もある。我が一艦隊のほかにも一航艦だっているからな。心配は無用だ」

三川は自信満々に言いきった。

「さて、ハワイの戦《いくさ》から二週間ではほとんど休む間もなかっただろう。今日はゆっくり休んでくれ。またすぐに忙しくなる」

「はっ！」

三川の言葉に姿勢を正す藤原だったが、その表情には不敵な笑みが躍っていた。

二週間前、オアフ島沖でアメリカ太平洋艦隊相手に大勝を味わい、今度は欧州の合同艦隊を迎える。

日本海軍の主力中の主力である第一艦隊の砲術参謀として、自分は勝つ。負けるわけがない。

藤原の胸中は、自信にあふれかえっていた。

今度の海戦にも勝ち、貢献度大と認められれば出世は間違いない。連合艦隊司令長官直々の感謝状と二階級特進も夢ではないかもしれないと、藤原は舞いあがった。

大日本帝国の繁栄ぶりは、今の藤原にぴったりと当てはまっていた。

このとき、藤原修三海軍中佐の人生は絶頂期にあったのである。

同日　インド

第二次ハワイ沖海戦大勝の知らせは、陸戦にも好影響を与えていた。

どこの国でも、どの時代でも、陸軍と海軍、あるいは空軍の仲が悪いというのは定説となっていたが、やはり「勝った」という知らせは確実に士気を高めた。

「俺も続くぞ」

「海軍に負けていられるか」

そういった意気込みで、日本陸軍は各戦線で奮闘していた。

そして、その好影響は陸上自衛隊に対しても同じだった。

「空自が一〇〇機単位の敵機を蹴散らした」「海自が敵艦隊主力を撃破した」と聞かされて、血が騒がない者などいない。

この時点で、自衛隊員の間では、「なぜ戦うのか」「戦わなくて済む方法はないのか」といった疑問はすでに一掃されていた。

また、戦う目的も「自分たちの食料や医薬品など生活の場を得るため」という消極的な目的から、「国を守る」「敵を倒す」といった積極的な目的に昇華しつつあった。

タイム・トラベルという不慮の事故に遭遇しての不安や戸惑いは、いざ戦争となった瞬間に本格的な防衛心と闘争心に変わったり、戦いに集中し没頭していく中で雑念として消し飛んでいったりしたのだ。

陸上自衛隊北部方面隊第七師団第七二戦車連隊第三中隊第二小隊長、森雅也《まさや》三等陸尉も、完全にその一人だった。

「正面に敵二両、ファイア！　すぐ横、照準！　ファイア。……撃破！　いいぞ」

森は満足感に浸っていた。

開戦の引き金を引いたのはイギリス軍を中心とする欧州軍だったが、日本陸軍はすぐさま反撃に転じ、逆に欧州軍をビルマ＝インド国境から追い払った。

陸上自衛隊と旧陸軍との合同部隊は、その後積極防衛の名目でインド領内に進出し、現在は北緯二二度、東経八七度のカラグプルに達していた。「旧史」では考えられない快進撃である。

インド東部のカラグプルは、ベンガル湾沿岸部と内陸の高地とに進む道が分かれる交通の要所であった。

また、前者には鉄の、後者にはボーキサイトの産出地が控えており、日本陸軍と政府にはそれらを手中にしようとする野心を持つ勢力が芽生えつつあった。

それどころか、連戦連勝に将兵の士気は高く、戦意は旺盛で、「このままインド全土の制圧を」などと言いだす者まで出る始末だ。

森もそういった壮大な言動を繰り返す張本人だった。

事実、第七二戦車連隊の前には敵らしい敵もいないようなものだったのだが……。

「第二小隊、突出がすぎるぞ。現時点で進撃中止。繰り返す。現時点で警戒。待機せよ」

上司である第三中隊長江《え》波《なみ》洋輔《ようすけ》一等陸尉の声だった。

「中隊長。お言葉ですが、このまま中央突破できますよ。我々だけでも」

「駄目だ」

江波は言下に退けた。

「(旧)陸軍が追いついてこない。我々は共同戦線を張ってるんだ。勝手な真似は慎まねばならん。先行しての攻撃を命じられているわけじゃないんだからな」

「……了解」

森は胸中で、またかよと悪態を吐いた。

どうもうちの中隊長は消極的すぎる。慎重であるばかりか、常に及び腰になる傾向にあると森は上司を見ていた。

一方、江波も森のことを案じていた。積極性があるのは悪いことではないが、状況把握が不十分で、周囲のことが目に入っていない傾向にある男だと、江波は森の欠点を見抜いていたのだ。

いつかそれが致命的な問題を招かなければよいがと、江波は危惧していた。

そんなときに、UGV（Unmanned Ground Vehicle＝無人陸上車＝陸戦ロボット）スタンド・アローンから緊急映像が送られてきた。どうやら側面から敵襲らしい。

上下に潰された六角形の砲塔は、イギリス軍の巡航戦車MkⅥクルセイダーと判断された。

「中隊長、進みましょう。陸軍も自分たちが知る貧弱な機械化集団ではありません。

自力でも大丈夫ですよ」

たしかに森の言葉にも一理あった。

「旧史」の日本陸軍は、強靭な精神力と鍛えあげた肉体から白兵戦こそ世界一の軍だったかもしれないが、歩兵がぶつかりあって雌雄を決するという戦いはすでに過去のものと化していた。

陸戦は、情報と機械化率、すなわち無線と自動車、そして分厚い装甲と大火力を持つ戦車が、勝敗を決する鍵になっていたのだ。

「旧史」の日本陸軍は、近代陸戦に必要不可欠とされる三種の神器のすべてが欠けていた。

情報に乏《とぼ》しい日本陸軍兵は、強固な敵の正面にただただ銃剣突撃を繰り返して惨敗と玉砕を重ねるだけだったのだが、それにひきかえ、この時代の日本陸軍はこういった視点でも世界屈指の軍だった。

信頼性の高い携帯無線は隅々まで行きわたり、対空レーダーも優秀だ。そして、機甲師団の主力を担う戦車は、長砲身七五ミリ砲を有する走攻守のバランスに優れた五式戦車である。

その五式の隊列を、スタンド・アローンは映しだしていた。

車体の半分ほどを占める大型の砲塔がいかにも頼もしい。

相手がイギリス軍ならば、たしかに互角以上に渡りあえるに違いない。

ましてや、クルセイダーやバレンタインといった旧式戦車ならば一蹴できる。

（いや、駄目だ）

江波はぶるぶると首を振った。

陸上自衛隊と陸軍協調の意味合いからも、自分たちだけが突出するのは大局的に見てマイナスになる。ここは旧陸軍と共同でイギリス軍を追い払うのがベターだと、江波は決断した。

「下がるぞ。二号車、二小隊、ポイント……」

「ミサ！」

聞こえたのは、そこまでだった。

次の瞬間、無線の向こうから不可解な轟音《ごうおん》が押し寄せたからである。

赤外線モニターが、すぐさま後方の熱反応をキャッチする。ミサイルだった。

いやな予感に、江波は呼びかけた。

「二小隊、応答せよ。二小隊！　森、どうした？」

江波の中隊で第二小隊を率いる森は、そのときなにが起きたかわからなかった。とにかく、強烈な轟音と衝撃のために耳鳴りが治まらなかった。一瞬、核攻撃でも食らって冥界入りしたのかとも思ったが、目を開けると自分の手足がはっきりと見える。車体も数メートルは横滑りしたような感覚があったが、計器類は生きていた。

火災などのトラブルもなく、さすがに陸上自衛隊が自信を持って世に送りだした九〇《きゅうまる》だと、あらためて感心した森だった。

「NBC(核生物化学)防御、チェック」

問題ない。いける。ガイガー・カウンターの数字にも異常はない。

「敵影、なし」

ハッチを開いて、森は身をのり出した。

インドの熱気に混ざって、異臭が立ち込めていた。

「!」

そこに横たわっている光景は、予想だにしないものであった。

「森。しっかりしろ!」

愕然として声を失った森の頰を、江波は平手で叩いた。

たしかに衝撃的な光景だった。直径五メートル、深さ三メートルはあろうかというクレーターの脇に、九〇式戦車二両の残骸が転がっていたのだ。

一両は粉々に砕けてスクラップにしか見えない有り様に果てていたが、問題はもう一両だった。車体は前半部がつぶれ、後半部は原型をとどめたまま左に傾いて擱《かく》坐《ざ》している。

その中から首のない遺体が垂れさがっている。車体の裏側からは、黒焦げになった人間の手がうらめしそうに這いでている。

森にとって初めて見る凄惨な光景だった。精神的な動揺と衝撃は大きく、蒼白とした表情で森は立ち尽くしていた。

（列車砲、あるいは弾道ミサイルかなにかか……）

江波が予想したとおり、このとき第七二戦車連隊を襲ったのはナチス・ドイツが開発したV2ロケットだった。

V2は基本的に戦術兵器ではない。命中精度は低く、数をもって都市を焼く戦略兵器の一つなのである。

もちろん誘導機能などあるはずもなく、戦車ほどの目標に向かって発射できる代物ではないのだ。おそらく、その場合の命中率は天文学的に低いものだろう。

列車砲にしても、五十歩百歩だ。

しかし、その万が一のケースが眼前に現出していた。ゼロでない限り、やはりありうるものはありうるのだ。

敵もこちらの撃破を狙って、意図して放ったものではあるまい。

敵味方が接近している戦場では、同士討ちの危険からこの種の攻撃はできず、ただ単なる足止めかあるいは牽制の意味合いで、苦しまぎれに放ったはずだ。

しかし、それが結果的に、前方に突出していた森の小隊を直撃することになったのだ。

森自身は間一髪のところで難を逃れたが、さすがに超音速で降りそそぐ弾道弾には九〇《きゅうまる》も対抗する術《すべ》はなかったのである。

二両が運悪く撃破の憂き目を見たのだから。

「森っ！　森！」

「自分……自分、は、間違っておりました」

激しく呼びかける江波に、放心状態の森はそう答えるのがやっとだった。

一九四六年七月六日　セイロン沖

第一艦隊は、セイロン島の南西一五〇海里付近に展開して敵の来襲に備えていた。

ここでの一五〇海里というのは、敵艦載機の行動半径を考えて弾きだされた数字であった。

やはり大陸国揃いという性格からか、欧州の航空機は概して航続距離が短くなってしまうのである。

また、見かけ上の値では五〇〇海里や六〇〇海里の航続距離があったにしても、フル・スロットルでの飛行や空気抵抗が大きくなる急旋回、急上昇と急降下を多用する戦闘では著《いちじる》しく燃料を消費する。

こういったことから、敵艦載機の空襲を阻止するラインは一五〇海里という決断が下されたのである。一五〇海里を下回れば、敵の空襲を許すことになるからだ。

逆に「敵はなるべく遠方で叩け」という戦闘の鉄則に従うとしても、やたらと根拠地から離れれば、敵に迂回する余裕を与えてしまって捕捉が困難になるのだ。

「ハワイでは例の部隊が先鋒を務めた。それなりの戦果も残したと聞いたが」

「自衛隊、ですね」

第一艦隊司令部参謀長鶴岡信道少将の言葉に、砲術参謀藤原修三中佐が振り向いた。

旗艦『土佐』の昼戦艦橋には、第一艦隊司令部の幕僚たちと、『土佐』の艦長や航海長らがひしめいていた。『土佐』の艦橋は日本海軍の艦艇の中でも最大の大きさだったが、それでもこれだけの頭数が揃うと窮屈さは拭えなかった。

外気のあまりの高さもあって普通の艦艇なら不快感で思考も鈍るところだが、『土佐』の空調は完璧だった。

汗ひとつないさっぱりとした顔で、藤原は答えた。

「彼らがもたらす先進兵器が海戦を有利に運んだことは確かです。ですが」

藤原は語気を強めた。

「結局、敵艦隊と雌雄を決したのは我が海軍であり、第二艦隊であるのも確かです。そもそも一年前に、我々はアメリカと欧州を打倒したという実績があります。一敗地にまみれた者が再び向かってこようとも、返り討ちにするまでです」

「砲術参謀の言うとおりだ。我が第一艦隊は、世界最強を謳われる我が海軍の中でも最精鋭を自負する艦隊だ。当然、それに見合う戦力も預かっている。欧州の三流艦隊など、ひとひねりにしてやるというくらいのつもりで臨めばいい。万一などという敗北主義的思想はかけらもいらん」

「はっ」

三川の言葉に藤原が短く応じた。

鶴岡はなにかを言いたそうな顔をしたが、それを口にすることはなかった。楽観的かつ自信過剰な三川に異議を唱えたかったのだろうが、軍において上司批判はタブーだ。戦闘を直前にした今、いらぬいざこざを起こしてはなおさらマイナスだろうと自重したのである。

セイロン沖には海上自衛隊の護衛艦や潜水艦も、航空自衛隊の戦闘機もいない。純粋な日本対欧州の戦いであった。

「敵艦隊の戦力を再確認しておこうか」

「はっ」

三川の言葉に、鶴岡がうなずいた。

「マダガスカル沖で哨戒中にあたっていた潜水艦の報告によりますと、敵は戦艦五ないし六、空母二、ほか巡洋艦と駆逐艦が合わせて一〇隻あまりと見積もられています。これは昨日空襲にあたった一航艦の報告とも合致しています」

「一航艦の戦果は、戦艦三を撃沈破だったかな」

「一航艦は、少なくとも戦艦三隻に命中弾を与えて大破炎上させた旨、報告しておりますが、撃沈を確認した例は巡洋艦一と駆逐艦二のみです。となると、敵にはなお四、五隻の戦艦が残っているとみるべきかと」

「そうだろうな」

三川は小さくため息を吐いた。落胆というよりも、ごくあっさりとしたため息だった。

日本海軍は、第二次大戦劈頭《へきとう》にマレー沖でイギリス戦艦『プリンス・オブ・ウェールズ』と巡洋戦艦『リパルス』を航空攻撃で沈め、戦艦が海戦における絶対的存在でないことを証明した。

しかし、そこで海戦の主役が一気に航空機に取って代わるという予想が妄想にすぎなかったと、徐々に判明していったのだ。

日本をはじめ各国の海軍は、戦艦などの水上艦艇の水中防御を強化するとともに、注排水能力の拡充と細分化、消火・排煙設備の増強と運用を徹底的に研究し、損害対処能力を飛躍的に向上させていた。

また、「航空機の最大の敵は航空機である」という「目には目を」の発想によって、艦隊上空には常に直衛の戦闘機が多数張りつくようになり、艦隊の運用そのものが変わっていった。

つまり、海空の戦力が有機的に連動して複雑化してきたのだ。

そうなると、ただでさえ分厚い装甲を持つ戦艦を航空機で撃沈するのは甚《はなは》だ困難になっていった。単独ではひ弱な航空機による攻撃は、いたずらに損害ばかりが膨張し、被害甚大、戦果僅少《きんしょう》と戒められる見方も多かったのだ。

特に航空攻撃の失敗は、機体の損耗以上にパイロットの損失が問題だった。

たしかに航空攻撃は、戦艦の主砲弾以上により離れた目標を、より正確に攻撃することが可能であるが、それを操るパイロットの養成には多大な費用と時間がかかった。

そこで、日本海軍をはじめとする各国海軍の艦載機は戦闘機偏重の傾向になり、「航空打撃力」という意味では空母の価値は一歩も二歩も後退していた。

そういった海戦様式の流れと長年の大艦巨砲主義に染まった三川は、「そんな艦隊になど、さほど期待していない」と言わんばかりの顔をしていたのだ。

「欧州の戦艦は、概して砲力は抑えめです」

三川の雰囲気に加勢するかのように、藤原が言った。

「イギリスの戦艦にしても、フランス、イタリアの戦艦にしても、我が国やアメリカの戦艦に比べますと砲力は一段も二段も劣ります。イギリスのライオンクラスは口径一六インチの砲を持ちますが、ほかは一五インチ以下です。当然、威力もそれ相応のものと思われます」

「最大で長門型と同等ということか」

三川はせせら笑った。

「欧州は、前大戦でも本格的な艦隊戦は経験していないために、艦の発展も止まったままなのでしょう」

「そんな貧弱な艦隊など、取るに足らんだろう。『土佐』や『尾張』なら、二隻や三隻容易に相手どれる。第四戦隊をあわてて呼ぶ必要もあるまい」

第四戦隊というのは、伊勢型戦艦の『伊勢』『日向』の二隻から成る戦隊である。三五・六センチ砲一二門の砲力はともかく、最大二五ノットの速力と連装主砲六門が艦全体に散らばった配置は、今となっては考えられない設計であった。

艦齢三〇年という旧式艦ゆえのことだが、現代海戦の機動力に対応できず、また被弾時に深刻な損害を被る危険性が高いということは、致命的な欠点と言える。

インド洋方面に配備された戦艦は『土佐』と『尾張』のほかこの二隻だったのだ

が、三川はこの二隻を戸塚道太郎中将率いる第一航空艦隊に預けて、自身は『土佐』『尾張』の最新鋭戦艦二隻で敵を迎え撃つつもりだったのである。

もっとも、低速であるという欠点は空母に随伴する点でも大きな欠点であり、一航艦もその扱いには苦慮していたらしいが……。

「敵の艦隊編成はいびつですな。護衛艦艇の数が少なすぎる」

鶴岡が首を傾《かし》げた。

日米海軍の常識であれば、戦艦や空母といった大型艦艇に対して巡洋艦や駆逐艦を倍は付けるのが普通であった。ところが、出現した敵艦隊はそれがせいぜい同数であり、極めて大型艦の比率が高い。これでは高速の水雷艇や駆逐艦に対応するのは難しいのではないかというのが、鶴岡の感想だったのだ。

「欧州の三流海軍は、艦隊のなんたるかもろくに知らんということだろう。戦艦を造るのがやっとで、そのほかには手が回らなかったのかもしれん。どのみち」

三川は余裕しゃくしゃくといった笑みを見せた。

「質量とも我が艦隊が圧倒している。問題はなかろう」

「それはそうですが」

鶴岡は押し黙った。

第一艦隊には、最新鋭の伊吹型重巡二隻と、重武装で知られる歴戦の高雄型重巡二隻、そして艦齢二年に満たない阿賀野型軽巡三番艦『酒匂《さかわ》』に率いられた一個水雷戦隊一六隻の駆逐艦がある。もちろん、これらの駆逐艦も艦齢五年未満の新鋭艦揃いだ。

たしかに申し分ない戦力ではあったのだが、司令部内に垣間見える慢心と驕《おご》りに、鶴岡は不安を覚えてならなかったのだ。

「来るでしょうか、敵は。まっすぐ向かってくれば、そろそろ見つかってもいいころかと」

現在時刻は〇八〇〇《まるはちまるまる》。

すでに太陽は水平線を遠く離れ、朝の柔らかかった日差しはぎらつく太陽光に変わっている。薄紫色だった海面も目の覚めるような濃紺に変わり、南洋の深い海といった雰囲気を漂わせている。

「空襲の危険性を避けたり、夜陰に紛れたり、ということを考えるならば、敵にとっては夜戦を選ぶのも可と考えますが」

「来ますよ、敵は。ここでまごまごしていても、敵にとっては不利な材料ばかりでしょう。補給の心配もあるし、増援が来るわけでもない」

「陸戦支援という敵の目的からすれば、セイロンを攻撃してあわよくば占領までという期待があるだろう。となれば、あまり小細工もできんのではないかな」

藤原の言葉に、三川が続いた。

（そう単純にいくだろうか？）

鶴岡の不信は、いっそう募るだけだった。

たしかに敵の目的は、自分たち艦隊の捕捉、撃滅以上に、セイロン攻撃なのかもしれない。セイロンを奪えば、敵はインド洋に大きな楔《くさび》を打ち込み、陸路だけではなく海路でもインド東部に物資補給が可能になる。最悪でもセイロンの港湾機能を潰すことができれば、日本艦隊を遠くベンガル湾東部のアンダマン諸島まで退却させることができる。セイロンとは、それだけ戦略的価値が高い要衝なのだ。

だが、セイロンを攻撃する前に、自分たち艦隊や航空隊が手薬煉《てぐすね》をひいて待ち構えていることは百も承知のはずだ。

昨日、一航艦の空襲で実害を出してもいる。それを承知でわき目もふらずにセイロンに向けて突進するのでは、いかにも無策ではないか。

夜戦を仕掛けてこちらの艦隊に打撃を与え、あらためてセイロンを攻撃して攻略を目指すという各個撃破こそ、敵の取りうる手段ではないか。

敵の立場にたって分析する鶴岡だったが、報告はそれを裏切る内容でもたらされた。

「『尾張』二号機より入電。敵艦隊発見せり。戦四、巡三、駆逐艦多数。針路〇八《まるはち》〇《まる》。位置、東経……」

「なに!?」

鶴岡は弾かれるように海図を手にし、台上に広げた。

「近いな」

海図を覗き込む藤原が、白い歯を見せてつぶやく。

敵艦隊は予想以上に至近にいた。距離はもう七〇海里そこそこといったところだ。

おそらく『尾張』二号機は、行きは空振りで、帰投中に敵艦隊に出くわしたのだろう。時刻からもそう考えるのが妥当だ。

それにしても、敵は迂回などまったく考えずに突っ込んできたのだろうかと、鶴岡はこの至近距離を理解しかねていた。

「なあに。理由はどうあれ、白昼堂々挑戦状を叩きつけられたようなものだ。謹《つつし》んでお受けしてやろうじゃないか」

三川の言葉に、藤原が大きくうなずく。

「敵は夜戦に自信がないために、あえて昼戦を挑んできたのかもしれません」

「その無謀な選択を、あの世で後悔させてくれる。一航艦へ打電！」

三川は口端を吊りあげた。

「『手出し無用。貴艦隊は制空権確保に専念されたし』、各艦に発光信号。『突撃、我に続け』だ」

本来、一航艦への命令権はない三川だったが、勢いそのままに退けて海戦にひた走ったのだった。

敵艦隊との七〇海里という距離は、水上艦隊にとっても近距離である。

砲戦開始を二〇海里とすれば、互いに二五ノットで進んだ場合、一時間後には砲戦圏内に敵を捉えられる。敵がとどまっていたにしても、二時間で砲戦開始となるわけだ。

生粋の大艦巨砲主義者である三川や藤原が、血沸き肉躍るのも無理はなかった。

「機関最大出力。両舷前進全速！」

『土佐』艦長山澄貞次郎大佐が、機関室に直結した受話器に向かって怒鳴る。機関室では、機関長の復唱の下に各機関員が次々に全力運転の準備に入っているはずだ。

早くも艦底から伝わるうなりが高まってくる。次第に凪は流れ、艦首から飛び散る飛沫が量を増す。艦首波は錨甲板《いかりかんぱん》に達しはじめ、第一主砲塔前の波除板にぶち当たっては左右の海面に帰結していく。

『土佐』が征き、『尾張』が続く。

左右を固めるのは第六戦隊と第七戦隊の重巡四隻だ。右舷に第六戦隊の『伊吹』『生駒』、左舷に第七戦隊の『高雄』と『摩耶』が付き従っている。

『伊吹』と『生駒』は『土佐』『尾張』と歩調を合わせるように竣工した新鋭重巡である。最上型重巡をベースに通信設備の拡充と雷装の強化をはかった改最上型といえる艦型で、今回が初陣だ。

第七戦隊の高雄型重巡二隻は、前大戦を戦い抜いた歴戦の艦である。僚艦の『愛宕』と『鳥海』が太平洋上に失われたために『高雄』と『摩耶』の二隻の戦隊になってしまったが、強力なアメリカ艦隊相手に数々の武勲を立ててきた功績は海軍内でも評価が高い。戦国時代の城郭のような大型で重厚な艦橋構造物の二艦は、まさに戦乱の世を勝ち抜いた戦国大名を思わせる。

「一水戦。先行します」

鶴岡の声に、三川は無言でうなずいた。

阿賀野型軽巡四番艦『酒匂』に率いられた一六隻の駆逐艦が、波間を飛びはねながら『土佐』と『尾張』を追い抜いていく。いつもながら、露払いは駆逐艦の役目だ。

会敵は、それから一時間あまり後のことだった。

「右舷前方、水平線にマスト！」

見張員の報告に、『土佐』艦上の第一艦隊司令部の面々はいっせいに顔を跳ねあげた。

思い思いに目を凝らすが、それらしきものは見出せない。やはり練達の見張員の眼力は伊達ではないようだ。

「艦長。電探室は？」

鶴岡に促されて、山澄が高声電話の受話器を取る。二言三言会話して、首を横に振る。

いつもならば、見張員と電探室との報告にはさほど間がない。早朝、夕刻、夜間など見とおしの悪いときなどは、電探の探知性能が見張員の目視能力をはるかに上回るのだが、それが現在、電探は敵を捉えられないという。

「風とうねりか……」

　しばらく海上を見渡して、鶴岡はうめいた。

　電探は人間の目と違って、水塊と艦《ふね》との見分けがつかないことが多い。冷徹に物の存在を見極められる反面、上下に大きく動揺する波浪の中だと艦の痕跡を見出せないのだ。

（人の目も、まだ馬鹿にならんか）

　電探をはじめとする電子機器の発展は、人の目に頼っていた部分を大幅に補完し、またそれ以上の成果をもたらしてきた。それによって海戦様式は劇的に変わったが、今なおそれら電子機器も万能ではないということになる。

　機器の性能を過信すると手痛い目に遭いかねないと、再認識させられた鶴岡だった。

「第一戦隊。針路三二〇《さんふたまる》！」

　三川が大きく右舷を指差して命じた。

「左砲戦用意」という藤原の声が続く。

　機先を制して勝利をつかむという、意気込みが込められた二人の命令だった。

　敵の面前に躍りでて、あわよくばT字射撃を浴びせる。悪くても、敵の正面突破は許さない。そういった戦術の選択だった。

「長官。ただちに砲戦開始といきましょう」

「敵との距離は？」

「現在、四万メートルです」

「四万？　少し遠すぎないか」

藤原と三川の会話に、鶴岡が割って入った。

土佐型戦艦の四五口径五一センチ砲は、文句なしに世界最大史上最強の艦砲である。

艦砲がこのような肥大化を進めてきた理由はなにか？

答えは、より遠くの敵に、より強力な砲弾を叩きつけるためである。その結果として、土佐型戦艦の五一センチ砲は、その口径に比例して最大射程も四万八〇〇〇メートルという途方もない値を示していた。やろうと思えば、完全なる超水平線射撃が可能ということだ。つまり、見えない敵も撃つことができるのだ。

だが、撃つことができるということと、当てることができるということとは根本的に異なる。砲弾が遠方に届いたにしても、それが標的に当たらなければ意味がないのだ。標的が水平線の陰や間際にいるからなおさらである。

光学測距では三角測量が抱える根本的な誤差の問題があり、レーダーにしても地球の丸みから電波の到達距離には限界があるため、信頼性も薄れてくる。

こういった点を補うために、後年の長距離SSM(Surface to Surface Missile=艦対艦ミサイル)では、GPS(Global Positioning System=全地球測位システム)や哨戒ヘリの観測データを用いるのである。

「長官。この『土佐』や『大和』が建造された最大の理由は、敵の射程圏外から一方的に痛打を浴びせるためです。それを忘れてはなりません」

「やたらと撃っても、無駄弾ばかりでは意味があるまい」

「それは聞き捨てならないお言葉ではありませんか、参謀長。参謀長は我が練達の砲術科員の腕を疑うとおっしゃるのですか?」

「そうではない」

あくまで強引に押しきろうとする藤原に、鶴岡はうんざりした顔で言った。

「それほどの遠距離では、敵を正確に捉えられまい。いかに熟練した砲術科員をもってしても、暗闇の中の影を追うようではいかんともし難いだろう」

「測的の問題は、観測機を出せば解決できます!」

藤原は紅潮した顔で叫んだ。

航海術を専門にしてきた鶴岡に対して、藤原の表情は、「砲術に関しては任せてもらう」「余計なことを口出しするな」といったものだった。

「よし」

三川が言いかけたところで、鶴岡はなお食いさがった。

「一戦隊が大遠距離砲戦に入るとすれば、六、七戦隊は遊兵と化します。この二戦隊には突撃を命じたいと思いますが、よろしいですね」

鶴岡は厳然とした表情で、三川に迫った。

これはもう譲れない。そんな内心の思いが喉元から言葉になって出てきたようなものだった。

「よかろう」

三川は意外にもあっさりと了承した。

『土佐』と『尾張』に比べれば、主砲口径が半分にも満たない重巡になどはじめから期待していない。なげやりにも見える三川の返答は、そういうことに違いなかった。

それを見越して、鶴岡は続けた。

「六、七戦隊には一万（メートル）以内まで接近させ、雷撃を主に攻撃するよう命じます」

「第一戦隊、左砲戦。砲撃開始！」

「第六、第七戦隊は突撃！　砲雷同時戦で敵を撃滅せよ」

『土佐』の探照灯が明滅して『尾張』に発光信号を送るとともに、重巡『伊吹』『高雄』の第六、第七戦隊司令部に命令電が飛んだ。

ここにセイロン沖海戦と後に呼ばれることになる、大日本帝国と欧州連合艦隊との海戦の幕が切っておとされたのだった。


「第五射、全遠。続けて第六射」

鶴岡の懸念どおり、『土佐』『尾張』の砲弾はむなしく虚海を抉《えぐ》りつづけるばかり。はじめはそのくらいは折り込み済みだと高《たか》を括《くく》っていた三川も藤原も、さすがに七射、八射となるころには表情が変わってくる。

拍車をかけたのは、敵艦隊の転舵だった。『土佐』の砲術長が第六射を命じたところで、敵は取舵に転舵して同航戦に入ってきたのだ。さすがに敵も、このまま撃たれっぱなしで各個撃破されたのではたまらないと思ったのだろう。

しかし、この敵艦隊の大回頭によって、照準はすべて一からの出なおしになることになる。

『土佐』『尾張』の艦橋上部の射撃指揮所では、標的の上下左右の動揺に合わせるため俯仰手と旋回手が必死の追尾作業を行なっているはずだが、重量一・八トンにおよぶ巨弾はいたずらに海面を突き破り続けるだけだった。

「第一二射、撃《て》っ！」

「弾着五秒前……二、一、遠、遠、遠、全遠！」

「砲術。なにをしとるか！」

「我が海軍一の主砲を預かる者として、恥ずかしいと思わんか！」

「測的、真剣に！」

「やる気があるのか！　気合が足らんのだ」

ついには精神論まで飛びだす三川と藤原だったが、砲術科員を責めるのは筋違いである。

いくら手順どおりの作業をむらなくこなそうとも、大遠距離であるがために不確定要素が多く、撃つほうとしては（撃たれるほうでも）どうしようもない変動要素が悪影響を及ぼしていたのである。

砲弾飛翔中の気温、気圧、風速、風向、そして湿度の変化などがそれだ。これらはいかに測的を完璧にこなして装塡と発射を正確に行なおうとも、補えるものではない。つまり、原理的に無理があるのだ。

「長官。三万五〇〇〇まで（距離を）詰めましょう。それでも敵にしてみれば大遠距離です。優位は保てます」

「……………」

「……やむをえませんな」

三川は無言で藤原に視線を流したが、しばし間を置いてから今度は唇をへの字にした藤原が答えた。

戦術的判断というよりは、自分たちのメンツを考えての二人のやりとりだった。自分たちの選択と指示が誤りだったと認めたくはないが、これ以上失態を晒《さら》したほうが恥になると考えた末のことであろう。

「第一戦隊、取舵一五度。『土佐』を起点にして、逐次回頭」

三川はしぶしぶ命じた。

「敵との距離、三《さん》、七《なな》、〇《まる》……三、六、〇……」

『土佐』と『尾張』は一時的に射撃を中止したが、敵もまだ撃たない。皮肉になるが、『土佐』『尾張』の射程がいかに隔絶したものかを示す光景であった。

「敵も詰めてきましたね」

山澄が言った。

『土佐』『尾張』が取舵をきって敵に艦首を向けたが、敵も同様に面舵をきって艦首を向けてきたらしい。

これまでとは違って、距離が詰まるのが早い。ちょうど八の字を遡《さかのぼ》るような彼我の態勢といっていい。

敵にしてみても、いくら命中しないとはいえ一方的に撃たれるままでは状況を打開できないため、自分たちの距離に持ち込んで、数を利して勝機を見出すべく狙いだろう。

そうなる前に決着をつけねばならない。

「距離。三《さん》、五《ご》、〇《まる》！」

「撃ち方はじめ！」

山澄の号令を受けて、『土佐』の五一センチ砲が再び紅蓮《ぐれん》の炎を噴きだした。轟然たる砲声が海上を震わすが、それは『土佐』が雄叫びをあげて敵に殴りかかったかのようだった。

やや遅れて、『尾張』も続く。一〇〇〇メートル離れた後ろでのわずか三門の試射だが、炎の照りかえしに『土佐』の艦体が真っ赤に輝いている。これは、見方を変えれば、周辺一帯を焼き尽くす火を吐く怪物といったところだ。

一射、そして二射……続けての空振りにため息が漏れる『土佐』の昼戦艦橋だったが、やはり距離を詰めた効果は顕著だった。

「第三射弾着。……夾叉《きょうさ》しました！」

待望の報告がもたらされた瞬間、第一艦隊司令部の重苦しかった空気が一変した。

三川は片方の、藤原は両方の拳を握りしめ、それを軽く振りあげたほどだ。

「一斉撃ち方！」

砲術長の怒声が飛んで、ついにそのときが訪れた。口径五〇センチを超える空前の巨砲の全力射撃である。

各砲塔二発ずつ、計六発の巨弾が砲身に込められる。

砲塔下部の弾庫から揚弾筒をとおして砲室にあがった砲弾が、換装筒を経て装塡盤にのせられる。

換装筒とは、立った状態の砲弾を横向きに倒すためのものである。大和型戦艦以来、大重量がゆえに縦に並べて砲弾を保管していた。

装塡機が前進し、装塡盤にあがった砲弾を砲身内に押し込む。

砲弾重量があるぶん、それを撃ちだすための装薬も桁違いだ。

ひと袋あたり五五キログラムの装薬が、次々と砲身尾部の薬室に吸い込まれていく。

装薬を押し込んだランマーを素早く引き抜き、尾栓を締めて、装塡完了だ。

「一番主砲塔、装塡よし」

「二番主砲塔、装塡よし」

「三番主砲塔、装塡よし」

「撃《て》っ！」

次の瞬間、この世の終わりとでも形容すべきものすごい轟音が海上に響き渡った。

発砲の反動と衝撃が容赦なく艦内を貫き、軽い脳震盪と耳鳴りが乗組員を襲う。

繰り返し浴びたら、本当に死んでしまうのではないかと感じさせるほどのものだ。

実際、そうだろう。砲口から放たれた爆風と衝撃波のために、砲身が指向した海面は数百メートル先まで白く断ちわられた状態になっているのだ。人がいれば、間違いなく即死だ。水雷艇程度の小艦であれば、それだけで横転し沈没するかもしれない。

第一斉射の弾着を待たずに、すぐさま第二斉射に入る。

給弾ラインはほぼ自動化されている土佐型戦艦であるが、やはり重量一・八トンという大重量の砲弾を動かすには時間がかかる。

一分近い時間を経て、ようやく装填完了の報告があがった。が、もちろんそれでも第一斉射の弾着よりは早い。

「第二斉射、撃《て》っ！」

あまりの轟音と衝撃に、艦がばらばらになってしまうのではないかという錯覚を覚えさせながら、『土佐』は第二斉射、第三斉射を放った。

だが……。

「なぜ当たらない！」

三川の声は、明らかに怒気を含んでいた。

せっかく夾叉にこぎつけたと思ったのに、第二斉射、第三斉射とも弾着に進歩がないのだ。六発の巨弾は敵艦の前後左右を取りかこむものの、巨大な水柱を立ちあげるだけなのだ。いつまで経っても、命中の痕跡は見られないのである。まばゆい閃光も、天に突きたつ火柱もなく、巨弾はただただ海面を抉りつつづけるだけであった。

『尾張』にいたっては、いまだに夾叉弾すら得られずに照準を繰り返しているようだ。

（門数か！）

なぜこんな単純なことに気づかなかったのだろうかと、鶴岡は目を瞬いた。

艦砲射撃は、自艦から放った複数の砲弾が着弾する範囲——散布界内に敵を捉えて、その中で何発かの命中弾を得るという公算射撃の一種だ。

つまり、命中弾数は単純な確率の問題になる。

仮に一八発に一発の割合、すなわち五・五パーセントの確率で命中弾が得られると仮定すると、主砲九門を備える艦は二射で命中弾一発を得ることができるが、主砲六門の『土佐』は三射してようやく一発の命中弾を得る計算になるのだ。

それに運不運の不確定要素を加えれば、さらに確率が下がることもありうる。

ことここに及んで、訓練と実戦は違うと思い知らされた気分の鶴岡だった。

正直なところ、四六センチや五一センチの主砲弾は充分すぎるほど高価なものなのだ。主砲斉射いくらで航空機、という飛行機屋たちの揶揄《やゆ》も嘘ではないのである。

したがって、どうしても実弾射撃の訓練は控えがちになる。夾叉すればよし。同じ目標に繰り返し命中弾を何発送り込んだかなどという、シビアな判定を行なうことは稀《まれ》である。

当たり前のことを当たり前と気づかない。いや、そうとはわかっていても、それを実感せずに対策らしい対策を講じないまま今日に至ってしまった自分たちに甘さがあった。

痛恨の極みに、鶴岡は唇を噛み締めながら、むなしく立ちあがる水柱を見つめていた。

「ええい。なにをしている！」

三川と同じく苛立《いらだ》ちを抑えきれずにいた藤原が絶叫する。

逆に敵艦は水塊に翻弄《ほんろう》されながらも距離を詰め、ついにその砲口に発砲の炎を宿らせた。

「敵艦、発砲！」

三川と藤原の頬が引きつった。こんなはずではなかった。自分たちは悪い夢でも見ているのではないか。これはなにかの冗談ではないのかと、訴えかける目であった。

そして、驚いたことに敵の弾着は予想をはるかに超えて近かった。

「う……」

弾着の瞬間、三川は言葉にならないうめきを上げた。

もっとも近い敵弾は、『土佐』の鼻先に落下した。三川の目には、白熱化した弾頭が目の前をかすめたように映ったほどだ。

集弾位置も悪くはない。夾叉こそしていないものの、敵の散布界の中心は五〇〇メートルと離れていないかもしれない。

「『尾張』が！」

悲鳴のような見張員の声に、三川は振り返った。

『土佐』に後続する『尾張』の手前にも水柱が林立している。こちらも夾叉こそしていないが、かなり近くに見える。一部は至近弾にすら数えられそうなものだ。

また、それに加えて数そのものが多い。敵は二番艦以下も『尾張』に集中射をかけたのかもしれない。これでは遠からずして敵は夾叉弾を得られるだろう。下手をすれば、『尾張』はいきなり命中弾を食らう可能性だってある。

「ありえん。ありえん」

(世界一と自負してきた自分たちの砲術が、三流と蔑んできた欧州の艦隊に劣るだと……)

藤原はうつろな眼差《まなざ》しで、うわ言のように繰り返した。顔からは血の気が失せ、狼狽した視線は落ちつく気配すらない。

そこに追い討ちをかける報告が届いた。

「セイロン守備隊より入電。『我、空襲を受く。敵は小型の単発機。付近に敵空母がいる模様』」

(しまった!)

第一艦隊司令部に戦慄が走った。

敵は自分たちと同様に、水上部隊と空母機動部隊とを分けていた。昨夜中にひそかに艦隊を二分し、空母機動部隊だけが迂回しつつ全速でセイロンを急襲したに違いない。猪突猛進してきたかに見えた水上部隊は、囮《おとり》だった可能性すらある。

そう考えれば、すべてつじつまが合う。

昨日まで敵艦隊は一群として行動していたこと、敵艦隊の空母は二隻しか確認されておらず一航艦のような空母中心で艦隊を組むには数が不足していると見られたこと、の二点から、当然、敵空母は艦隊直衛の専門艦だろうと決めつけて考えていた自分たちが甘かった。

その考えが大きな誤りであったことが、セイロン空襲ではっきりと示されたのだ。

「一航艦より入電。『我、セイロン救援に向かう』」

「……………」

「長官！」

硬直している三川に、鶴岡は身体を向けた。

「一航艦に任せましょう。セイロンには基地航空隊もおります。ここで二兎を追う愚は避けるべきです。彼らの奮戦に期待しましょう」

どのみち航空機の速力に比べれば、いかに全速で飛ばしたとしても、艦隊の速力などたかが知れている。あわてて戻ったところで、もはや敵のセイロン空襲を防ぐことはできない。

運よく敵機動部隊を捕捉できたにしても、散々セイロンに爆弾を叩きつけた後の、からの艦隊を潰せるだけだ。下手をすれば、こちらが迷走している間に、今度は敵水上部隊がセイロンに突入してこないとも限らない。

それに、第一艦隊は目の前の戦いだけでも精一杯なのだ。ここは状況をよく考えて、前を見つめるべきではないか。

「長官！」

「……そう、だな。このまま砲戦を継続する」

鶴岡に気おされて、三川はようやく現実に立ち返った。

「第二射、来る！」

三川は身構えた。

宙を引き裂く甲高い風切音が、轟音になって押し寄せてきた。それが極大に達したと思うや否や、艦首を黒い影がかすめた。

「し、至近(弾)!」

海面が弾ける音、弾着の轟音、立ちのぼる水柱の水音など、雑多な音が洪水になって押し寄せてきて見張員の報告を妨げる。

左舷艦首に落下した至近弾は、艦首を巻き込むようにして水柱を突きたてていた。

艦首に戴いた菊花紋章や艦首旗竿を濁流が襲い、艦首の左右張り出し部や主錨《しゆびよう》にぶち当たった水塊は白濁して四方八方に飛び散っていく。

水中爆発の衝撃も、不気味に足元から伝わってきた。

基準排水量六万四〇〇〇トンを誇る巨艦の『土佐』がこれしきのことで沈むわけがないが、溶接部の境界線やリベット止めの継ぎ目といった部分にダメージは着実に蓄積されていく。衝撃が繰り返されれば、そういった部分に亀裂と脱落が生じて思わぬ被害に広がる可能性だってある。

それに、敵の主砲は『土佐』や『尾張』に比べて軽量小型だから一発あたりの破壊力は比較にならないが、発射速度は格段に早いはず。下手をすれば、『土佐』『尾張』が一発撃つ間に二発飛んでくる覚悟も必要だ。

「『尾張』、夾叉されました」

悲痛な報告に、三川は険しい表情で再度振り返った。屹立する水柱が『尾張』の艦影を隠している。

口径一六インチ弾や一五インチ弾を一発や二発食らったとしても、『尾張』が戦闘能力を失うことはない。『土佐』『尾張』の土佐型戦艦は、大和型戦艦と同じく対四六センチ弾防御が施されており、決戦距離での四六センチ砲の砲撃に耐える強固な装甲を持っているのだ。

だが、それも弾薬庫や機関部といった主要部分を囲むバイタル・パートでの話である。電探、測距儀、艦橋構造物、そして副砲、高角砲などの非装甲部はブリキ細工のように潰されていくことだろう。

そうなると小艦艇の襲撃や空襲にも対応できなくなり、後のちの展開に重大な影響を及ぼしかねない。しかも、『尾張』には敵戦艦三隻の砲撃が集中しているのだ。

「早くしろ」

「なにをもたもたしている」

汗ばむ額を拭いながら三川と藤原の視線が山澄に集中するが、山澄個人の問題でどうなるというものでもない。ここは砲術科員のいっそうの奮起に期待するしかないのだ。

だが……。

「ん？」

それからしばらくして、鶴岡は異変に気づいた。

せっかく照準が定まってきたというのに、敵の砲撃がやんでいる。はじめは一斉撃ち方に切り替える準備のためだろうと思ったが、それにしては間が開きすぎている。

「敵艦隊、隊列乱れています。一番艦、面舵に転舵。二番艦、取舵に転舵」

報告の声もどこか不思議そうな色を帯びたものだった。

「そうか！　六、七戦隊が……」

鶴岡がはっとして叫んだとき、敵二番艦の手前に高々とした水柱が噴きあがった。

白濁した水柱は、太さ、高さとも尋常ではない。軽々と敵戦艦のマストを超えて天に向かって突き伸びていく。

土佐型戦艦の五一センチ砲でも不可能な、そんなことをできるのは世界広しといえどもただ一つしかないはず。

直径六一センチ、炸薬量七八〇キログラム、駛走距離四八ノットで一万五〇〇〇メートル、純粋酸素を燃焼ガスとした無雷跡を誇る酸素魚雷だ。炸薬量、駛走距離、どれをとっても各国海軍の三倍を超える第六、第七戦隊の雷撃が、敵戦艦群を襲ったのだ。

「敵二番艦に命中一！」

「敵三番艦にも命中！」

最終的に水柱は三本を数えた。

第六、第七戦隊の重巡四隻、計三二射線で三本、命中率九・四パーセントという結果は決して高いものではなかったが、それでも第一戦隊にとっては充分な援護だった。

あわてふためいている速力の衰えた敵戦艦に、『土佐』と『尾張』の巨弾が降りそそぐ。

「命中です！　敵一番艦に命中一！」

待ちに待った報告だった。

「よし！」

「よおし！」

「(やった)た！」

三川や藤原をはじめ、『土佐』の昼戦艦橋につめた多くが目の色を変えて口走った。このときをどれだけ待ち望んでいたことか。

命中を告げる見張員の声も、完全に裏返っている。

「命中の報告はまだか、まだ当たったところは見えんのか」という刺すような視線を浴び続けた緊張から解放され、安堵感にへたり込みそうな心境でもあったろう。

『土佐』の命中弾を受けた敵一番艦は、艦尾から激しく黒煙を噴きあげて停止していた。艦体は右舷に傾斜し、こちらに上甲板を晒す格好になっている。

炎と黒煙にさいなまれているが、箱型の艦橋と三基の主砲塔、それにイギリス戦艦に多い海面に切りたった艦首が認められる。イギリス海軍の主力だったキング・ジョージV級の拡大改良型であるライオン級戦艦の特徴である。

(ライオン級か)

敵の艦型も確認せずに戦っていたことを、鶴岡もここにきてようやく思いいたった。それだけ自分たちに焦りがあった証拠に違いない。

ライオン級戦艦は、一九二七年竣工のネルソン級以来の一六インチ砲を採用し、それに応じた最大三八一ミリの防御装甲も備えていたが、さすがに五一センチ(二

○インチ）弾の命中にはひとたまりもなかったようだ。
おそらく『土佐』の放った重量一・八トンの五一センチ弾は、主甲帯を難なく貫いて機関部に達して炸裂したのだと思われる。

主機、缶、推進軸、あるいはそれらをまとめて吹き飛ばされたライオン級戦艦は、一瞬にして推進力を失い、停止したのだろう。

艦内の浸水も深刻なようだ。右傾斜が激しく、もはや砲撃どころではなくなっている。今ごろ艦内は奔流と化した海水が席巻し、艦を海底に向けて沈下させるべく活動しているに違いない。

「敵一番艦、沈黙！」

どうだとばかりに、三川は鶴岡に向けて振り返った。

一発当たればどうということはない。これこそ大艦巨砲の真髄である。そんな言葉を刻んでいる三川の表情であった。ついさっきまでの焦燥にかられた顔が一変していたのである。

「敵二番艦、大火災！」

「敵三番艦に目標変更！」

活気づく第一艦隊司令部の中で各々の目が爛々と輝いていた。

「もはや訓練に等しいですな」

敵戦艦の二番艦以下は六一センチ酸素魚雷を一発ずつ食らっており、浸水と傾斜復元のための注水、一部缶室、機械室の損傷などによって速力を大幅に減じていた。長さ二〇メートルにわたって艦首をもぎとられた敵三番艦などは、もはやよろめくような低速になっていた。機関が無事でも、前から押し寄せる海水圧に内部の防水隔壁が耐えられないのだ。

「リシュリュー級か」

鶴岡は停止寸前の敵三番艦に視線を向けていた。

双眼鏡のレンズをとおして見る敵三番艦は、艦首を除けばまだ原型ははっきりしていた。

前部に集中配置された四連装の主砲塔二基と、フランスらしい優雅なまとまりを感じさせる艦橋構造物と煙突などがはっきりと見える。フランス海軍が現在保有する唯一の戦艦であった。

だが、それを破滅に追い込まんと、『土佐』の巨弾がなおも殺到していく。

一発は背負い式に装備された第二主砲塔を襲った。

前盾《まえたて》と天蓋《てんがい》とのちょうど境界線付近に命中した『土佐』の五一センチ弾は、外鈑の継ぎ目をやすやすと引き裂き、四本の砲身を力任せに引きちぎって放り投げた。二本はくるくると回転しながら海中に投げ捨てられ、一本は高々と宙に跳ねあげられた後、上甲板に突き刺さった。そして残り一本は、こともあろうになりをあげて艦橋上部に飛び込んだ。衝突、摩擦、発熱、溶解、断裂、崩壊……一連の破壊プロセスが瞬時に進行し、金属的叫喚を伴って大小の破片が飛び散った。

全長一七メートルにおよぶ砲身は、艦橋の真横に食い込んだ状態で止まっていた。戦闘艦ながらもフランスらしい美意識に富んでいた『リシュリュー』は、巻物をくわえた盗人のような無様な姿に成り果てていた。

艦中央部からやや後ろ寄りの上甲板に命中した一発は、一五〇ミリの水平装甲を軽々とぶち抜いて艦内部に深々と突き刺さって炸裂した。

すでに運転を停止していたインドルスラ缶はものの見事に爆砕され、高温の蒸気が機関員を蒸し焼きにして絶命させた。

さらに、後甲板に命中した一発は駐機していた水上機をあとかたもなく粉砕するとともに、カタパルトや移動レールをむしり取って金属塊に変えて海中に叩き込んだ。

そして次の斉射で命中した一発が、『リシュリュー』の艦歴に決定的なピリオドをもたらしたのである。

それは第一主砲塔直下の右舷舷側喫水線付近に命中した。

三三〇ミリの舷側装甲は『リシュリュー』が纏《まと》った主防御帯といえたが、現時点で一発あたりの破壊力では紛れもなく世界一といえる『土佐』の五一センチ弾を防ぐには、あまりにも薄弱で脆《もろ》かった。

樹齢一〇〇年の巨木から切りだしたような太く長い巨弾が、轟音とともに舷側を貫いて第一主砲塔の揚弾ラインをぶち抜いた。ここも四一〇ミリという欧州の戦艦では最高クラスの厚さを誇るバーベットが守っているはずだったが、それも『土佐』の五一センチ弾に対しては不十分極まりなかった。

給弾レール、ワイヤー、チェーン、さらにはあっけにとられて固まったり、何事かを知ることなく背を向けていた砲員らすべてを巻き込みながら、巨弾は艦の深部に到達しそこで信管を作動させた。

解放されたエネルギーは圧倒的だった。大小の鋭利な弾片、炎、熱風、衝撃波……爆発による破壊のプロセスがコンマ数秒の単位で進行して、四方八方に拡散していく。

「強い」「硬い」の代名詞であるはずの鋼鉄が水飴のように溶け、一〇〇キロ単位の鋼片が軽々と放り投げられていく。

人も物も関係ない。周辺にあるありとあらゆるものを、断裂、燃焼、溶融、粉砕させ、五一センチ弾炸裂のエネルギーは、終息した。

幸い主砲弾薬庫はすでに注水済みであったために、最悪の誘爆から轟沈へのプロセスを免れることができたものの、『リシュリュー』に引導を渡したのは前部防水隔壁の崩壊と決壊だった。

それまでのしかかる海水圧にかろうじて耐えてきた防水隔壁だったが、この五一センチ弾の命中と炸裂の影響によってそれは脆くも崩れ去った。

海水の奔流は、飢えた者たちが配給の車両に押しかけるがごとく堰をきって、艦の奥へ奥へと入り込んだ。

『リシュリュー』の前傾斜が急激に強まり、数分としないうちに主砲塔が波に洗われ、艦尾のスクリュー・プロペラが海面上に顔を覗かせた。傾斜はますます強まり、大量の気泡と水蒸気で海面を沸きたたせながら、『リシュリュー』はほぼ垂直に艦体を立ちあげて海中に没していった。

第二次大戦初期に、ドイツの電撃的侵攻によって未完成状態で母港を追われ、逃避先のアフリカでは敵の接収を恐れた同胞からの攻撃を受け、さらには第二次大戦後期にはその攻撃をかけた同胞の助けをかりて改装と完成にこぎつけて、フランス海軍唯一の戦艦になった『リシュリュー』——その数奇な運命を辿った艦の最期だった。

「ほかは？」

三川はぐるりと視線をめぐらせた。

予想以上にてこずらされた敵戦艦四隻だったが、巨弾の応酬はぴたりと止《や》んでいる。

敵一番艦と三番艦は『土佐』が沈めたが、敵二番艦の姿も海上にはない。『尾張』の戦果だ。そして、水平線の彼方に向かって遁走《とんそう》していくのが敵四番艦であろう。『尾張』の報告によると、イタリアの旧名『リットリオ』、現名イタリアクラスの戦艦だったということだ。

この艦も機関は無事のようだが、艦体は左に傾斜して濛々《もうもう》とした黒煙を引きずっている。すぐにドック入りしたとしても、戦列に復帰するには一年や二年を要するだろう。

もっとも、それ以前にマダガスカルを経由して本国に帰還できたら、という前提の話だが。

おそらく無理だろうと、鶴岡は思っていた。

艦体の傾斜はどう見ても、五度や一〇度ではない。あのまま傾斜が強まれば横転して沈没するだろうし、傾斜復元のために右舷に過度に海水を取り込めば、それはそれでまた保たないだろう。

あのイタリア級戦艦の命運は、すでに尽きたのだ。

「勝ったな」

三川が誇らしげに言い放った。

結果的には完勝だったが、第一戦隊単独だったら苦戦したというのが正直なところだ。

鶴岡が送り込んだ第六、第七戦隊の雷撃がなければ、砲戦はどう転んだかわからない。

最悪の場合、三川は「未曾有《みぞう》の巨艦を率いながら、自身の戦力を過信して格下に足をすくわれた愚将」という汚名を与えられただろう。また、かの日本海海戦で東郷平八郎率いる日本海軍連合艦隊に完敗したロシア・バルチック艦隊の指揮官ロジェスト・ウェンスキーにちなんで、「日本のロジェスト・ウェンスキー」「第二のロジェスト・ウェンスキー」といった屈辱のレッテルを貼られたかもしれない。

だが、もはやそういったことは三川の頭からはきれいさっぱり吹き飛んでいた。いっとき見せていた不安や焦りの色は完全に消え失せ、目の前の勝利に酔いしれる三川であった。

「一水戦はなお戦闘中ですが、敵の一個駆逐隊が分離行動を始めたとの報告が寄せられております」

鶴岡の報告に、三川は片眉をねじあげた。自分の勝利に、ささいなけちがついたと感じたからであった。

「このへんをうろちょろされると目障りだな」

三川の言葉は、戦略的判断によるものではなかった。

小規模とはいえ、敵が存在することによって、商船が危険に晒されるという通商保護の感覚があったわけでもない。

単に、自分の掌握圏内に敵が残っていることが気に入らなかっただけである。

三川の脳裏に、新たな欲望が湧いていたのだ。

「一個駆逐隊だけならば、敵も引きあげると考えるのが妥当ではないでしょうか」

「どうもな」

納得いかなそうな三川に、鶴岡は続けた。

「仮にその撃滅に動くとしても、もう我々は必要ありますまい。機動性、柔軟性、コスト、どれをとっても一航艦に委ねるべきと考えますが」

「長官！」

鶴岡の進言を飛び越えてきたのは、またも藤原だった。

「敵駆逐艦などなにするものぞ！　欧州の水雷戦隊など、我が軍のそれに比べれば数段劣ります。ましてや『土佐』や『尾張』の巨体を見せれば、撃たずとも逃げだすに決まっております。行きましょう。行って、我が軍の力がどれほどのものか、身の程知らずの欧州の者どもに見せつけてやりましょう。骨身に染みて逃げかえれば、もう二度と連中が戻ってくることはないでしょう」

演説めいた口調で、藤原は続けた。自己陶酔した藤原の表情は興奮して赤らみ、雄弁じみた口からは時折り唾が飛んでいた。

「インド洋は未来永劫、我が国の海になる。長官はそれを実現した偉大な提督として、後世に名を残すことになるのです！」

「そうだな」

三川は、しまりのない笑みを見せた。下唇が欲に緩み、視線も不安定で浮ついているのがありありとわかる。

が、艦隊の最高指揮官は紛れもなく三川である。鶴岡にはなにもすることができない。ここでさらに異論を唱えようとも、反逆罪で退場させられるのは自分なのだ。

何事もなく、さっさと終わってくれ。そう願うしかない鶴岡だったが、それが思わぬ結果を招くとは、この時点では鶴岡をはじめ誰一人として予想していなかった。

「艦影四、真方位二八五《ふたはちご》」

第一戦隊の『土佐』と『尾張』が敵駆逐隊を捉えたのは、それから数時間後だった。

第七戦隊の『高雄』『摩耶』を一水戦の支援に残したため、第一戦隊が伴っているのは第六戦隊の『伊吹』と『生駒』だけだ。

しかし、同じ四隻という隻数とはいえ、敵とは内容が天と地ほどの開きがある。戦艦二隻と重巡二隻の自分たちに対して、敵は駆逐艦四隻である。赤子の手をひねるより易しい戦いだろうと、大多数の者が思っていた。

「見張員。なにか見えんか？」

「駆逐艦らしき小型の艦影が確認できますが、艦型はさだかではありません。もう少し距離が詰まればはっきりしますが」

（まあ、どのみち敵だ）

見張員の返答に、藤原は鼻を鳴らした。

この海域に中立国の商船は存在しない。また、ここまで進出している味方艦もない。したがって、答えはひとつ。いるのはすべて敵と考えて間違いない。

「聞くまでもなかったか」

と藤原は苦笑した。

「主砲を向けよ！」

三川は面白半分に命じた。余裕がありすぎて、演習にも劣る気分だった。

ただ、さすがに発砲までは命じない。小型で速力のある駆逐艦相手では、距離を詰めなければ当たらないのだ。いや、それどころか、脅してやるくらいでちょうどいいと三川は考えたのだった。

ゆっくりと南下する第一戦隊に対して、敵は北上している。反航する態勢だ。

しばらくしても、敵に変化は見られない。

「気づいていないのか？」

「あわてて遁走してもいいはずだが……」

疑問はまったく違う報告に打ち消された。

「敵機来襲！」

「なに!?」

電探室からの報告に、三川は血相を変えて振り返った。

「艦隊からの方位一八〇《ひとはちまる》。距離、一〇〇海里。反応は複数。偵察ではなく空襲です！」

『土佐』の昼戦艦橋がざわめいた。

鶴岡は、やられたといった様子で苦い色を浮かべた。三川と藤原は頬を痙攣《けいれん》させて押し黙った。

敵機は艦隊を追いかけるようにして、迫っている。単なる偶然とは思えない。

不吉な報告は続く。

「敵駆逐隊、変針。向かってきます！」

まったく予想外の展開だった。

駆逐隊という些細《ささい》な敵を追い払うだけの気楽な戦いのはずが、海空からの両面攻撃という由々《ゆゆ》しき事態に様変わりしている。いくら『土佐』『尾張』が大威力の砲を備えていようとも、二者を同時に相手取るのは困難だ。

艦隊上空に直衛機がいれば、どうということはなかったかもしれない。しかしその任務を負うべき第一航空艦隊を、三川は自らセイロン防衛に下げてしまっている。

そして、それでもなお戦闘機が駆けつける余裕があったにもかかわらず、三川はその要請を怠り、第一戦隊と第六戦隊という水上戦に特化した戦力だけで進んできてしまったのだ。

完全な失態だった。

敵駆逐隊の指揮官は願ってもない大物食いのチャンスに、いまごろほくそ笑んでいるに違いない。

これまで、吹けば飛ぶ程度にしか考えていなかった敵駆逐隊が、毒牙を剝きだしにして襲ってくる感覚に、藤原もぎりぎりと歯噛みするだけだった。

「敵駆逐隊との距離は？」

「三万を切りました」

「ぎりぎりだな」

鶴岡は素早く計算して、つぶやいた。

「長官。敵の雷撃距離を五〇〇〇、速力を三三ノットとした場合、敵が雷撃に入るまで二五分。敵機の巡航速度を二〇〇ノットとした場合、三〇分で到達します。ここは敵駆逐隊と距離をとりつつ空襲に備えるべきだと」

「…………」

三川はなお躊躇《ちゅうちょ》していた。駆逐艦ごときすぐにでも潰せるという意識が抜けきらないのかもしれない。

「長官。たしかに一対一であれば、駆逐隊の一つや二つは我が第一戦隊と第六戦隊で一蹴できたかもしれません。ですが、事態は急を要します。我々は上空直衛のない丸裸の艦隊です。駆逐隊を相手どっている間に空襲を受ければ、それこそ一方的に叩かれてしまいます」

「長官」

鶴岡と三川の交互に視線を送って、山澄が歩みでた。

「参謀長の意見に賛成します。ぐずぐずしている時間はありません。各個撃破を狙うために、今すぐにでも動きだすべきです」

「ちょ、ちょっと待ってください。空襲が小規模なものであれば、逃れられるのではありませんか？」

「そんな保証など、どこにもない」

苦しまぎれに異議を唱えようとする藤原に、鶴岡は言下に言った。

「それに、仮に空襲が小規模なものであったにしても、それはそれで空襲をしのいでから駆逐隊にあたればいい。なんだったら、そのままセイロンに帰投してもかまわん」

「そのまま帰投とは……」

「長官！」

「長官！」

藤原にかまわず鶴岡と山澄は三川に迫った。

「………」

「長官。了解ですな！」

業《ごう》を煮やした鶴岡が、宣言するように言った。

反射的に山澄が命じる。

「対空戦闘用意！　総員、配置につけ」

（これが空母の恐ろしさか）

鶴岡は後ろを振り返りながら、胸中でつぶやいた。

（セイロンを襲っていると思ったら、返す刀でこちらに向かってくるとはな）

世界の海軍では、空母は「主役になりきれなかった脇役」というイメージが強い。

撃たれ弱く、消耗も早い。

しかし否定できないのは、その機動力だ。行動半径の広さと柔軟性、それに速さは脅威だ。いかに土佐型戦艦の主砲が長射程であろうとも、航空機はそれが絶対に届かない遠距離から攻撃を仕掛けてくることができるのである。戦闘機という最大の敵がいない今、敵機は好き放題に攻撃をかけられるのである。

(不覚)

鶴岡は今さらながら、自分の見通しの甘さを悔いた。

三川が一航艦を下げようとしたとき、あるいは敵戦艦との砲戦を終えたとき、無理にでも一航艦に上空直衛を要請しておけばよかったのだ。

それをしなかった今、あとは敵の戦力が過少であることを祈るしかない。

回頭する『土佐』の昼戦艦橋から、鶴岡は北の空を見つめていた。

『土佐』が自衛の対空戦闘を開始したのは、それから約二〇分後のことだった。

まず、前部四門の直径五一センチの砲口にまばゆい発砲炎が閃き、それからしばらくして北の空に炎の網がかけられた。発火性の強いリン化合物と無数の焼夷弾子を内包する、日本海軍得意の三式弾の炸裂であった。

『土佐』の五一センチ弾の場合、危害半径は八〇〇〇メートルにもおよぶ。漏斗状に飛び散った焼夷弾子が数千度の灼熱空間を形成して、敵機を焼き尽くすのである。

第一射の余韻が残る間に、『土佐』は二射めの発砲炎を閃かせた。

散開をかける敵機に炎がまとわりつき、それを火球に変えて海面に叩きつける。あるいは巨大な断片が機体を切り裂き、金属の葉っぱに変えて空中にばら撒いていく。

だが、三式弾が期待どおりの効果をあげたのはここまでだった。『土佐』はなお一射を放ったが、その時点になると敵機は充分すぎるくらいに散開していたため、三式弾の火網はもはやざるでしかなくなっていたのである。

『尾張』も似たような状況だ。

(落としたのは、せいぜい十数機。残りは三〇機から四〇機といったところか)

「敵駆逐隊との距離は？」

「七〇〇〇を切ります」

切迫した報告に、鶴岡は低くうなった。

ぎりぎりの局面は続いている。反転し北上する自分たちを追って、敵駆逐隊は全速で追いかけてきている。そして眼前には、爆弾という刀をかざした敵機が猛然と走り寄ってきているのだ。

(進むも戻るも、ましてや留まるのも地獄か。あとは敵編隊の構成が戦闘機主体であることを願うしかないか)

だが、この鶴岡の期待はものの見事に裏切られた。敵機のほぼ全機が高度を上げて急降下爆撃の態勢に入ったからである。

すなわち敵編隊は爆撃機だったのだ。黒々とした塊が、上空で斜め一本棒の隊列を作りはじめる。

(全機爆撃機とは、敵も思いきったことを)

日米海軍の艦載航空隊に比べれば、欧州各国のそれは水上部隊以上に貧弱であった。

そもそもまともな空母を持つのはイギリスくらいのもので、その他のものは日米でいえば護衛空母以下のものぐらいしかない。

そのか細い戦力で戦果を挙げるため、敵も必死なのだろう。ましてや水上部隊が完敗を喫した今、なんとか一矢を報いるべく決死の覚悟で向かってきたのかもしれない。

「撃て。撃ちまくれ!」

砲術長に言われるまでもなく、高角砲と機銃が目一杯仰角をかけて火箭《かせん》を突きあげる。

土佐型戦艦の対空火力は、大和型戦艦と同等の高角砲二四門と機銃一五六挺である。機銃は二五ミリの従来型だが、高角砲は新式の長砲身六五口径一〇センチ砲であり、初速、発射速度とも世界屈指の高角砲であった。

それらが甲高い音を残して、鉄と火薬の暴風を上空に吹きつける。黒褐色の花が咲きみだれ、火花が吹雪のように高空に散っていく。

一機が高角砲の直撃を受けて木っ端微塵に砕け散った。

コクピットを機銃弾に貫かれた一機は、爆弾を抱えたまままっしぐらに海面に激突して果てた。

片翼をもぎとられた一機は、くるくると木の葉のように舞い落ち、着水して飛沫をあげた。

操縦系統のワイヤーを引きちぎられた機は、舵を破壊された艦のように右に右に、あるいは左に左にと傾きながら流れ、主翼の先端が海面に触れると同時にもんどりうって四散した。

「ヘルダイバーか」

鶴岡は再びうめいた。

欧州にはスピットファイアやフォッケウルフといった優秀な戦闘機がある反面、まともな艦上爆撃機などないはずだった。イギリスのブラックバーン・スクアがせいぜいだが、速力と航続距離は日米の艦上爆撃機とは比較にならない低性能だ。

水平爆撃機という点で見てのソードフィッシュやアルバコアなどは、複葉機という第一次大戦の遺物のごとき代物《しろもの》でしかない。さすがにそれでは世界最強の日本海軍には歯が立たないと見たのか、戦場に姿を現わしたのはアメリカ製のカーチスSB2Cヘルダイバーだったのである。

欧州のほうからアメリカに供与を要請したのか、あるいはアメリカが申し出たのかはわからない。速力、機動性、爆弾搭載量、航続距離、どの性能をとっても優秀と呼べるものはなく、どちらかというと駄作機という評判のヘルダイバーだったが、それでも既存の欧州機に比べれば脅威である。

「右舷前方より二機」

「面舵一杯!」

昼戦艦橋から上層の対空指揮所に移った山澄が、あらんかぎりの声を発して命じる。

高角砲と機銃も電探と射撃指揮装置に連動していて今や人に頼る部分は少ないが、操舵はまだ艦長の手腕によるところが大きい。敵機の動きは電探が追尾できても、そこからどう回避するかという判断は今でも人の頭脳に委ねられるのだ。

この部分も後年はコンピューター処理による自動化とシステム処理に置き換えられていくことになるのだが、その実現はまだ先の話である。よって、ここで優劣を決するのは艦長の経験と勘だ。

「左舷、続けて二機！」

「舵戻せ、取舵！」

『土佐』は右に左に海水を押し分けながら、蛇行する。

基準排水量六万トンを超える大艦であるがゆえに、舵の効きは遅い。だが、山澄はその特徴を頭に入れながら早め早めに指示を出し、懸命に操艦を続けた。

至近弾炸裂の衝撃が艦を震わせ、立ちのぼる水柱が舷側をこすって天に伸びる。

一発そしてまた一発と、一〇〇〇ポンド爆弾の炸裂によって海面は沸きかえり、白濁した水柱の間を縫うようにして『土佐』は進む。

高角砲は三秒おきに、機銃はコンマ三秒おきに変わらず火箭を突きあげていくが、ここまで変針を繰り返せば当たるものも当たらなくなる。もはや、対空射撃は牽制の意味合いでしかなかった。

「『尾張』は？」

逼迫《ひっぱく》した形相《ぎょうそう》で、山澄は振り返った。

「！」

『尾張』の姿が屹立《きつりつ》する水柱に隠されていた。

ともすれば轟沈したと疑いたくもなるが、数秒後にはその水柱を突き崩すようにして『尾張』が健在な姿を見せつける。

『土佐』と同様に『尾張』もまた、敵の急降下爆撃に空《くう》を切らせ続けていたのだ。

しかし……。

「左舷二〇度、雷跡！」

「左舷、後ろからも来る！　間に合いません」

（しまった！）

山澄は蒼白として立ち尽くした。

ここまでただの一発も命中弾を許していなかったのは、敵機が散発的に爆撃を仕掛けてきたからだ。

海戦に不慣れな欧州機はこうしたところにも甘さを覗かせていると思っていたが、

それが真実かどうかはともかく、結果的にその散発的攻撃は敵駆逐隊が近づくための時間稼ぎになっていたのである。

それが、偶然か故意か、狙いどおりかたまたまか、そんなことは別として、とにかく敵駆逐隊に追いつかれていたのだ。敵駆逐隊の雷撃が間近に迫っていたのである。

もう、どう舵を切っても間に合わない。十字砲火ならぬ十字雷撃に、『土佐』は見舞われた。

海面を切り裂く白い軌跡が舷側波の中に吸い込まれるように消えた直後、大鐘を打ちつけたような轟音とともに『土佐』は右舷側に大きくのけぞった。

悲鳴と罵声が艦内に渦巻いたが、次の轟音がそれらを飲み込み、かき消した。

連続した衝撃に、山澄の身体は軽々と吹き飛ばされた。

「ぐ……」

側壁に強烈に叩きつけられて消し飛んだ山澄の意識は、そのまま二度と戻ることはなかった。

濛々とした黒煙を噴きあげはじめた『土佐』の後方では、『尾張』が被雷に身震いし、引火した重油が海面を焦がしはじめていた。

第二章　帝国の闇

一九四六年九月六日　山口

航空自衛隊中部航空方面隊司令部補給課長の大門雅史《だいもんまさし》二等空佐は、本州西端の徳山を訪れていた。

徳山は、連合艦隊の母港である呉軍港に近く、海軍の主力となる一大精油地域である。

現在、陸海軍と自衛隊の間では、機密保持や作戦遂行に関する権限や序列に対する協定が結ばれているが、あくまで自衛隊はお客さん的な扱いであった。

悪くいえば、個人の行動の自由も許されておらず、国内といえども自衛隊員は自由きままに動くことができないのである。

今、大門が徳山にいるのも視察が目的であった。

陸海軍にしてみれば、自分たちの領域を好き勝手に歩かれては困るという縄張り意識も働いているのだろう。

大門の徳山視察についてもあれこれ注文をつけて海軍は難色を示してきたが、大門は「先進技術の供与も現状把握が不足していては効果も半減する」「逆につまらない制限をかけて計画が頓挫した場合、貴官は責任を取れるのか」と、脅迫めいた主張までして、担当者を説き伏せたのである。

もちろん、現実的に一人一人に監視がつけられるわけもなく、申告がとおりさえすればあとは自由だ。移動の手段や経費の処理の都合さえつけば、あとはどうにでもなる。

大門はなにか胸騒ぎがしてならなかった。

航空自衛隊のハワイ駐留開始以来二カ月あまりが経過しているが、このところ燃料の供給がたびたび滞《とどこお》って、哨戒飛行や訓練にも支障をきたしかねない状況に近づいてきている。

ハワイ方面の補給責任を負う海軍によると、航空自衛隊が要求する航空燃料はレシプロ機のガソリン燃料と異なるために、設備の数にしろ能力にしろ制約が大きく、大規模に貯油できない状況にあるとのことだった。今後は安定供給に努めるよう、必要な措置を講ずる、とは回答してきている。

もちろん、その内容もあながち嘘ではないだろう。だが、大門はその裏になにかとてつもない重大な問題が隠されているような気がしてならなかった。

第一、航空自衛隊の航空燃料ばかりではなく、占領してゆうに一年以上が経つというのに、ハワイのオイルタンクには空きが目立つ。

北はカムチャツカから南はオーストラリアまで豊富な資源地帯を持つ大日本帝国ならば、その程度の備蓄など軽々と成し遂げられそうなものなのだが。

特にハワイは、太平洋上の最重要ともいえる戦略拠点なのだ。補給の交渉なら東京で用が足りるものを、大門がこうして西日本まで足を運んでいるのは、そういった理由からであった。

現場を見ればなにかがわかるのではないか。できれば燃料廠の作業者と話して現状を詳しく知りたい。自分の目と耳で……。

大門はそう考えていた。

もちろん徳山の燃料廠訪問の理由として、こういったことは伏せてある。表向きの視察の理由は、「原油精製に関する効率化技術導入のための現状確認」である。

元パイロットであり技術屋でもない大門が、こういった理由を持ちだしていること自体、真っ赤な嘘なのだが、海軍は大門の経歴まで調査追及することはなかったため、事なきを得ている。

（うーん、どうもな）

迎えの車中から見る街並みに、大門は首を傾《かし》げた。東京周辺では高層ビルが立ちならび、車の往来も激しかったが、この徳山の街並みは異様であった。

いかにも隙間風がとおりそうな粗末な家が並んでいる。木造というよりも、廃材を拾ってきて自分で建てたような傾いた家々なのだ。

共同生活をしている者も多いのか長屋も目立つし、路地で遊んでいる子供の服装も見るからに貧相だ。ぺらぺらの薄いシャツややぶれたズボンに、ほとんどが裸足なのだから。

（ここはスラム街なのかな）

大門はあえて言葉に出さなかった。

車を運転しているのは、菅井《すがい》泰蔵《たいぞう》と名乗る若い中尉だった。呉鎮守府の長官付き士官のため、ある程度の機密に触れることも許されている者のようだ。

菅井は、ただ言われたとおりにやるだけと、ほとんど口も開かずに黙々と車を動かしているが、用心に越したことはない。

会話の端からでも怪しまれたりするような真似は避けねばならない。案内役兼務と説明されたが、額面どおりにその言葉を受け取ったとしても、監視役であることは明らかだ。

この若手士官を伴って、大門は燃料廠に足を踏み入れた。鼓動が高鳴る。嫌な予感は確信に、そして警笛に変わっていく。

工場には活気がなかった。また、想像以上に機械化も進んでいない。台車をはじめ手押しの道具が所どころに散見し、建物もかなり傷んでいる。

自動化が進んだ近代的工場とはお世辞にも言えない。これが世界の頂点に立つ大日本帝国の主力精油所とは、とても考えられない外見だった。

やがて通された応接室に、生産計画の責任者という男が現われた。

「よくぞ徳山においでいただきました。東京からでは遠かったでしょうに」

「いや」

どうやら海軍は大門の身分を伏せていたらしい。軍令部員かなにかと伝えられている様子だったが、たしかに海軍としてもあれこれ説明する必要もないだろうし、仮に七〇年後の人間が来ていると話したとしても、誰も信じないだろう。

「早速で悪いが、最近の状況はどうかね？」

「ええ、変わった点はありませんが、なにか？」

とぼけているのかこれが当たり前なのかはわからないが、男は平然と言った。

「これが正常？　このとてもフル稼働とはいえない状況が、かね？」

男の目がぴくりと動いた。

大門は男の視線が一瞬、菅井に飛んだのを見逃さなかった。

「正直に答えてくれないか。この燃料廠は海軍の主力の燃料廠だろう？　それがこんな閑散としているなんて、異常ではないのかね？」

「困ります、二佐。今日はただの視察が目的のはず……」

突然の大門の言動に、菅井は動揺したようだった。「中佐」と呼ぶべきところを、思わず「二佐」と呼んでしまったのもそのためだろう。

「これが視察というものだろうが！」

大門は一喝した。

「余計なことは抜きにしてもらおう。俺はただ現状を確認しに来ただけだ。なにも君たちに危害を加えたり、敵に情報を漏らしたりしようというわけではない。俺はただ実態を知りたいだけだ。出してくれないか。ここ二年、いや一年でもいい。原料の受け入れから出荷までがわかる稼動状況の数字を」

菅井と男は、視線を交わしたまま黙り込んだ。やはりその数字は大門ら自衛隊には出したくないものらしい。

「早く！」

「ここにはありませんよ」

「勘弁してください。自分にはそんな権限などないんです」

なおも抵抗する二人だったが、大門はここで譲歩するつもりはいっさいなかった。

「供給と消費のバランスが崩れている。そうだろう？　作ってもすぐ持っていかれる。原料があればすぐにでも作りたいが、それも滞ったり、タイミングが合わなかったりする場合が多い。そんなところじゃないのか？」

「………………」

「俺も手荒なことはしたくない。妙な真似はするなよ。俺に万一、なにかあったり、連絡の一本でも入れたりすれば、噴進弾が飛んできてここは一瞬にして壊滅だ。わかるな？」

二人はなお数秒間、睨み合っていたが、やがて観念したように菅井がうなずき、男になにやら促した。

男は別室から綴りを持参し、恐るおそる大門に手渡した。ちらちらと男の視線を浴びた菅井は、ただ唇をねじ曲げたまま黙るだけだ。

「やはりな」

大門はひと目見てうなずいた。

稼動と停止が繰り返し記載されていた。明らかにうまくいっていない証拠である。

「工廠もそうか。燃料廠だけではなく、鉄やボーキサイトの加工、部品製造はどうなんだ？　しつこく言うが、俺は実態を知りたいだけだ。敵のスパイでは決してないし、これでどうこうするつもりもない。もちろん君たち二人に迷惑をかけるつもりもない。だが、変に拒めば、上をとおしてでもそれなりのことをしなければならなくなる」

「使いすぎですよ、我が軍は」

ふっきれたように、菅井が話しはじめた。

「もっと艦《ふね》を造れ、もっと飛行機を作れといっても、一朝一夕に増やせるわけがない。工廠やドックを造っても、原料を海外からぶんどってきても、それを加工し部品化できなければなんの意味もない。工廠が止まるのも当たり前です。その下につながるはずの機械も人も工場もないのだから。自分が知っているのは、せいぜいそんなところです。ですが、燃料はまだいい。東南アジアの精製施設がフル稼働しているらしいですからね。いわゆる海外シフトというものでしょう。それでも足りないらしいですがね」

「そうか。わかった」

東京に戻った大門は、ますます意を強くした。東京見物をしたいと言ってぐると下町までまわったが、やはり表に見える東京と陰の東京は違った。

路地裏にはホームレスがあふれ、一般庶民の生活水準は驚くほど低いというのが事実らしい。徳山で見たものも、スラム街ではなく、あれが日本の実態なのだ。

産業基盤は脆弱《ぜいじゃく》で、資源はあってもそれを充分に生かしきれていない状態である。拡張に拡張を続けてきたつけや歪《ゆが》みが、いろいろなところに現われているのだろう。

世界唯一の超大国である大日本帝国だが、その土台は決して磐石ではなかった。

それが、大門の下した結論であった。

大門は二日後、この時代の航空自衛隊のトップである第七航空団司令飯田健空将補に、一連のリポートを提出した。

「確かなのか？」

飯田はぴくりと眉を動かして大門を見つめたが、大門には確信があった。

自分が実際に現場を見て現場の人間から証言を得ていること。自分たちの置かれている状況からもそう信じるに足る点がいくつも見られること。それらを説明して、リポートの信頼性が高いことを主張した。

「わかった。だが、このリポート一つで、ただちに我々が方針を変えたり、旧軍側になにか注文をつけたりすることはない」

飯田は責任ある立場の人間として、はっきりと言いきった上で付け加えた。

「しかし、旧軍や今の日本を客観的に見る材料を得たのは大きい。不安材料として協力態勢にひびを入れるつもりはないが、戦略的な方向性を考えるにはおおいに参考になるだろう。それは上で話し合う。我々自衛隊は、旧軍の指示系統の中にはあっても無条件に従うつもりはないからな。俺も探りを入れてみよう。もう少し裏を取りたい。貴官はまず前線の者たちが困らないよう、自分の任務に励んでもらいたい」

大門にとっては、それで充分だった。自分の行動は無駄ではなかった。協力といっても、それはお互いの理解が進んでこそ成果を発揮するものだ。

大日本帝国の産業構造に危うさを見出した今、戦争の長期化がボリュームの大きい大日本帝国に必ずしも有利だとは限らないことがわかった。

それを自分たちが知りえたことが大きい。自分たち自衛隊も、それをふまえて協力の仕方を考えていけばいいのだ。

飯田はその検討を約束してくれた。

だが、この大門のリポートに端を発した問題は、タイム・トラベルしてきた自衛隊の中に微妙な波紋を生じさせていくことになる。

人が一〇〇人いれば一〇〇の意見があると言われるほど、人はそれぞれ異なった意見を持つ。些細な水の流れは、意見の相違を浮きたたせ、それはやがて小さな亀裂を生みだしていくのである。

それらの問題を一笑に付して戦い続けようとする積極派と、より繊細な行動を望む慎重派の誕生であった。

一九四六年一一月二〇日　ハワイ

芳醇《ほうじゅん》なコーヒーの香りが室内を満たしていた。多少の好き嫌いはあるだろうが、やはり上質の香りというものは、人に安らぎを覚えさせてくれるものである。疲れた体に染みいり、しばしの癒しを与えてくれる。

パイロット向けのリフレッシュルームにいるのは、二つのグループだった。

一つは七人がかたまって談笑するグループ、もう一つは静かに休息をとっている二人である。

いずれも航空自衛隊第七航空団第二〇四飛行隊の面々であった。

七人のグループの中心にいるのは、コール・サイン「ペトロ」こと唐沢利雄《としお》一等空尉である。一方の二人は、エレメントを組むコール・サイン「ブルー・ソード」こと山田直幸一等空尉と、同じく「レイピア」こと小湊琢磨《こみなとたくま》三等空尉だ。

「いやいやペトロには叶わんよ」

「悔しいが、ペトロの腕にはな」

山田と小湊の耳にも、七人の会話が入ってくる。

「どこぞの錆びついた刀とは違うからな」

「むっ」

音をたてて立ちあがろうとした小湊を山田は制した。

「錆びついた刀」とは、「ブルー・ソード」のコール・サインを持つ山田を侮辱したものだと、小湊にはすぐにわかったのだ。

「放っておけ。弱い犬ほどよく吼えるってもんだ。そうだろう？　空戦もそうだが、挑発にのったほうが負けだ」

山田と唐沢は、二〇四空の中では一、二を争うエースパイロットであったが、残念ながら人望では唐沢のほうが上だった。山田も決してきつい人間ではないのだが、口数やユーモア、飲みにいく回数といった点では、唐沢に軍配があがるのだ。その結果が、今の人数の差といっていい。

だが、その唐沢も山田を意識しすぎているせいか、山田との関係はあまりよろしくない。いや、正確にいえば唐沢が一方的に山田につっかかり、山田がそれをいなしているというのが実情だった。

「せっかくリフレッシュに来てるんだ。つまらんたわごとなど聞かずに休もうぜ」

そう言って、山田はうまそうにコーヒーをすすっている。

コーヒーというと、どうしてもブルーマウンテンやキリマンジャロといった著名な銘柄からカリブ海やアフリカを思い浮かべるが、ここハワイも隠れたコーヒー豆の産地である。もちろんワイキキで採れるわけはなく、標高四〇〇〇メートルを超えるハワイ島のマウナ・ケアとマウナ・ロア山の西側にあたるコナ地方で小規模な栽培が行なわれているのだ。

それが、一部のファンをとりこにしているハワイ・コナだ。そのほどほどの苦味と強い酸味のある希少種を味わえるのは、コーヒー好きの山田にとってはありがたいことであった。

(香子にも飲ませてやりたかったな)

山田は、次元の果てというとてつもなく遠くにいる家族に思いを馳せた。

妻の香子と一人息子の風也だ。

(今ごろどうしているのだろう？　風也は泣いていないだろうか？　一刻も早く帰りたい。そのために俺は生き延びる。絶対にな)

山田は家族への思いを戦うエネルギーに変えていた。それが、自分を見失わないための絶好の手段であった。

「さてと、妻子のことで頭がいっぱいの錆びつき野郎なんか置いて、出かけるとするか。せっかくの外出許可だからな。今日非番の者は、あと誰だ？」

唐沢のグループが立ちあがった。

「錆びついているかどうかは、空で確かめるんだな、その目で」

あまりのしつこさに、山田はついに言葉を返した。ただ、あくまで感情的にならずに座ったまま視線を向ける。

山田と唐沢の視線が、鋭くぶつかった。

「前にも言ったが、独身貴族を貫こうとするお前には、家族の大切さなど一生わかるまい。な、唐沢よ」

ここで山田は、あえて唐沢をコール・サインの「ペトロ」ではなく本名で呼んだ。キリストに仕えた使徒のリーダーを気取る唐沢を、認めるつもりはない。

「ああ、そうだろうな。わかりたいとも思わん」

唐沢は嘲笑《ちょうしょう》混じりに言った。

「俺に言わせれば、結婚なんて男の墓場よ。制約を受けたり拘束されたりするのは大嫌いなんでな。男は自由であってこそ男だ。あいにく女にも困っていないし」

「ほう、よくこの時代でな」

山田は痛烈なひと言を浴びせた。

タイム・トラベルしていた事実を唐沢が忘れたわけでもあるまいが、一方的に持論を述べて踏みだした勇み足を、山田はタイミングよく踏みつけたのだ。

当然、この時代に来て、女性と知り合う機会などあろうはずもない。

「ふ、ふん。ここには金髪美女が多いんでな。今から会いにいくんだよ」

(あいつもあいつなりにストレスを抱えているんだろうな)

肩を怒らせて立ち去る唐沢の後ろ姿から、山田はおそらく全員が感じているであろう苦悩を読み取った。平然としているように見えても、人それぞれにバック・グラウンドがあるのは紛れもない事実だ。

二〇一八年の時代に嫌なことばかりあった者も中にはいるだろうが、それにしてもいきなり七〇年前に飛んできて、なんの問題もない者などそれこそ異常であろう。人は皆、それぞれのしがらみを抱えて生きているのだから。

「ところで一尉。どうなんですかね、最近の訓練は」

小湊の言葉で、山田は現実に引き戻された。

中部航空方面隊司令部補給課長大門雅史二等空佐の尽力のおかげで、不十分ながらも二〇四空の飛行訓練は腕がなまらない程度には続いていた。

しかし、小湊が指摘したのは、訓練の内容についてだった。

「来る日も来る日も対艦爆撃の訓練ばっかかし。自分たちは制空戦闘が本職でしょうに」

「まあ、そう言うなよ」

山田は渋い表情の小湊を前に苦笑した。

「たしかに、俺たちの本業、というより自衛隊の存在理念が専守防衛ってところにあるから空対空戦闘が主と考えられていたのだろうけど、本当は違うだろ。敵は空から来るとは限らない。海からだって来る。その海の防衛は海自の役割なんだから、空自は関係ないなんて言ってたら、旧軍の悪しき体質そのものだ。もちろんそれは俺たちの知っていた旧軍であって、この時代の軍はわからんがな」

山田は首をひねって続けた。

「真に求められていたのは、マルチ・ロール・ファイター――多用途戦闘機だろ？　それが自分たちの時代ではなく、この過去で真価が問われているってのも皮肉なもんだな」

山田の言うとおり、二〇〇〇年代に入ってからは、世界的な軍縮とそれに伴う高機能化の波を受けて、各国の空軍はこぞって高性能マルチ・ロール・ファイターの開発と導入に走っていた。つまり、数の不足を質と多機能化で補おうという発想である。

山田らが操縦する航空自衛隊の主力機Ｆ－15ＦＸアドバンスト・イーグルも、その典型的な機体であった。制空戦闘に特化した前世代のＦ－15Ｊと違って、Ｆ－15ＦＸはベース機がＦ－15Ｅストライク・イーグル、すなわち戦闘爆撃機型のイーグルだった。そのため、制空から対地、対艦攻撃までなんでもこなせる。多用途戦闘機の代表といっていい。

「しかし、一尉。まあ対艦戦闘はこのハワイの地理的性格から、よしとしましょう。でも海軍の彗星や流星といったレシプロ機じゃないんだから、有視界戦闘ってのはいただけませんよね」

「まあ、それも海軍の都合ってやつだ。俺たちだけが訓練になっても、せっかくの仮想敵がなにもできないんじゃ先方も騒ぐだろう」

山田は複雑な気持ちで微笑した。小湊の気持ちもわからないではない。

F－15FXに限らず、二〇一〇年代の対艦戦闘ではASM（Air　to　Surface　Missile＝空対艦ミサイル）を使用した長距離攻撃が主体である。パイロットはレーダーや兵装のディスプレイを注視するだけで、実際に目標を目にしての攻撃などまずない。攻撃の成否は、いかに正確に目標の位置を捉えていられるかということと、電子戦の優劣にかかっている。

だが、それでは仮想敵を務める海軍艦艇が訓練にならない。

戦艦でも巡洋艦でも、この時代の艦艇が長距離SAM（Surface　to　Air　Missile＝艦対空ミサイル）を搭載しているはずもなく、対空戦闘は砲兵装が主体である。

ましてや、ASMの誘導機能を妨害するECM（Electronic　Cou

ntermeasures＝電子対抗手段）などあろうはずもない。したがって、有視界の訓練でなければ用を成さないのだ。

しかし、それ以外の重大な理由が隠されていることに、山田は気づいていた。

有視界戦闘のために、Ｆ－15ＦＸは時代遅れの自由落下模擬弾を積んでいる。自由落下とは、重力にまかせた落下といえば聞こえはいいが、はっきり言ってしまえば、なんの誘導機能もないただの火薬の塊なのだ。

タイム・トラベルした硫黄島に備蓄されているＡＳＭの数は限られているため、海軍式の航空爆弾を使っての訓練を自分たちは知らず知らずのうちにこなしているのだ。

（そんなアンバランスな戦いなど、できれば願い下げにしたいもんだ）

山田は小さく息を吐いた。

戦うか否か、戦うとしても、なにを目的とするのか。

ただ食べるため？　いや、違う。そういった迷いや不安はとっくに断ち切ったつもりの山田だったが、この時代に自分たちがいるということを自然に思う気持ちはまったくなかった。

この世界で生きるという積極性も、しかたがないという消極性も持っていない。

つまり、この時代に慣れるつもりは微塵もなかったのだ。

自分は二〇一八年の人間だ。二〇一八年に自分は戻る。生き延びて帰る。そうしてこその勝利ではないのか。

第二次ハワイ沖海戦から三カ月、二〇四空は飛行隊長不在のまま師走に入ろうとしていた。

一九四六年一一月二四日　外蒙古

一閃するまばゆい光りがすべてを覆いつくした。

白色の閃光は次第に黄白色から赤色に変化し、それはやがて巨大な火球を生んだ。膨張する火球は周囲に黒煙を纏《まと》いつつ弾け、黒煙は巨大なきのこ雲となって天に昇った。

太陽表面の倍に達する一万二〇〇〇度の灼熱地獄が地表を覆い、熱風と衝撃波と爆風が、そこに存在するありとあらゆるものを消滅させた。

焼き払われたなどという生やさしいものではない。

日本軍に攻勢をかけるべく待機していたソ連軍将兵、装甲車両、補給物資。それだけではない。そこに存在した動物、植物、野鳥、草木、そして虫など、無機物から有機物すべてが蒸発、あるいは炭化して原型をとどめぬまでに消滅した。

当然、被害範囲も尋常ではなく、民間人多数を巻き込み、周囲一〇〇キロにわたって深刻な放射線障害を含む自然環境汚染を引き起こしたことは言うまでもない。

また、この自然環境汚染は生物の遺伝的変異をも招き、一時的なものではなく今後数世代にわたって後遺症を引き起こすことも確実とされた。爆発の轟音《ごうおん》はこの世のものとも思えぬまでに水平線を越えて響き、それを為した者さえも自身の行ないを恐怖させた。

開戦から七カ月、東部戦線の対米戦、西部戦線の対欧州戦に比べ、苦戦する北部戦線、つまり対ソ戦において、日本陸軍は禁断の手段といえる核の行使に踏みきった。

二〇一八年では核開発の第一人者であった山田智則二等陸佐の反対の陰で、初期型の原子爆弾が開発され、満州西方の外蒙古の地で炸裂したのだ。

「旧史」と同じく、日本陸軍は暴走を始めたのか。それを止める術《すべ》はあるのか。

交差する二つの世界は、自らの手で自らを滅ぼす悲劇にひた走る。日本対全世界の戦争は、また新たな局面を迎えようとしていた。

過ぎたこと、ではない。これから起こること、でもない。これは今、目の前の現実なのだ。

罪を断罪するべき者が、逆に罪を背負う立場になったとき、歴史は……。

翌日　東京

戦争中とはいえ、年末のあわただしさに変わりはなかった。

一年で最終の月を迎えた日本中が忙しく動きはじめた師走の初日に、航空自衛隊中部航空方面隊司令部補給課長の大門雅史二等空佐は、東京のとある料亭に呼びだされた。

相手は第七航空団司令飯田健空将補である。

（まさかクビだなんてことは……ないよな）

大門は自問自答して、微笑した。

二階級上の将官に呼びだされたことに緊張感はあったが、おおむね察しはついていた。例の、大日本帝国の産業基盤の脆弱性を指摘したリポートの件だろう。

資源の採掘や輸送はともかく、その一次加工と二次加工に人的および機械的問題を抱えているため、前線に少なからぬ影響が出ている。このままいけば造船、銃火器、航空機製造、燃料精製などに深刻な問題を引き起こす可能性もあるだろう。大門は、警告にも近い指摘をした。

それに対して、飯田はその時点でなにかしらの動きを始めることは拙速だと言ったものの、別ルートでの調査を約束したのだ。

それなりの結果を得て、方向転換を考えた末での呼びだしだと思われる。それが、正であってあっても負でも。

錦鯉がゆったりと泳ぐ池を横目に、大門は歩を進めた。猪《しし》おどしの乾いた音が、渡り廊下に響く。木材の香りや光り輝く装飾品があるわけではなかったが、指定された料亭は長年の伝統と気品が感じられるところだった。床や壁はきれいに磨かれ、塵《ちり》ひとつ落ちてなく、それがまたこの師走の寒さを強調している気もした。目にする掛け軸や置物も、重厚で高貴なイメージを与えてくるものだった。

おそらく由緒正しい店なのだろう。七〇年後にも残っていたら、ぜひとも訪れてみたいものだと思う大門だった。

「中部航空方面隊司令部補給課長、大門雅史二等空佐。出頭を命じられ、ただいま参りました」

「入れ」

「はっ、入ります」

障子を開けた先には、飯田のほかに、現在事実上の海上自衛隊のトップになっている自衛艦隊副司令官土井隆晴《たかはる》海将の姿もあった。

（あ、海自も……）

「まあ、二佐。そう固くなるな。俺は出頭を命じた覚えはないぞ。あくまで個人的に呼びだしただけだからな」

「はっ」

室内を見渡した大門は驚愕した。一番奥に座っているのは海軍大臣米内光政《よないみつまさ》大将、一人おいて海軍次官井上成美《しげよし》中将、いずれも海軍の重鎮だったからだ。

いや、そしてその間でひときわ強いオーラを放っていたのは……。

「や、山本大将！」

大門は驚きのあまり、声をあげていた。

日本海軍の歴代将官の中でもっとも尊敬を集めながら、悲劇の人物として知られる山本五十六大将の姿がそこにあったのである。

対米、対欧戦は日本の経済と財政を疲弊させ、ひいては亡国につながるとして一貫して反戦の態度を貫きながらも、連合艦隊司令長官としてその陣頭指揮に立たねばならなかったのが山本である。

しかし、そういった歴史の波に飲まれた山本も、いざ開戦となれば優れた戦略眼を生かし、数々の作戦を成功に導いた。現在の大日本帝国の躍進を支えたと言って過言ではないだろう。

緒戦の大勝で欧米諸国を圧倒し、有利な条件で停戦から講和に持ち込む。それが山本の個人的に描いたシナリオだったと聞いている。

しかし、皮肉なことに勝利を重ねた大日本帝国は、戦争から手を引くどころか逆にますます増長して戦線を拡大し、ついには北はカムチャツカから南はオーストラリア、西はビルマから東はハワイへと、一大環太平洋帝国に変貌を遂げてしまったのだ。

その膨張する戦争の中で非戦派の山本は孤立し、今は軍事参議官として一線を退いていた……はずだった。

（これもまた、新たな「史実」か）

大門は予想だにしない歴史の展開に、当惑を隠せなかった。

「空将補。自分のような下っ端は、このような席には不釣合いでは？」

「そう固くなるなと言ったろう。君を呼んだのにはそれなりのわけがある。まあ、飲め」

飯田がちょこを差しだし、日本酒を少量注いだ。あくまで儀礼的な量だ。

とりとめのない話を飯田は土井や井上と交わし、大門にも二、三ふってきたが、緊張のためそのほとんどが大門の耳を素通りしていた。

本題に入ったのは、それから五分ほどしてからである。

「いやな。今日、君に来てもらったのはほかでもない。現場をよく知る者に現状を理解してもらって、部下をまとめてもらいたいと思ってな。正直、私も現場を離れて長い。どこまでパイロットらの気持ちを理解しているかというと……どうもな」

「ですが、私は今……」

「わかっている。君を現場に復帰させる。下の者たちもそう願っているようだ」

「………」

「不満か？」

「いえ、ご命令とあらば」

大門は長い沈黙の末に、答えた。これまでの様々な思いを振りきり、新たに前を向くための沈黙であった。

ただ、大門の飛行隊長への復帰など余談にすぎないはずである。それでなければ、米内、山本、井上の三巨頭がこの場にいる理由がつかなくなる。

大門は次の言葉を待った。

「以前、君にリポートをもらったな」

（来た！）

大門は身震いした。やはり、これが本題だったのだ。次に出てくるであろう話は、よほどのものに違いない。大門の鼓動は、急速に高鳴った。

「これを見たまえ」

「………！」

一見した大門は我が目を疑った。目をしばたたかせ、もう一度、資料に目を通す。

やはり、同じだ。信じ難い内容だった。

資料は、日本の国家予算を示したものだった。防衛予算が、国家予算の実に六割を占める巨額にのぼっていた。これでは、国内のインフラ整備や、ましてや福祉、社会保障にまわせる金などあるはずがない。

日本は一見未曾有《みぞう》の繁栄にあるように見えるが、その裏には貧困と荒廃した社会が隠れていた。この逼迫した財政打開のために、資源を求めて対外拡張に進む。それがまた新たな敵をつくり、再び防衛費が膨らんでいく。

そういう悪循環に、大日本帝国は陥《おちい》っているのである。

（まるで自転車操業じゃないか）

「私もはじめはなにかの間違いかと思ったよ。だがな、山本大将や井上中将の説明で納得した。はっきり言って、我が国は危機的状況だ。このままでは、世界を道連れにして自壊しかねない」

飯田は言葉に力を込めた。

「そこでだ」

大門はごくりと唾を飲み込んだ。

航空自衛隊のパイロットとして厳しい訓練に耐え、飛行隊長として中東で戦い、またこの世界に来てからも、ねたみと疑念という見えざる壁に隔てられた海軍を相手に、ぎりぎりの交渉を行なってきた自分である。少々のことでは動じないその自分であっても、この話の重大性には全身の毛を逆立たせずにはいられなかった。

「我々は憂《うれ》えているのだよ、この国の行く末に」

井上が曇った表情で言った。

「このままでは日本が危ない。世界も危ない。今、動かねば取り返しのつかないことになる。とてつもない恐慌と飢餓が全世界を覆うことにもなりかねん。だから、我々は立ちあがることにした」

そのとき、これまで会話の流れを静かに見守っていた山本が口を開いた。

「和平だよ。ここで戦争をやめねばならん。日本のためにも、世界のためにもな」

さすがに山本の言葉は重い。ずしりと胸に突き刺さる。

「ですが……」

「君の懸念はわかる。こうだろう？　軍も、いや海軍さえも一枚岩ではない。戦勝に酔いしれている国の上層部が、和平を受け入れるはずがない、とな。だがな」

井上の顔つきが、そこで翳《かげ》を帯びた。

「陸軍が北部戦線で原子爆弾を使ったのは知っているね？」

「原子爆弾？　やはり本当の話だったのですか。あんなものを、しかも我が国が使うとは」

驚愕する大門の表情は、怒りに震えていた。世界で唯一の被爆国として、核の恐ろしさ、悲惨さを訴え、核の根絶を叫んでいたはずの日本が、逆にそれを行使する立場になろうとは……。

「……………」

底知れぬこの過去──パラレル・ワールドの予想外の展開に大門は言葉を失った。

「あれも陸軍の、ひいては我が国全体の焦りの一端と見ていい。あのような無差別殺戮《さつりく》を招く大量破壊兵器を使わざるをえなくなるほど、我が国はある意味、追いつめられつつある。もはや戦争を超えた狂気の沙汰だ」

この世界で核兵器の開発に成功したのは、日本が最初だった。それを使用したのは陸軍だったが、その威力と戦果についての驚くべき情報は海軍にも届いていたのだ。

井上は悔恨を滲ませつつ、きっぱりと言った。山本と米内も静かにうなずく。

「大丈夫だ。海軍の九割はまとめられる。好戦派が多い陸軍は問題だが、陸軍の中でも我々に賛同してくれる同志もいる。少なくとも現時点で二、三割は引き込めそうだ」

「それにだ。気づいているよ、国民は。貴官も見ただろう？　我が国の陰を。このままいけば、我が国は内部からも崩壊しかねん。海外に領土を拡張し、鉱物資源、農産資源、水産資源、すべてを手に入れたが、国は豊かになるどころか、実態は厳しさを増すばかりだ。国民の不満は鬱積《うっせき》し、治安が悪化する兆候も見えはじめている。悲しいかな、この現実をわかっていない。いや、わかろうとしないのが軍や国の上層部だ。一部の者が富を独占して、そこに群がるハイエナもおるのでな。しかし、権限も力もなければなにもできん。だからこそ私はこの職に留まりつつ、次官とともに海軍主体で国の悪化に歯止めをかけようとした」

「そこに参議官が加わり、我々も乗ったということだ」

井上、米内に続いて、飯田と土井が口を揃えた。

「陸自はどうなのですか？」

大門の問いに、飯田は首を横に振った。

「岩波陸将は陸軍に完全に傾倒している。陸軍と陸自は一心同体だと思い込んでいるふしがある。陸自が単独で我々の側につくことは現実的に難しい。陸将は豪放磊落《ごうほうらいらく》で良いお方だとは思うが、反面、柔軟性に乏《とぼ》しく変化に鈍感な様子があるようだ。『愛国心』『祖国防衛』となると視野狭窄《きょうさく》に陥り、なにも見えなくなってしまう」

「そうですか」

大門は押し黙った。

陸軍と海軍、陸上自衛隊と海空自衛隊、主導権をめぐって国を二分した戦いになってしまう恐れもある。内戦――日本は下手をすれば、外的にも内的にも戦争をすることになるのではないか。最悪のシナリオが大門の脳裏にちらついた。

「しかし……。

　心配はいらんよ、二佐」

　飯田はにやりと笑って、大門から米内に視線を流した。米内が続く。

「我々の背後には、陛下がおられる。陛下のご意向には陸軍も逆らえん」

　ほっとした表情の大門を見て、飯田と土井は微笑した。

　米内、山本、井上の三人の表情も和らぐ。

　だが、すぐに井上は真顔に戻って言った。

「とは言ってもだ。我々から申し出ても、そう簡単にアメリカも欧州諸国も乗ってはこないだろう。それだけ我が国は世界の嫌われ者になってしまった。交渉の窓口を確保することすらおぼつかないのが実情でな」

「……あります！」

　飯田は考え抜いた末の、秘案を披露した。

　井上から内々に打診を受けて、思考を繰り返して見出した案だった。

　飯田は、中国国民党の蔣介石《しょうかいせき》を仲介者に仕立てることを提案した。共産軍との戦いに苦しむ蔣介石を支援する。その見返りが、講和の使者としての働きだ。中国は一時に比べれば落ちぶれたとはいえ、潜在的には大国だ。アメリカも欧州も、耳を貸さないわけにはいかないだろう。なおかつ中国国民党は、欧米が警戒している共産主義者と戦っている潜在的同盟相手なのだ。

しかも、この案は飯田や土井、大門らにとっても、歴史上大きな意義のあることだった。二〇〇〇年代以降の中国の強硬な態度は、共産党の独裁政権からきているものなのだ。

もしかすると、自分たちは歴史の新たな扉を開くことができるかもしれない。

期待と興奮に、鼓動は高鳴っていた。

第三章　元寇再び

二〇一九年一〇月二〇日　長崎

曇天の暗い空は、無数の白い花で埋め尽くされていた。ゆらゆらと舞いちる花びらは風に流されながらゆっくりと降下していたが、その数は減るどころかますます増える一方だった。

無論、その一枚一枚は四季折々の美しい花々ではない。人々の目を和ませ、癒しを与える美しさでもない。その花の正体は人々に不安と恐怖と絶望をもたらす敵軍空挺部隊のパラシュートだった。

当然、防御側の迎撃戦闘も必死に行なわれ、上空や後方の空域では爆発の閃光が相次ぎ、炎と煙が夜空を焦がしている。

時折り流れ星のように空を横切る赤い光跡は、撃墜された輸送機が曳く炎の糸だ。

その中では、正常な降下も脱出もままならないままに死のダイブを強制された空挺兵たちが、絶叫と悲鳴をあげてもがいているに違いない。

迎撃は熾烈《しれつ》だ。護衛の戦闘機と一対一の、あるいは二対二の空戦に入るパイロットもいるが、あえてその護衛機に肩透かしを食らわせて鈍重な輸送機や輸送ヘリを狙うパイロットが主流だ。制空戦闘を目的とした戦闘機と輸送機とでは、動きに兎と亀以上の開きがあるからだ。

翼下に抱えてきたAAM（Air to Air Missile＝空対空ミサイル）を切り離し、固定武装のバルカン砲をうならせて、戦闘機パイロットは容赦なく輸送機を叩きおとす。命中の閃光や炎が躍るたびに、幾多の人命を奪っているという意識はまったくない。

殺《や》るか殺《や》られるかという戦場の緊張と興奮に人間性が失われていることもあるが、それ以上に感覚を麻痺させているのはターゲットのおびただしい数だ。落とされても、落とされても、護衛戦闘機と輸送機は湧くように現われ、分厚い雲を衝いて空挺部隊が降下しては着上陸を敢行していくのだ。

空中だけではなく、地上での戦闘も始まっていた。

空挺兵の降下ポイントから先では、激しい砲炎が閃いている。空中投下された装輪式AFV（ArmoredFightingVehicle＝装甲戦闘車）が、歩兵の針路を切りひらくべく火力にものをいわせて強行突破をはかろうとしているのだ。

これに対する反撃は乏《とぼ》しい。情報が錯綜しているのか、効果的な迎撃態勢がまったくとれていない。迎え撃つ戦闘車両は少なく、自走、携帯、ともに対装甲車両火器の展開も、後手後手にまわっている。

しかし、もっとも重大な問題は、これら戦術的なことではない。戦場が遠い離島ではなく、本土も本土、ついに敵が九州に上陸しているという事実が問題なのである。

「ええい。敵の上陸を許しただと？　いったい海空自衛隊はなにをしていたんだ！」

陸上自衛隊北部方面航空隊第一一ヘリコプター隊所属の小田城《おだじろ》太郎三等陸佐は毒づいた。

さすがに敵も、衛星監視がある時代に海路での渡洋上陸は無謀だと判断したのか、空路での強襲侵攻をかけてきた。

その判断は正しい。海上戦力に絶対的な優位がない限り、一〇ノットや二〇ノットで海上を進んでいれば、「沈めてください」と言っているようなものなのだ。しかし、だからといって、海上自衛隊の役割がそれで済むわけではない。イージス艦だなんだと対空攻撃力を喧伝《けんでん》しておきながら、この状況を見てどんな言い訳をするのだろう。

もっとも、航空自衛隊はもっとひどいと言えるかもしれない。本土防空という絶対優先の任務が破綻しているのだ。航空自衛隊の存在意義そのものを疑う声が出てくるのは必至である。

もちろん、海上自衛隊や航空自衛隊にも言い分はあるだろう。海上自衛隊は東シナ海から太平洋に進出した中国艦隊にきりきり舞いさせられていたし、航空自衛隊も韓国空軍が日本海中部にさかんに牽制をかけていたので、そちらに戦力を割かねばならなかったのだ。

陸上自衛隊とて胸を張れる状況ではない。九州北部と福岡方面に強力な水際防御ラインを構築しており、その地域選定は中国軍にも韓国軍にも、どちらにも対応可能という触れ込みだったが、それはしょせん日本側の一方的な期待的予想にすぎなかった。

中国軍はそんな日本側の対応を嘲笑《あざわら》うかのように、九州西部の長崎を襲撃してきたのだ。

戦場は五島列島を越えた西彼杵《にしそのぎ》半島だった。

さすがに重量五〇トンクラスのＭＢＴ（主力戦車）を空中投下するのは困難なので、パラシュートで軟着陸してきたのは軽量の装輪式ＡＦＶだった。砲兵装はそこそこのものがあっても、装甲はたかがしれている。

陸上自衛隊のＭＢＴが登場すれば軽く一蹴できそうなものだったが、そうもいかないのが現実だ。ノルマンディーのドイツ軍のように、必要な戦力が必要な場所に展開するにはなお半日は要するだろう。

「あいつがいたらな」

小田城は一人の男の顔を思い浮かべた。

かわいい後輩として私的な付き合いも深く、いっしょに合コンまでした仲の江波洋輔一等陸尉のことである。

第七師団第七二戦車連隊第三中隊長を務めていた江波は、昨年七月の硫黄島合同大演習に参加したまま消息を絶ってしまっていた。もっとも信頼する後輩を失った小田城にとって、心中の傷は一年以上経つ今でも癒えたわけではなかったが、敵は待ってはくれない。

小田城は、江波のような後輩を引き連れて歩く親分肌の男だった。対地攻撃ヘリのパイロットを志《こころざ》したのも、地上で戦う者たちを援護したいとの気持ちからだ。いつか江波といっしょに戦うときは、空地連携であっと驚くような戦いぶりを見せてやろうと誓っていたのだが……。

「結局、なんの手助けもしてやれなかったな。江波よ、勝手に逝っちまいやがって」

江波が七〇年あまりの過去にタイム・トラベルして異なる歴史の舞台で奮戦しているという事実を、小田城は当然知らない。小田城の中では、江波は硫黄島合同大演習に参加したまま消息を絶った殉職者なのだ。

「お前のような優秀な装甲師団の士官がいれば、もっとましな戦いもできただろうに」

小田城の前方には、苦戦する味方部隊がいるはずだった。

弾着とともに大量の土砂が舞いあがり、轟音《ごうおん》を残して樹木がなぎ倒されている。一度に何箇所からも火の手があがり、それを背景に敗走する普通科の隊員たちが散見される。

もっとも、地上部隊も押されっぱなしではない。迫撃砲を連射し、果敢にRPG(ロケット推進擲弾)を放って敵を足止めしようとする者もいた。

「遅かったじゃねえか。さっさと蹴散らしてくれよ」

「待ってたぜ。ここは派手に頼むぞ」

無線から入る声は、どれも切迫感と期待感とを共含するものだった。銃撃音や炸裂音、さらには悲鳴や罵声も飛び込んで聞きとりにくい部分もあるが、戦場の緊迫感はひしひしと伝わってくる。

ましてや、ここは日本の本土・九州なのだ。

「今助けてやるから、待ってやがれ！」

味方に伝えるというよりも、自分を鼓舞《こぶ》するように小田城は叫んだ。

レーダー照射を受けていないことを確認して、低空に降りる。

ここでＳＡＭ（Ｓｕｒｆａｃｅ　ｔｏ　Ａｉｒ　Ｍｉｓｓｉｌｅ＝地対空ミサイル）が飛んできたりすれば、いちころだ。マッハ二クラスの制空戦闘機に比べるとツバメとトンボほども差があろうかというヘリでは、逃げまわることすら叶わずに炎の塊と化して地上に叩きつけられることになるだろう。

攻撃ヘリは一見、強力無比な対地上兵器と思われがちだが、その行動には絶対的な航空優勢確保という条件が付いてまわるのだ。

「照準は甘くていい。誤射を避けるのが優先だ」

指示を飛ばしながら、さらに小田城は高度を下げた。

ファン・テイルが風を巻き、ローターの風圧が樹木を揺らす。敵にとっては牙を剝《む》いた台風であろうが、味方にとっては起死回生の神風だ。

第一ヘリコプター隊が装備するのは、ステルス性に優れた最新多用途ヘリコプターRAH−66Jである。多面体で構成された魁偉《かいい》な姿は、丸みを帯びた旧来のヘリとは明らかに一線を画すものといっていい。両脇にぶら下げたガトリング砲が火を噴き、やや後方、敵と味方が接触していると思われる地点の後ろに曳痕《えいこん》が吸い込まれていく。機体を振って横一面に掃射し、次いで縦列にも移動をかける。

こういった面の攻撃は、固定翼機には真似のできない芸当である。

搭載重量や速力ではとうてい叶わないヘリ——回転翼機だが、ホバリングして一定空域に長時間留まることができる。だからこそ、きめ細かく入念な攻撃で地上の制圧ができるのだ。

さながら、固い岩盤に鉄杭《てっくい》を打ち込むのが固定翼機ならば、ヘリは降り積もった砂塵《さじん》を刷毛《はけ》で掃《はら》うといったところか。

樹木がへし折れ、炎があたりを席巻しはじめる。その下では、敵の歩兵が血飛沫をあげて突っ伏したり、背中に炎を背負って絶叫しながら転げまわっていたりするのかもしれない。

小田城に続いて、部下や別の編隊も攻撃をかけはじめている。

そのうち、ひときわ大きな爆発音が轟《とどろ》き、防砂林の中から火柱があがった。退避しようとしたＡＦＶを撃破した証拠だ。とりあえず自分の任務は果たしたといっていい。

しかし、眼下は火の海と化していた。

上空からは、まだ散発的に敵の空挺兵の降下が続いている。

小田城はこの現実を、信じられないというより、信じたくなかった。

本州、四国、九州、そして北海道と、日本の長い歴史の中でそれらを敵の軍靴に蹂躪《じゅうりん》されたことはなかった。世界を相手に絶望的な戦いを挑んだ挙句、苦渋の敗戦を味わわされた第二次大戦ですら、アメリカに沖縄の、ソ連に千島列島の、侵略を許しただけだ。

それが、今はどうだ。不可侵化されていたはずの日本本土に、敵兵が大量に侵出しているのだ。

九州に戦火があがり、このままでは本州にも飛び火しそうな勢いであった。

長い日本の歴史において、まさに未曾有《みぞう》の危機といっていい。

「まさか、自分がな」

その当事者になってしまったことを呪い、舌打ちを繰り返す小田城だった。

危機的な状況に舌打ちをする者が、高空にも存在した。

コール・サイン「テミス」こと航空自衛隊第六航空団第三〇三飛行隊所属の広田功司《こうじ》一等空尉であった。

「海洋権益に飽き足らず他国の領土にまで触手を伸ばしてくるとは、どんな理由があっても許さんぞ、中国よ！」

コール・サイン「テミス」の意味である法と裁きの女神さながらに、不当な行為や悪は断じて許せない広田である。

この日本侵略という許し難い中国の暴挙に、日本人の中でももっとも怒りを感じている一人かもしれない。広田はそんな強い使命感をもって、邀撃《ようげき》任務に邁進していたのだった。

中国は歴史的に見ても領土に対する執着が強く、覇権主義的傾向のある国だ。中央アジアや東南アジア、インド方面への拡張野心は、一〇〇〇年、二〇〇〇年というスパンで続いており、それらの地域への侵攻や国境紛争は数限りない。第二次大戦後の共産政権誕生後もベトナムに侵攻したり、チベットやウィグルを併合したまま独立と自治拡大を頑なまでに拒み続けている。

そして、その拡張的野心が東アジアにも向いたということだ。

もちろんそうはいっても、古代や中世と事情は異なる。

仮想敵である強大なアメリカに対抗するために、太平洋上に前進した防衛ラインをひいておきたいことが、まず東進の理由の一つだ。

また、高い経済成長率を維持するために、中国は全世界から血眼《ちまなこ》になって資源をかき集めていたが、現実問題として資源の供給は逼迫し、エネルギー政策は破綻寸前である。目前に眠る東シナ海の海底資源は、いかなる代償を払っても手にしておきたいものだろう。

だが、そういった国内問題を、他国を犠牲にして解決しようとする姿勢は時代錯誤も甚《はなは》だしい。米帝、日帝と称してアメリカと日本を非難し、帝国主義国家に敢然と立ち向かおうと叫んでいた共産主義国家中国が、今や世界のどの国よりも帝国主義的行動に走っているのだ。

「許さん！」

広田はＡＡＭ（空対空ミサイル）の発射ボタンを押した。

翼下に懸吊されたＡＡＭ－15が、まばゆい白色の炎を残して突進していく。

ＡＡＭ－15は、オフボアサイト性能すなわち目視外の敵を追尾する性能に優れたＡＡＭだが、ここではその性能は過剰スペックであった。輸送機という鈍重な目標ならば、無誘導でも当てる自信があるからだ。

これで携行してきたＡＡＭは残弾ゼロになった。兵装を示すディスプレイに、「ＥＭＰＴＹ」の表示が警告のように赤文字で躍っている。

もちろん、ここで退くつもりはない。固定武装のＭ61Ａ1二〇ミリバルカン砲の残弾が一発でもある限り、広田は戦いつづけるつもりだった。

幸い、コール・サイン「ハリケーン」こと飛行隊長川中純二《じゅんじ》等空佐からは、「無理して小松に帰投せずに、第八航空団のベースである福岡の築城《ついき》に降りてよし」という指示も出ている。

やろうと思えばそこで補給しての再出撃も可能である。それに、広田らの最新型イーグルＦ－15ＦＸは対地攻撃も可能なのだから、どこでも必要とされるはずである。

「それにしても、落としても落としても来ますねえ」

「ああ」

広田はコール・サイン「ニオウ」こと自分のウィングマンを務める植田保《うえだたもつ》三等空尉の声に答えた。

植田の言うように、中国軍の輸送機と護衛戦闘機は、落としても落としても現われた。

空戦は明らかに航空自衛隊側が優勢だった。中国空軍もロシア製のSu－27シリーズや独自開発のJ－10といった一線級の機体を繰りだしてきていたが、足かけ三〇年にもわたってイーグルを使い続けて脂がのりきっている航空自衛隊の敵ではなかった。

広田ら小松から飛来した第六航空団と、福岡の築城から上がってきた第八航空団の活躍に、中国空軍機は次々と空中に散華し、海上に叩きつけられていったのである。

しかし、中国空軍パイロットはそれで怯《ひる》むような者たちではなかった。まるでなにかに取りつかれたかのように、前に前にと進んでくる。

輸送機もいっしょだ。何十人、何百人という陸軍兵を無駄死にさせようとも、かまうことなく次々に現われる。

一九五〇年代の朝鮮戦争では、味方の屍を踏み越えて、撃たれても撃たれても前進してくる中国兵の攻撃に、国連軍将兵がパニックに陥《おちい》ったというが、それが舞台を空に移して再来したかのようだった。

「スプラッシュ！　しかし、大陸からの襲来、そして九州とくれば、まるで元寇じゃないですか」

機体を翻《ひるがえ》しながらの植田の声が、レシーバーから響く。

広田も敵輸送機の上面を一掃射して、機首を振りあげる。

「そうだな。現代の元寇か。……違うな。元寇は神風が吹いたぞ。だから敵は上陸前にことごとく海中に消えていった。だが、今、神風は吹かない。これは一種の飽和攻撃だ」

広田の言うとおりだった。

飽和攻撃というのは、冷戦まっただ中の一九八〇年代当時、アメリカと対立していたソ連がさかんに研究していた戦術のことである。

圧倒的に劣勢な海空の戦力で、アメリカの誇る強大な空母機動部隊に対抗するにはどうするか？

もちろん、電子戦分野においても、当時のソ連にはアメリカを制するだけの技術はなかった。

高性能のCAP（Combat Air Patrol＝戦闘空中哨戒）機が艦隊外周を守り、AEW（空中早期警戒機）がはるか先まで監視の目を向ける。それらをすり抜けたとしても、広域、中域の各種SAM（艦対空ミサイル）と、それらを統合、管制する高度な火器管制システムが鉄壁のミサイル防御網を張りめぐらせている。

そういった中、苦肉の策としてソ連が導きだしたのが飽和攻撃であった。

敵にいかなる強力な武器があろうとも、敵がどれほど正確で素早い攻撃能力を持っていようとも、必ず限界はある。

その限界が「数」だ。敵が有する兵器、敵が管制できる兵装、それらの「数」を上回る攻撃手段を叩きつけ、敵の対処能力を飽和させたうえでダメージを与える。

それが、ソ連の飽和攻撃であった。

なるほど、中国軍の空挺作戦も、航空自衛隊の対処能力の限界を超えて実施されているのだから、その同類といえる。

「山田よ。お前がいればもっともっと楽に戦えたものを」

広田は知らなかった。元同僚の山田直幸一等空尉を含む硫黄島合同大演習に参加していた陸海空三自衛隊の隊員たち全員が、七〇余年前にタイム・トラベルしたことを。

そして、自分たちの世界が思わぬ形で変わろうとしていることも。

第四章　全世界への挑戦

一九四七年一月五日　インド

内地ではまだ正月気分も覚めやらぬこの日、大日本帝国は世界を震撼させた。陸海空の大兵力が、世界各地で大攻勢を開始したのである。

ここインドでも、軍と自衛隊の共同陸上兵力が進撃を始めている。履帯《キャタピラ》のきしみ音が水平線までこだまし、各種のエンジン音や排気音、そして軍靴の奏でる音が地鳴りのように地上を支配している。

進撃は極めて順調であった。

インドの冬は乾季にあたり、基本的に雨が少なく晴天が続く。気温もほどよく、日本の初夏を思わせる快適な気候である。

沿岸部は熱帯のステップ気候だが、内陸に入ると気温は若干下がるものの、それでも温暖というレベルに留まる。

足をとられる泥濘や砂地に邪魔されることなく、履帯を付けた戦車から装輪装甲車、二輪車や歩兵まで、進軍は快調であった。

日本陸軍と陸上自衛隊は、乾いたインドの大地を悠々と進撃していったのである。

もちろん、その進撃を支える上空援護があることも見逃せない。

安定した天候は、航空作戦にも最適だった。

日毎に移動しているのではないかと思わせるほど陸軍航空隊も地上部隊の進撃に合わせて前進し、野戦飛行場からきめ細かな支援爆撃を実施していたのである。

欧州軍も必死の抵抗を示し、スピットファイアやハリケーン、そしてドイツから操縦安定性と高速性能で定評のあるフォッケウルフＦｗシリーズの最終発展型といえるＴａ１５２や、機体前後にエンジンを配した特異な双発機ドルニエＤｏ３３５プファイルといった高速機を投入してきたが、数に優る日本陸軍の四式戦疾風や五式戦に順次殲滅されて制空権を奪回するには至らなかった。

また、欧州軍は、最終手段として実用化後まもないイギリスのグロスター・ミーティアや、ナチス・ドイツの遺産であるＭｅ２６２といったジェット戦闘機も少数ながら配備し、質をもって日本陸軍の進撃を食い止めようと腐心していたが、その目論見《もくろみ》も一月五日の日本陸軍の攻勢開始後三日と経たずに崩壊した。

これら黎明時のジェット戦闘機は、総じて航続力に乏しく滞空時間が限られるものである。

いかにこれら欧州のジェット戦闘機が奮戦しようとも、何機か撃墜してはすぐ補給に降り、また飛びたってはすぐに降りるという焼け石に水状態であった。

対する日本陸軍は、制空権をがっちりと握ったまま重爆を繰りだして敵飛行場ごと敵ジェット戦闘機をジュラルミンの残骸に変え、また軽爆はしらみつぶしに敵の装甲車両や物資集積所を襲撃し、それらを鉄の塊や灰に変えていったのである。

切りひらかれた進撃路を進む日本陸軍と陸上自衛隊は、散発的な敵の抵抗を難なく退けながらインドの奥へ奥へと入っていった。

その車列の中に、陸上自衛隊北部方面隊第七師団第七二戦車連隊第三中隊長江波洋輔一等陸尉が率いる一二両の九〇式《きゆうまる》戦車もあった。

定数は一四両だが、昨年六月の戦闘で二両を失ってから補充はない。この時代だから当然だ。

「こんな楽な戦いなら、いくらでも引き受けられるな」

「まったくだ。俺たちがいなくても楽に勝てそうではあるが、せっかくの勝利にあずからない手はない」

隊員たちの会話には余裕があった。

事実、一月五日の攻勢後一週間が経過しているが、江波らは戦闘らしい戦闘に遭遇していないのだ。

無人と化した前路をただ進むといった感じの進撃に、隊員たちの間に慢心や隙が生じはじめていたのである。

敵の待ち伏せは、ピンポイントで爆撃する軽爆が始末してくれる。堅固なトーチカやゲリラ的に潜む敵は、重爆の絨毯爆撃でいちころだ。隊員たちの会話には、そんな内心の思いも透けて見えた。

「この調子なら、インド全土の制圧も夢ではないな」

あまりに楽観的なひと言に、江波ははっとして顔を上げた。

事実、日本陸軍はそういった戦略で進軍しているように思えた。

従来は比較的安全が確保しやすい沿岸伝いにインド東部を進撃し、ベンガル湾に沿って南下していたのだが、交通の要所であるカタックに到達してからは主隊を突如西に方向転換させて進撃しはじめたのである。

もちろんこれは前年七月のセイロン沖海戦に海軍が勝利し、インド洋の制海権を日本側が揺るぎないものにした影響が大きい。

欧州軍の補給は完全に陸路一本になってしまい、内陸から圧力をかけられたら海に叩きだされるしかないのである。

この戦略方針の転換も、従来のより安全を考える路線から、積極攻勢策に転じた証しであろう。

しかし、陸軍の本当の狙いは、インド全土の制圧に留まらず、中東まで進出して埋蔵資源を根こそぎ奪うという壮大なものであった。もちろん、そのことは江波のような下級士官にまでは伝わっていない。

大日本帝国の果てなき拡張政策は、ここに極まろうとしていたのである。

「日本領インドか。素晴らしい」

「本当にそんなにうまくいくのでしょうか？」

軽口を叩く隊員たちの会話に慎重な言葉を挟んだのは、なんと第二小隊長の森雅也三等陸尉だった。

従来であれば、「インドなんてけちなことを言わずに、中東でもエジプトでも行ってみせる」などと豪語したであろう森だったが、前年六月のカラグプルでの戦闘で戦場の恐ろしさを知ってからというもの、別人のように慎重な態度になっていた。

それは恐怖感から消極的に退く姿勢になったということではない。リスクを見極められるだけの、視野の広がりを持ったということだ。

「そうだな。補給線が伸びきって立ち往生なんてことにならなければいいが。それなりに軍も考えているはずだがな」

と思う一方で、(大丈夫だろうか)という気持ちも芽生えていた。

江波個人としては、この積極攻勢は危険な選択だと思っている。

進撃が早すぎて補給が追いつかずに部隊は敵中に孤立――結果、満を持した敵の反撃に壊滅あるいは総崩れとなって敗走。そういう戦例は歴史上数多い。

もちろん日本陸軍は、「旧史」のインパール作戦のように「補給物資は敵から奪い取って充足する」といった無謀な計画を立てているわけではなかった。

だが、その裏に潜む国家的危険性を江波らが知るはずもない。

原料の採取、輸送、精製、加工、組み立て、といったサイクルが日本全体で大きく歪《ゆが》んできていることを。

資源があっても加工できず、組み立てができても部品がない。機械があっても人がいない。そういった需要と供給のバランス構造そのものが、日本全体で破綻しかけてきていたのである。

一九四七年一月五日　アフリカ沖

日本の大拡張政策と無謀なまでの遠征戦略に危機意識を持つ男は、土埃をあげてインドの大地を進撃する江波洋輔一等陸尉だけではなかった。

日本本土から、直線距離にして一万二〇〇〇キロの彼方、アフリカ東岸のマダガスカル沖に立つ鶴岡信道少将もまた、まったく同じ考えを持っていた。

しかも鶴岡は軍の高位にいるために、国家的破綻の可能性についてはより強く感じており、危機意識も高かった。

前線にいるため直接そういった情報に触れる機会は少なかったが、補給物資の動きや新造艦の竣工状況、損傷艦艇の修理度合いなどの情報から、うすうす感じ取っていたのである。

しかし、軍という組織に身を置く鶴岡は、そういった個人の考えとはまったく正反対に、西の彼方ともいうべきマダガスカルを攻撃する艦隊の指揮をとらねばならないのだ。

運命の皮肉といってしまえばそれまでだが、つくづく人間というのは小さな存在でしかないと鶴岡は思い知らされていた。

鶴岡の現在の肩書きは、南西方面艦隊司令部参謀長である。

セイロン沖海戦は日本海軍の大勝には違いなく、インド洋方面における欧州艦隊の脅威を完全に取り除いたという点から、戦略的にも間違いなく日本の勝利だった。

しかし、海戦の最終局面で日本艦隊に思わぬけちがついた。

第一艦隊の主力である第一戦隊の戦艦『土佐』、『尾張』の被雷である。

戦艦『土佐』『尾張』は、それぞれ被雷二で中破と判定される損害を被った。

もちろんそれで沈むようなやわな二隻ではなかったが、『土佐』はシンガポールに、『尾張』は大分の大神海軍工廠まではるばる戻って、被雷箇所の損害復旧を余儀なくされたのである。

日本海軍は六万トンクラスの大艦でも入渠《にゅうきょ》可能な浮きドックと工作艦を保有しており、本来ならセイロンに回航するだけで済むはずだったのだが、なぜか中央は傷ついた艦に遠洋航海を強《し》い、多大な時間的ロスを招いた。

それだけの補助艦艇を動かす人材と資材の手配が、すぐにはつかなかったためである。

真因が表沙汰にはならず、さほど追及されることもなかったこの指示だが、日本が抱える国家的破綻の兆しはこうして徐々に現われていたのである。

『土佐』と『尾張』は損害が機関にまで及んでいることが後に判明し、復帰までには一年以上を要すると見積もられていた。

一方、第一戦隊が抜けた第一艦隊は、主を失った烏合の衆も同然となり、連合艦隊司令部は第一艦隊を解散し、その残存艦多数を組み込んだ上でセイロンに駐留していた第一航空艦隊を再編し、改称した。

それが、南西方面艦隊である。

当然、大和型戦艦と並ぶ日本海軍の至宝ともいうべき土佐型戦艦を傷つけた第一艦隊司令長官三川軍一中将への非難は激しく、三川は第一艦隊解散を待たずして罷《ひ》免《めん》されて予備役編入という憂き目を見ている。

一部には「『土佐』『尾張』の被雷は、敵の艦載機と駆逐隊という海空同時攻撃の結果にもたらされたものであるため、やむなし」と三川を擁護する意見もあった。が、複数の参謀が「敵戦艦群との砲戦に勝利した後に、些細な戦果を欲張って危険な海域に不用意に留まった結果である」との証言をしたため、三川の罷免が決まったと言われている。

その三川の下で参謀だった鶴岡も、自らの失態を認めて辞表を提出した。

これで自分も予備役編入となり、海軍生活が終わる。残念だが、第一艦隊の参謀長という要職までのぼりつめた自分はよくやったと自身をなぐさめた鶴岡だったが、先の複数の参謀は三川に対する証言とは一転して鶴岡の擁護に終始した。

鶴岡は、敵戦艦群との砲戦後に速やかな撤退を主張していた。敵戦艦群との砲戦も、参謀長の鶴岡が第六、第七戦隊に肉薄雷撃戦を命じたためにつかんだ勝利である。等々と言って。

鶴岡はそれでもなお、前線勤務に残ることを拒んだ。

経緯はどうあれ、自分は日本海軍の主力中の主力である土佐型戦艦二隻を被雷させるという失態を演じた当事者の一人である。結果としてインド洋方面の水上打撃力は激減し、艦隊は航空作戦に偏らざるをえなくなってしまった。その戦略的制限を招いた責任はひとえに自分にあると。

だが、海軍当局はそういった鶴岡の主張を良い意味で認めなかった。

インド洋方面の戦局を熟知した人間を、理不尽な理由で後方送りにするほど海軍は腐っていないし、人材の余裕もあるとはいえない。

艦隊編成は前線の一士官が考える問題ではなく、海軍全体の大戦略で議論し決定すべき事項である。

そういった米内光政海軍大臣の言葉によって鶴岡はセイロンに留まり、新設された南西方面艦隊の司令部参謀長として引き続き辣腕を振るうことになったのである。

かくして、鶴岡はここにいる。

鶴岡が危惧するよりも、はるかに深刻に、はるかに高いレベルで、米内がこの日本の拡張政策に危機感を抱き、修正を画策していたことを、鶴岡はもちろん知らない。

最前線の洋上にいる鶴岡も、それを命じた米内も、少なくとも現時点では自分の本心とはまったく裏腹に、アフリカ沖というとてつもない遠方まで艦隊を進めていたのだった。

一月五日黎明、マダガスカル東方三〇〇海里まで進出した南西方面艦隊は、各空母の飛行甲板にずらりと敷きならべた艦載機を赤々とした空に次々に放った。

空母『大鳳《たいほう》』『鳳凰《ほうおう》』『神鳳《しんほう》』から発艦した戦爆連合一五〇機の大編隊は、朝日を背に勇躍マダガスカルに突入した。

マダガスカルは地政学的にも生物学的にも、非常に重要な土地である。

地球儀を回したり地図を丹念につなぎ合わせたりするとわかるように、アフリカ大陸とユーラシア、南北アメリカをパズルのように組みあわせると、マダガスカルはその間に見事にはまるのである。

これは地球の草創期にすべての陸地は一つだったという説の根拠になっており、またその大陸分裂の際に独立したマダガスカルには、何千、何万年ではきかない途方もなく長い時間をかけて独自の進化を遂げた生物も数多い。

しかし、二〇〇〇年という月日にわたって地球に君臨する人類が成しうる最悪の所業たる戦争の前には、そんなことはほぼ完璧に無視される些細《ささい》なことでしかないのだ。

殺到する日本機は港湾施設に爆弾を叩きつけ、あわてて出港しようとする艦艇に魚雷をぶち込み、マダガスカルの大自然を炎と煙に包んでいった。

何千年の間、培《つちか》われた密林に炎がおよび、世界的に稀有な動植物を容赦なく焼いていく。

澄んだ水が、清浄な空気が、人為的な火薬と煙に汚染されていく。

欧州軍の抵抗は乏《とぼ》しく、日本軍の攻撃はその大半が自然破壊にしかならないものだった。

「第一次攻撃隊より報告！　『我、奇襲に成功せり。停泊中の戦艦一隻を含む目標の破壊を確認。第二次攻撃の要なしと認む。今より帰投す。〇六三〇《まるろくさんまる》』」

「なんだ。もう終わりか」

呆気《あっけ》にとられたような表情を見せたのは、南西方面艦隊司令長官大西瀧治郎《たきじろう》中将であった。

第一艦隊司令長官三川軍一中将、第一航空艦隊司令長官戸塚道太郎中将の後任として、昨年一〇月から指揮をとっていたのだ。

勇猛果敢という言葉で全身を塗りつぶしたような大西としては、なんとも物足りない結果だった。

「もともと欧州軍は、すでにマダガスカルからの撤退を始めておりました」

鶴岡は言った。

日本軍の攻勢が近いと察知してか、水上部隊なき後、東方の警戒についていたイギリスのイラストリアス級空母二隻が昨年のうちにスエズ運河を越えて地中海に入ったという情報が、工作員からもたらされている。

実質的な逃走といっていい。

このことからも欧州軍はマダガスカルの死守を断念し、当面は本国付近に逼塞《ひっそく》するという方針に変更したと考えられるのである。

「マダガスカルに停泊していた戦艦は、おそらくイタリア艦でしょう。昨年のセイロン沖海戦で損傷したまま放置されていたのかもしれません」

ある参謀の発言に、鶴岡は記憶を呼びさました。

昨年の七月六日、鶴岡は第一艦隊司令部の参謀長として戦艦『土佐』に乗り組み、欧州の戦艦群と派手な砲戦を経験した。

結果だけを見れば第一艦隊の圧勝といえる戦いだったが、そのとき一隻だけ残ったイタリア戦艦がついに今日とどめを刺されたのだ。

おそらく命からがらマダガスカルに辿りついたものの、ろくな修理施設も資材も人材もないこの辺境の地で、絶望的な日々を送っていたに違いない。

いつか日本軍が来れば、またたく間に沈められる。そんな恐怖に乗組員は耐えていたに違いない。

それが今日終わった。

反撃はおろか身動きすらとれない状態でイタリア戦艦はどてっ腹に魚雷をぶち込まれ、多数の爆弾を嵐のように浴びて爆沈し擱坐《かくざ》した。

憐《あわ》れな最期だったろうが、鶴岡にはそれを必要以上に気に病む余裕はなかった。

「マダガスカルは、敵にとって出撃拠点となる母港というよりも、乗組員の休養や食料などの補給を行なうための停泊地としての性格が強かったものと思われます」

そこでいったん鶴岡は言葉を切った。ふた呼吸ほど置いて、付け加える。口にすべきかどうかと、迷いがこもった間《ま》だった。

「果たして、今回の攻撃が本当に必要だったのかどうか」

「ずいぶん控えめというか、弱気な発言だな。参謀長」

大西は横目で鶴岡を見て、胸を反らせた。

「我が軍がここまで進出したというのは、歴史的に見ても快挙だ。太平洋とインド洋のほぼ全域を手中にし、このマダガスカルをも占領しようと思えばそれができるところに来た。そうすれば、ここを足がかりにしてアフリカ進出というのも夢ではない」

鶴岡は目眩を覚えた。

どうやら大西は、現政権や軍首脳以上に誇大妄想をもった人物らしい。

「なあに」

大西は鶴岡の肩を叩いた。

「貴官は、燃料と弾薬を浪費した意味のない戦いだったと感じたのかもしれんが、欧州の者どもに、我が軍、我が国の不退転の意思を見せつけただけでも価値がある。そうだろう？」

呵呵大笑《かかたいしよう》する大西を目にして、逆に鶴岡は確信を深めていた。

海軍も目前の勝利に酔いしれ、本質を見失いはじめている。

セイロンですらも伸びきった補給線を維持し確保し続けるのがやっとだというのに、この上アフリカ東岸のマダガスカルとは、自信過剰にもほどがある。

たしかに純軍事的に見れば、敵の脅威は乏しいかもしれない。

また、大日本帝国が有する広大な領土があれば、必要な物資は苦もなく集められるかもしれない。

しかし、それらが本当に前線で使えるようにするためには、適切な加工と備蓄を施し、それなりの人員と船舶、護衛艦艇、さらにはそれらに補給を施すバックアップ体制を整えた上で、輸送ルートを確立することが必要なのではないか。

すなわち、膨大な時間、労力、経費が必要であり、見かけの食料や資源があればいいというものではないのだ。

（性急だ。少なくとも現在の我が国には、それだけの国力はない。慢心と驕《おご》りがは

びこる軍の足元は弱い。このままいけば、そのうち必ず痛いしっぺ返しを食らう。敵もそうそうやられっぱなしではないはずだ）

鶴岡の懸念は、この一カ月後に現実のものになった。

敵は予想もしない手段で、大日本帝国に強烈な一撃を見舞ってきたのである。

一九四七年二月五日　東京

空襲を告げる警報が、突如として夜の静寂を引き裂いた。

はじめは火事かなにかだろうと思って無視していた民衆も、繰り返し鳴らされる不気味な警報音に、一人二人と叩き起こされていく。

瞼が半分閉じた状態で外に出てきた者は、一様に不平不満を漏らしていた。

「こんな夜中に人騒がせな」

「機械の故障かなにかか？　役所や軍はなにをやっとるか」

危機感を抱いている者など、誰一人としていない。自分たちが重大な危険に晒《さら》されているなどとは夢にも思わずに、なにかの間違い程度にしか考えていない者が大半であった。

「空襲警報発令！」

「空襲警報発令！」

この声に、顔を見合わせた者がいる。

「空襲警報って……？」

ようやく警告の声だと聞きとっても、それを真に受ける者などほとんどいない。せいぜい狐につままれたような表情で、また顔を見合わせるくらいだ。

「こんな夜中に訓練とは、軍も馬鹿なことを」と、はなから相手にしていない者までいる始末だ。

防空壕に身を潜めようとしたり、所定の避難場所に向かおうとしたりする者もいなかった。

やがて轟々《ごうごう》としたエンジン音が空を震わせはじめると、甲高い風切音が連続した。

「敵？　まさか！」

誰かが叫んだときには、もう手遅れだった。

爆発の閃光が次々に闇を切り裂き、何千、何万という火の手が街中からあがっていたのである。

爆風が家屋をなぎ倒し、いまだになにが起こっているのか理解できない人々を巻き込みながら、炎が大小の路地を走っていく。

ここはハワイや満州、インドといった最前線ではない。大日本帝国の首都であり、極めて安全なはずの東京なのだ。

人々の不平や不満の声は悲鳴と絶叫に早変わりし、それも渦まく炎と煙の中に消されていく。

戦争という中にありながらの希薄な危機意識の代償として、人々は自らの命を差しだしたのであった。

「これは演習にあらず。繰り返す。これは演習にあらず」

一般民衆だけではなく首都周辺に駐留する軍の将兵の認識や意識も、地に堕ちたものだった。

日本全国および各植民地の要所に張りめぐらされた電探による警戒網は敵機の接近を確実に捉えていたが、その情報を生かすも殺すも人次第である。

人材は有限だ。

この時点の大日本帝国陸海軍も、優秀な人材の育成、配置といったものは急速な戦域の拡大に追いついていないのが実情であり、優秀な人材はハワイやインドや満州方面に集中せざるをえない状況だった。

すなわち、日本本土に残されている者は、新兵器のテストや機種転換、慣熟訓練に従事している者を除けば、訓練途上や経験の浅い新兵あるいは退役間際の老兵が多かったのだ。

加えて、南北はオーストラリアからカムチャツカ、東西はハワイからマダガスカルと、広大な勢力範囲をもつ大日本帝国の首都がよもや直接的な脅威に晒されるとは、当の軍も完全に想定外だった。

虚を衝かれた陸海軍は、成増や厚木といった航空基地からあわてて邀撃機《ようげきき》を発進させたものの、それらが東京中心部にさしかかったころにはすでに敵機は悠々と引きあげた後であった。

各搭乗員は、眼下に広がる妖艶な炎をただ呆然《ぼうぜん》と見守るだけだった。

(もし、敵に核兵器があったなら)

そう考えて背筋を凍らせた軍高官は一人や二人ではなかっただろう。帝都・東京壊滅というこの世の地獄が現出しなかったのが、唯一、不幸中の幸いだったかもしれない。

核兵器を行使した大日本帝国に対する神の裁きの鉄槌《てっつい》か。

消失家屋五〇〇〇戸、行方不明および死傷者二万五〇〇〇人。安泰と思われた大日本帝国の心臓部がひと突きされたこの夜、戦局は再び大きく動こうとしていた。

瓦礫の中に消えた命は、神の警告か。

ゆらめく炎は、帝国の歴史を焼き衰退を招く予兆か。

凍てつく寒風と渦まく炎とがぶつかる先に待つのは、破滅かそれとも……。

第二部　ニューヨーク沖、最終砲撃決戦！

開かれんとしている扉の先に広がるのは、光りと希望に満ちた世界か、はたまた混沌と失望に病んだ世界か。

振り返るはずのない時の流れは、否応もなく人に運命という道を歩くことを強《し》いる。もちろん、待つのは平坦で穏やかな道ではない。

一寸先は闇といわれる戦場の中に敷かれたその道を、将兵《つわものども》約六〇〇〇名は――。

今、ただ粛々と進んでいく。

第一章　日本再生

一九四七年二月一九日　茨城

高度一万メートルを超える高々度を、白頭鷲《はくとうわし》が舞っていた。

もちろん鷲そのものではない。超音速で行きかっているのは、それをモチーフにした飛行隊マークを尾翼に描いた戦闘機——航空自衛隊第七航空団第二〇四飛行隊のF－15FXである。

（百里《ひやくり》の空、か）

山田直幸《なおゆき》一等空尉は、黄昏時《たそがれどき》の空を目にしながら胸中でつぶやいた。

季節は冬。冬の夕暮れは早い。時刻はまだ午後三時半をまわったあたりだというのに、日は西に大きく傾き、空の一部は赤らんで見えるほどだった。

（俺がいるべきところは違う）

同じ百里の空とはいっても、ここはまったく異なる場所であった。七十数年前の、一九四七年、二〇世紀半ばの空である。二一世紀に生きる山田が、いるべきところではない。

しかし、あの日、あの事件がすべてを変えた。

二〇一八年七月三日、硫黄島で実施された新型核実験がタイム・トラベルを引き起こしてしまったのだ。

核反応で得られるエネルギーを磁力もしくは電磁波に変換してあらゆる電子機器を無効化しようという試みは、その意に反して硫黄島とそこに集結していた陸海空三自衛隊の演習部隊を七〇余年前に連れ去ってしまったのである。

しかし、その逆もありうると山田は信じていた。

実兄――防衛省技術研究本部先端技術推進センター所属の山田智則《とものり》二等陸佐がその実験の責任者だったことは後にわかった。その兄には恨みにも近い感情を抱いていたが、兄は核実験を続け、タイム・トラベルの再現も試みるつもりだと聞く。頼りたくはないが、頼らざるをえない。そして、期待せざるをえない。

身の安全だけを考えれば、自衛隊員の肩書きを捨てて、戦火から逃れられるどこか遠い場所に行けば済むかもしれない。

しかし、それでは意味がないのだ。安穏とした日々を得ても、この一九四七年に骨をうずめるつもりはない。二〇一八年の世界にいる妻子の元に戻るために、自分は自衛隊員として生き残らねばならないからだ。戦って、自分の生を得る。山田の戦う目的は、それであった。

ハワイ防衛に就いていた二〇四空が内地に戻されたのは、六日前のことだった。

理由は簡単明瞭だ。首都東京が敵の空襲に晒《さら》され、緊急に防空態勢の拡充をはからねばならなくなったためである。

東京がアメリカコンソリデーテッドのB－36『ピース・メーカー』と思われる重爆の空襲を受けたのは二月五日のことだった。

本来ならすぐにでも内地に取って返すべきだったのだろうが、航空自衛隊機の展開にはそれなりの準備が不可欠になる。高速大重量の機体を受けとめるための滑走路の舗装と強化、誘導・管制のための機器と人員、燃料・弾薬の備蓄に補給といったバック・アップ体制の構築が必要とされるためだ。

それらがやっと整ったのが、六日前の二月一三日といえる。

だが、その前日の二月一二日の深夜に敵の第二次空襲があったことを思えば、これら航空自衛隊と陸海軍の対応は遅きに失したといえるだろう。

敵は、初回の空襲からちょうど一週間後に二度めの空襲をかけてきた。そして、二度めの空襲からちょうど一週間めにあたるのが今日二月一九日だ。今夜遅く再び敵の重爆が現われる可能性は高い。もう失敗は許されない。緊張をはらみながら、山田ら航空自衛隊のパイロットは「異世界」の空を飛びつづけていたのである。

その夜、やはり敵は現われた。日付が変わろうとする深夜、いつもの時間にいつもの間隔でということだ。芸がないという考えもあろうが、逆に考えればアメリカにはまだ余裕があるということだ。

一週間置きのものを一日ずらしたり、夜間空襲を昼間強襲に変えたりという奇策は用いない。迎撃に上がって来られるなら来るがいいという自信と、戦争もあくまで機械的に決められたスケジュールに沿って遂行しようという冷徹なアメリカの意思を感じさせる今夜の攻撃だった。

「ビッグ・アイより全機へ。敵は三陸沖から房総半島に向けて南下中。B－36の編隊と思われる。高々度一万四〇〇〇まで上昇せよ。針路そのまま。一五分以内にキャッチできるはずだ。機数は、少なくとも一〇〇機。敵の目標は今回も東京市街と思われる。爆撃圏内に入るまで約二時間。健闘を祈る。オーバー」

AWACS(Airborne Warning and Control System=空中早期警戒管制機)からの連絡に、山田は面前の多機能液晶ディスプレイを見回した。

アナログ計器がびっしりと詰まっていたF－15Jに比べて、二〇四空が装備する究極のイーグル＝F－15FXアドバンスト・イーグルは、ほとんどすべての情報がデジタル表示され、コクピットは整然とまとめられている。

必要なデータを、必要な数、必要なときに、最適な形で提供してくれるのだ。縦に横に多数の計器を追う必要がなく、当然パイロットの負担は少ない。

「フュエル、チェック。ウェポン、チェック」

(異常なし。いける)

「毎度毎度同じ手は通用しないということを、敵にわからせてやりましょうよ。リーダー」

「そうだな」

自分のサポート役を務めるコール・サイン「レイピア」こと小湊琢磨《こみなとたくま》三等空尉の言葉に、山田はあらためて出撃の目的を考えた。

自分たちがハワイから内地に戻されたのは、まさにこのためにある。はるばる太平洋を越えて飛来する敵重爆を迎撃し、日本本土が焼かれるのを未然に防ぐのが自分たちの役割だ。

陸海軍のレシプロ戦闘機隊も決死の思いで上がってくるだろうが、一週間前、さらにその一週間前の戦闘結果から見れば、さほど期待できないのは明らかだった。

よって邀撃《ようげき》の成否は、すべて自分たちにかかっている。

しかも、二〇四空にとっては、今回の出撃は特別な意味があった。

「ブラック・タイガーより各機へ。レーダー照射は封止だ。いいな。敵の探索はFLIR（赤外線前方監視装置）一本でいく。敵発見次第、レーダー・オン、ロックしてAAM（Air to Air Missile＝空対空ミサイル）をぶち込む。敵発見が多少遅れる可能性もあるが、用心のためだ。空戦はなにより奇襲が前提だからな。見つかる前に撃つ。それがもっとも安全でもっとも成功率が高い攻撃法だ」

その特別な意味の持ち主から、指示が入った。中部航空方面隊司令部補給課長から二〇四空の飛行隊長に復帰した大門雅史《だいもんまさし》二等空佐である。今日は大門復帰後の初陣だった。

(さすが大門二佐。心得ている)

探知距離という点でいえば、一般的にFLIRはレーダーに劣る。つまり、レーダーを照射して進めば敵を見落とす可能性はなく、最短でAAMを突き込むことが可能ということになる。

しかし、逆にこちらが発するレーダー波を敵にキャッチされる可能性もある。

敵機接近を知った敵にそれなりの防御態勢を整えられる恐れがあると、大門は考えたのだ。

射程が長いAAMを持つ自分たちにとっては、奇襲成功は一方的展開に持ち込むための重要なキー・ポイントである。

ベストな選択だと、山田も同感だった。

「中東以来ですね」

小湊の声に、山田は悪しき記憶を呼び覚ました。

あの任務――フランスで核物質を積み込んだ輸送機の護衛任務の折り、自分たちは仲間を失った。二〇〇〇年代半ば以降、自衛隊の海外派遣が活発になり、戦闘地域での活動と死傷する危険性が比例関係で増加してきてはいたが、身近に殉職者が出たのは山田にとっても二〇四空にとっても初めての経験だった。

その責任を感じて飛行隊長を退いた大門の、現場復帰が今日というわけだ。その中東の輸送作戦が、実は今自分たちが置かれている超自然的な立場——過去へのタイム・トラベルを引きおこした遠因であると知る者は少ないが、ある意味今回の出撃は弔《とむら》い合戦といってもいいかもしれない。

「中東ね。レイピア、余計なことを考えていると落ちるぞ」

小湊をからかうような声をかけてきたのは、コール・サイン「ペトロ」こと唐沢利雄《としお》一等空尉だった。

「おい、ペトロ！　その言い方は……」

「よせ、ブルー・ソード」

山田と唐沢がヒート・アップしかける寸前に、大門が割って入った。

「すまんな、みんな。すべて俺の責任だ」

（隊長……）

「部下に雑念や争いを生じさせるのは、俺の本意ではない。しかし今回、俺は恥をしのんでこの職に戻ってきた。あのときにいた者も、その後に入ってきた者も、合わせて二〇四空として任務を完遂させたい。名誉だ不名誉だと言うつもりはない。俺は今ここで二〇四空の一員として任務を成功させたいんだ。頼む。力を貸してくれ」

「ラジャ」

「ラジャ」

「ラジャ」

山田と小湊が口火を切り、多くの者が続いた。

二〇四空は気持ちを一つにして戦闘空域に突入していく。会敵は一〇分後だった。

「タリホー（敵機発見）」

「タリホー」

FLIRが捉えた熱源反応に、敵機発見の報告が相次ぐ。

「レーダー、オン！」

各機、各パイロットが次々とレーダー作動のスイッチを入れる。四面ある液晶ディスプレイの一面がレーダー表示に切り替わり、敵機の輝点が一つ二つと灯《とも》っていく。ただちにデータ・リンクによってコンピュータが各機に目標を割りふる。

「ドロップ、ザ・タンク。ワン、トゥー」

空戦の備えて増槽を切り離すべく、大門がカウント・ダウンを始める。

相手によっては、増槽を付けたままでも戦える可能性がある。だが、幸い予定戦闘空域は本土近海上空である。増槽の予備燃料がなくても、空戦を挟んで充分帰還可能だろう。また、増槽があることによって、重量や空気抵抗の負荷による速力や旋回性能の悪化を招いてしまうことも事実だ。

それがどの程度のものであっても、たとえ相手が弱小のレシプロ機だとしても、空戦を有利に導く手段があるならなんでもする。生存性は最大限に高める。たとえ小動物一匹でも、狩りをするとき獅子は全力を尽くす。

それが今の大門の気持ちであった。

「スリー！」

スリーならぬスロー（投げる）の操作で、総勢二四機のF－15FXがいっせいに増槽を切り離した。

月は半月からやや欠けた程度だから、決して月明かりは強くない。投下とともに漏れた残燃料は、宝石のように輝くわけではなく弱々しい月明かりを受けてうっすらと見え隠れしながら高空に消えていく。

「ターゲット、ロック・オン。ファースト・アタック、ゴー!」

まずは射程の長い中射程ＡＡＭが牙を剝《む》く。増槽の外側のハード・ポイントに懸吊してあったＡＡＭ−13が、まばゆい炎を発して夜空を切り裂く。

ＥＣＭ(Electronic Countermeasures=電子対抗手段)に対する抗堪《こうたん》性を重視して速力を犠牲にした設計思想は、この時代にはそぐわないが、今それをどうこう言ってもはじまらない。とにかく、今ある装備で最良の結果が出るようにするしかない。

ただ、アクティブ・レーダー・ホーミング、すなわち内蔵レーダーで初期から終端まで自力飛行と誘導ができる撃ちっぱなしミサイルであることは助かる。

ＡＩＭ−7スパローに代表されるセミ・アクティブ・レーダー・ホーミングＡＡＭであれば、自機のレーダーで目標を照射しつづけてその反射波をＡＡＭに拾わせなければならなかったが、その必要がないということだ。

自機のレーダーがフリーということは、ＡＡＭを置き土産にしてすぐに離脱をかけることもできるし、迅速に第二撃を放つこともできるというわけだ。

目標は数多い。レーダーが、湧きだすように現われてくる敵機をキャッチしている。

コンピュータはすでに次のターゲットを選定済みだ。

「セカンド・アタック。ゴー！」

大門の指示に従い、二〇四空三四機のF－15FXは再びAAM－13を切り離した。

ゲイト・オープン時のサラブレッドのように、AAM－13は夜空の彼方に突っ走る。

ここまではいい。問題はその後だ。

「騒がしくなってきたな」

夜空を切り裂く閃光と妖艶な炎に、アメリカ軍第五八爆撃航空団所属ノースロップB－35『フライング・ウィング』機長エディ・ジョーンズ少佐はつぶやいた。

おそらく爆発の轟音《ごうおん》も夜空いっぱいに響いていることだろうが、それは距離の問題と最大出力三〇〇〇馬力を誇る四発のP&WR－4360エンジンの咆哮にかき消されて届かない。

入ってくるのは、悲鳴と罵声混じりの交信だけだ。

「くそっ。マーフィーがやられた。来るぞ！」

「二番機。応答せよ。二番機。いや、なにい！」

「駄目だ。尾翼を飛ばされちまった。コントロール不能！」

「神よ。炎が。来るな、来るな！」

いずれも味方の危急を知らせるものだ。

「さすがに三度めとなると、敵も相応の準備をしていたということですかね」

「そうだな」

操縦桿を握るボビー・グウィン大尉の言葉に、ジョーンズは気のない返事をした。

「だいぶ苦戦していますが、新手《あらて》の敵が向かってきたのかと」

「ああ。普通じゃないな。これまでとは違う。もしかしたら、ハワイで見た奴らかもな」

「……ハ、ハワイで！　あの連中ですかい」

あまりにあっさり言うジョーンズに、はじめはわからなかったグウィンだったが、意味を理解した途端に声が裏返る。ハワイで見た奴らというのは、あの信じ難い速度と武装を持つ敵新型機、すなわち航空自衛隊のF－15FXのことである。

「それぐらいでなければ、こうもやられまい」

ジョーンズの口調は、まるで他人事のようだった。

事実、ジョーンズが指揮する「ラスト・サンセット」のB－35『フライング・ウイング』は、直接的な脅威に見舞われていない。

あれこれ余計なことを考えると、人はマイナス思考に陥《おちい》りがちだ。今こうして何事もないならば、それを素直に受け止めて行けるうちに行ってしまおうというのが、ジョーンズの考えだった。

後年のB－2ステルス爆撃機にも通じるブーメラン形をしたB－35『フライング・ウィング』がゆく。二重反転式のプッシャー式プロペラが大気を噛み、全長一六・二メートル、全幅五二・四メートルの機体をグイグイ押しだしていく。

その魁偉《かいい》な姿は、確実に日本の首都・東京に迫っていた。

「スプラッシュ！」

「スプラッシュ！」

目標撃墜を示す報告は続いていたが、敵機はいっこうに減っているようには見えなかった。レーダー・ディスプレイ上では、AAM（空対空ミサイル）の輝点が消滅するたびに敵機も一機また一機と消えているはずだったが、敵機を示す黄色い輝点はなおディスプレイを埋め尽くす勢いだった。

「接近戦に入るぞ」

「ラジャ」

「ラジャ」

第三〇四航空隊飛行隊長大門雅史二等空佐の指示に従って、山田直幸一等空尉はスロットルをいっぱいにした。双発エンジンのうなりが高まり、甲高いタービン音が機内にも響く。尾部の排気口は大きく開いて橙色《だいだいいろ》に煌《きら》めき、夜の冷気を焼いていく。

「あれか」

数分としないうちに、敵機が視界内に飛び込んできた。

暗視ゴーグルをとおして、闇一色だった夜空の中に薄緑色の敵機がぼんやりと浮きでてくる。まだ単に人魂《ひとだま》のような楕円形の塊にしか見えないが、正体は知れている。アメリカの現在の勢力圏から考えて、この日本本土に到達できるのはB－36『ピース・メーカー』をおいてほかにない。

轟々と風は流れ、緊張感がさらに高まる。

液晶ディスプレイ上の情報は、オレンジ色にくっきりと浮かびあがっている。

F－15FXに代表される現代のスーパー・ファイターは、電子機器の塊といっていい。

飛行、索敵、攻撃、連携、あらゆる意味で電子化とシステム化が進んでいるが、この暗視ゴーグルは今なおファイター・パイロット（戦闘機搭乗員）には頼れるものだった。

最後には自分の目が頼りになる。特に夜間のドッグ・ファイト（近接格闘戦）では、自分の直感と判断が勝敗を決すると豪語するパイロットもいるほどだ。

「こちらブルー・ソード。レイピア、付いてきているな？」

「こちらレイピア。音声クリア。すぐ上にいます。どうぞ」

山田とエレメント（二機編隊）を組み、サポート役のウィングマンを務める小湊琢磨三等空尉は、セオリーどおりに一nm（ノーティカルマイル＝一八五二メートル）後方約一〇度で、一〇〇〇フィート（三〇〇メートル）上方に占位していた。

これは相互支援に最適の位置である。互いの後方視界を確保するとともに、左右逆方向への一八〇度旋回、いわゆるクロスターンが安全かつスムーズに行なうことができるからだ。

山田は小さくうなずき、目標を見定めた。まず、右側の一群を狙う。

「ターゲット、レフト・エネミー。フォロー・ミー！」

相対的に一〇〇〇メートルほどの高度上の優位を占めていたが、それでもなお山田は機首を上向けた。スロットルをそのままに、高速で目標に接近する。

(やはり、B—36か)

山田もハワイ・オアフ島での戦いを思いだしていた。棒状の胴体の先に突起のように盛りあがったコクピットを配し、後退翼と大面積の垂直尾翼を持つ特徴的なB—36『ピース・メーカー』の機影は見間違うわけがない。今、史上最凶のその巨鳥が目の前にいる。

(スリー、トゥー、ワン!)

すれ違いざまに山田は胸中で早めのカウントをとなえてスロットルを絞った。同時に右のラダーを踏み込み、操縦桿を右に倒す。F—15FXが、支えを失ったように右に急傾斜した。主翼が反時計まわりに回転し、視界が急転する。一時消えた目標が再び視界に入り、右の後ろからじりじりと中央ににじり寄ってくる。

山田は目標を見据えた。HMD(Helmet Mounted Sight=ヘルメット装着式照準装置)が機能し、目標を囲んだターゲット・ボックスが電子音とともにエイミング・レティクル(照準マーク)に近づく。

それが一致した瞬間、ターゲット・ボックスが点滅から点灯に切り替わる。「Lock」「Attack」の表示が相次いで飛びだす。すべてヘルメットのバイザーに投影された動きだ。

「いけ！」

四面ある液晶ディスプレイの一つは、兵装を示している。両翼端に表示されていた短射程空対空ミサイルＡＡＭ－15が橙色の点灯から点滅に変わり、やがて消灯する。

夜空に白い軌跡を描いたＡＡＭ－15は、ほぼ直上から目標のＢ－36『ピース・メーカー』に突き刺さった。極めて優れた運動性能とワイド・レンジ・シーカーを持つＡＡＭ－15であれば、正面に近い相対飛行中に置き逃げすることもできたかもしれない。

しかし、山田はそうしなかった。

無理をすれば、失探する危険性は確実に高まるからだ。敵の数が多く、しかも携行ミサイルの数が限られている現状から、山田はより確実で安全な策を取ったのだ。ＡＡＭ－15は基本的に熱源を追うＩＲシーカーを目に持つタイプのＡＡＭである。安

山田の放ったＡＡＭ－15は、もっとも排熱が集中するエンジン後部を襲った。安全を見て射程いっぱいで撃ったために推進剤の残量は乏《とぼ》しく、余分な爆発や燃焼はなかったが、それでも充分だった。閃光とともに巨大な主翼がへし折れ、白煙が噴きだした。

標的のB－36は悲鳴じみた音を発して、まっさかさまに海上に消えていく。その側面からも白色の閃光が射し込んでいくのが見えた。小湊の戦果である。こちらもエンジン部を直撃したが、当たりどころが六発エンジンのもっとも外側だったために、一撃で粉砕には至らない。主翼の三分の一を失ったB－36は、なおも炎を引きずりながら飛行を続けた。

だが、破局はすぐにやってきた。

B－36はワン・ショット・ライターと揶揄《やゆ》された日本海軍の一式陸攻などと異なり、分厚い防弾装備や自動消火装置などの優れた火災対策が施されている機だ。しかし、それでも無事では済まなかった。橙色の炎が温度変化によって赤色や白色を呈しつつ、残った主翼を伝って胴体に達していく。

その後は一瞬だった。送油管を走った炎が燃料タンクに達するや否や、文字どおり爆発的なエネルギーがB－36の内部から解放された。紅蓮《ぐれん》の炎と衝撃はたちどころに搭載爆弾の誘爆を引き起こし、巨大な火球が膨れあがった。零戦が五機並ぶほどの大きさのB－36の長い胴体がくの字に折れ曲がった直後、火球は機体全体を覆って弾け飛んだ。轟音が夜気を震わせ、無数のジュラルミンとガラスの破片が飛び散った。

Ｂ－36『ピース・メーカー』というこの時代のレベルをはるかに超越した造形物は、まさに跡形もなく消し飛んだのだった。

山田と小湊は背面飛行に入って、流れるように離脱する。

二人が狙ったのは、Ｂ－36八機による悌団だったようだ。残りの六機のうち一、二機が苦しまぎれに旋回機銃を撃ってきたが、距離が遠いのと相対速度のあまりの違いにかすりすらしない。赤い曳痕《えいこん》はＦ－15ＦＸ二機がとおったはるか後方の虚空を、むなしく貫くだけだ。

「次！」

決して無理をするつもりはないが、もたもたしてはいられない。こうしているうちにも、Ｂ－36の大編隊は着実に大日本帝国の首都・東京に迫っているのだ。

敵の射程外に悠々と離脱して、機体を立てなおす。そして水平飛行に戻り、旋回して機首を上向ける。

「行け！」

山田は小湊が付いてきているのを確認して、アフター・バーナーに点火した。尾部の双排気口が最大面積に広がり、黄白色の炎を噴出した。豪快な排気音が轟《とどろ》き、全長一九・四三メートル、全幅一三・〇五メートルの機体が加速度を増す。推力重量比に余裕があるF－15FXは、鋭い加速も売りであった。強烈なGが山田の身体を襲うものの耐Gスーツがそれを最小限に軽減し、パイロットの負担を抑える。

いったん離れた敵悌団がみるみる迫ってきたところで、山田は再びAAM－15を放った。すかさず操縦桿を引き、左のラダー・ペダルを踏み込む。小湊もぴたりと続く。機首が上向き、右の主翼が跳ねあがる。二機は弓なりの航跡を描きながら、AAMとの距離を開けて行った。

山田は後ろ下方という絶好の位置から攻撃を仕掛け、またも敵に反撃を許さずに離脱したのであった。

ふと気が付くと、戦闘空域は横にも縦にも広がっている。

下層の空域でもさかんに閃光が弾けているのは、陸軍と海軍の戦闘機隊がかけつけた証拠に違いない。

だが、敵が一万三〇〇〇の高々度を行くために思うように動けずにいる。二〇四空が追いつめて、下がったB－36を襲う構図になっているのかもしれない。

爆発が連続した。山田と小湊の戦果だけではなく、多数機がドッグ・ファイトしているのだ。

今、日本の近海ではうなりをあげて航空機が飛び交い、多数の閃光と炎が躍っているのだ。

戦果は上々だった……のだが。

「駄目か」

眼下に見えはじめた陸地に、山田はうめいた。房総半島であった。二〇四空は敵機多数を撃墜したものの、侵攻そのものを食い止めるまでには至らなかったということになる。

悲観的に見積もったとしても、一機あたり四発のAAMを命中させたとして合計約一〇〇機。それだけの損害を被《こうむ》りながらも、アメリカは数の力で押しきったのである。

二〇四空の各機は、すでにAAMを使い果たしている。

「まだだ。まだ最後まで」

山田はぐるぐると首を振った。

「AAMがなくてもバルカンがある」

F－15FXは先代のF－15Jと同様に、固定兵装としてM61A1二〇ミリ・バルカン砲を左主翼の付け根に装備している。近距離戦になるため敵の反撃を浴びる可能性も高いがやむをえない。当然ながら、ここは攻撃続行だ。ただし、毎分約五〇〇〇発を数える発射速度は一二秒足らずで九五〇発の搭載弾数を撃ち尽くしてしまうので、深追いは禁物だ。

一機また一機と敵機を落とすうちに、ふいにF－15FX一機が至近に寄ってきた。翼をバンクさせているのは、なにかを伝えたいのか。

山田は速度を調整して、その一機と並走した。シリアル・ナンバーは確認できなかったが、どうやら隊長機らしい。

「ブラック・タイガー、どうしました？」

しかし、応答はない。どうやら通信装置をやられているらしい。

大門雅史二等空佐は、しきりに立てた親指を下に振っている。

「下、下ですか？」

「下？　ラジャ。レイピア、フォロー・ミー」

山田は敬礼し、翼をバンクさせた。了解の意味を伝えてラダー・ペダルと操縦桿を操る。

機体が反時計回りに回転し、背面飛行に移りつつ高度を下げる。山田は小湊を従えて、低空に降りようと決めたのだ。

戦闘空域は房総半島を抜けて東京湾に達している。

高度を示すデジタル数字が、すさまじい勢いで下がっていく。

「！」

そこで山田は愕然《がくぜん》とした。

レーダーが新たな機影を捉えたのである。海面近くに敵がいた。敵は高々度を行く一方でひそかに別働隊を組織し、超低空侵入を試みていたのだ。

「ウィーク・ポイントを衝かれたか！」

山田は唇を嚙んだ。飛行中でなければ、どこかのドアを蹴りやぶったり壁に拳を打ちつけたりしたい気分だった。

Ｆ－15ＦＸは対地対艦攻撃も可能な戦闘爆撃機であるが、航空自衛隊での位置づけはあくまで制空戦闘機である。そのために機体設計や武装だけではなく、補助のハード・ウェアやソフト・ウェアも対空戦闘を念頭に置いた設計と装備がなされている。Ｆ－15ＦＸの搭載レーダーは前方監視は優秀だが、ルック・ダウンすなわち下方監視性能に一抹の不安が残されているとのことだった。

おそらく対艦戦闘を重視したＦ－２支援戦闘機ならば違っただろう。Ｆ－２の機首に備えたアクティブ・フェイズド・アレイ・レーダーは、上下の走査を完璧にこなしたはずだ。

一九七六年九月六日、函館空港に強行着陸し亡命したベレンコ中尉のＭｉｇ25を、航空自衛隊は事前に捉えることができなかった。

当時、航空自衛隊の主力機だったＦ－4ファントムが搭載するレーダーのルック・ダウン性能の不足が大問題化されたものだったが、ここで山田らはまったく同じ轍《てつ》を踏んでしまったのである。

「やられた」

だが、嘆いていてもしかたがない。とにかくできる限りの阻止を試みるだけだ。

「ブルー・ソード、ターゲット、インサイト。ナイン・オクロック・ハイ！」

ふいに小湊の切迫した声が両耳に轟《とどろ》いた。

「！」

山田は声にならない叫びを上げた。そこにいたうちの一機が、Ｂ－36『ピース・メーカー』ではなく異形の機体だったからだ。主翼そのものが機体と化した全翼機であり、後部に配したプロペラによって四発のエンジンがプッシャー式に機体を押しだしている。

空を飛ぶ巨大なエイのような機影は忘れもしない。昨年六月にオアフ島近海で対したノースロップ・Ｂ－35『フライング・ウィング』である。

「あいつ」

見たところB―35は一機だけのようだ。試作機として実戦テストを兼ねているのかもしれないが、一機だけということは機長を含めてクルーはオアフ島近海で戦ったときと同じ連中の可能性が高い。

「やらせん。やらせんぞ」

オアフ島近海では今一歩のところまで追いつめながらも撃墜には至らず、逆に空母への投弾を許してしまった苦い思い出がある。

今回はすでに高空をゆく敵梯団に気を取られ、東京への接近を許すという失態を演じていた。この上、同じ失敗は許されない。

しかし……。

(どうする?)

敵は自分たちの接近に気づいて密集隊形に移行しつつある。

相互支援を可能にすると同時に、分厚い弾幕を張って寄せつけないつもりだ。

B―35『フライング・ウィング』が中心に割って入る。オアフ島近海で味方艦載機を利用したように、今度はB―36『ピース・メーカー』を盾《たて》にして隠れるつもりに違いない。

えげつなく汚い戦法だとは思うが、ここで罵っていてもなんの解決にもならない。敵は敵で生存性を高める最高の手段を取っただけだ。

「よし!」

山田は最後尾の機から一機ずつ消していこうと決めた。

見たところ敵は総勢一〇機ほどだ。三機も葬れば目標のB−35に取りつける。敵の高度は低い。単発機なみに海面すれすれを進んでいる。鈍重なB−35の六発機では相当な腕と度胸が要求されるはずだ。おそらく、敵の中でも選りすぐりの敏腕パイロットが揃っているのだろう。

攻撃できるのは前後左右からか、あるいは上面からだ。上空からピンポイントで射撃することも考えなくはなかったが、速度差を考えると射撃のタイミングと照準は極めて難しい。かといって、速力を抑えて並進すれば敵の弾幕射撃のターゲットになるだけだ。

「いくぞ!」

山田はさらに低空に舞いおりた。飛沫がコクピットを濡らす。ちょっとでも翼を波濤にひっかけようものなら、木っ端微塵《こっぱみじん》になってそれまでだ。

小湊は後方やや上寄りから、上空からの奇襲がないかどうか目を光らせている。

サポート役のウィングマンとしては、模範的な動きである。

大門のエレメントも同様の動きを見せている。

山田と大門とが最後尾のB－36『ピース・メーカー』に狙いを定め、ウィングマンの二機が後方で援護にあたる。

山田は慎重にスロットルを操作して、目標との距離を詰めた。

（まだだ。まだ）

発砲は敵のほうが先だった。真っ赤な火箭が、突風のように前方から向かってきた。が、狙いどおり密度は薄く、ざるのような射撃だ。

山田はかまわず突進して目標に肉薄し、B－36の巨大な機影がHUD（ヘッド・アップ・ディスプレイ）からあふれるころに、二〇ミリ・バルカン砲を叩き込んだ。

深追いはしない。曳痕が目標に吸い込まれていくのを確認する間もなく、山田は離脱に移った。操縦桿を引きつけて機首を上向ける。左のラダー・ペダルを踏み込み、操縦桿を左に倒して再び引きつける。

敵編隊に一瞬かぶさったところで、Uターンして再び背後につこうとする。

小湊も続く。

大門のエレメントもほぼ同じように攻撃を仕掛けていた。四条の火箭《かせん》がB－36の尾部に突き刺さり、黒っぽい破片が飛び散って火の粉が舞う。

だが、一航過では目標を撃墜することはできなかった。B－36は三箇所から黒煙を噴きつつも、そのまま編隊を崩さずに飛びつづけている。被弾した機のパイロットとすれば、最悪不時着水すればいいと思っているのかもしれない。いかに貫通力の高いタングステン弾芯を持つとはいえ、二〇ミリ弾程度では防弾性能に優れた巨人機を撃墜するのは至難なのだ。

山田は陸海軍機が苦戦する理由《わけ》を、身をもって知らされたような気がした。やみくもに撃っても無駄弾が増えるだけだ。かといって、海面すれすれを行く敵機の腹──爆弾槽を撃ち抜くことはできない。角度的に一撃必殺の技は使えないのだ。

ならばこうしてやるとばかりに、山田は小湊に声をかけた。

「レイピア。ターゲット、レフト・エンジン」

「ラジャー」

山田は機体を翻して、再び目標の真後ろについた。スロットルを開いて距離を詰め、再び二〇ミリバルカンを叩き込んだ。

山田の一撃はB－36の尾翼を襲った。連続写真で焚いたストロボのように左尾翼の根元に立てつづけに火花が踊り、やがて黒い板材のようなものが空中に吹き飛んだ。

次いで、小湊の銃撃が左翼のエンジンでもっとも内側にある第三エンジンを襲った。こちらは炎や黒煙を吐くことなく、まるで草食動物が肉食動物に食いちぎられるように、大小の破片を撒き散らしながらエンジンそのものが消え失せた。

（どうだ）

山田は再び反転離脱をかけながら振り返った。

目標のB－36は左に傾きながらもなおしばらくは飛んでいたが、やがて左の翼端が海面に接するや否やそれを軸に半回転して果てた。

「次！」

あと二機を落とせば、B－35『フライング・ウィング』に取りつくことができる。

もう少しだと自分を鼓舞して、山田は再び攻撃態勢に入った。

前方で大門のエレメントが二機めのB－36に黒煙を噴かせていた。

しかし、二機はそこで翼を大きく振って離脱していく。弾切れのようだ。

「まだまだだぞ。ターゲット、ライト・ウィング」

敵機が黒煙を噴いているのは、右主翼の付け根あたりであった。電気系統をショートさせたか、あるいは送油漏れを生じさせたか、いずれにしてもそこに攻撃を集中するのが撃墜への早道だと、山田は攻撃箇所を指示した。

「ラジャ」

了解したという小湊の声を耳にして、再び距離を詰める。

敵も苦しまぎれに銃撃してくるが、火箭はまるで見当違いの空域を貫くだけだ。高低、左右、どちらもほど遠い。

かまわず山田は直進し、二〇ミリバルカン砲の発射ボタンを押し込んだ。一撃とはいかないが、やや上下に振った弾道はB－36の右主翼をたしかに捉えた。火花が散り、破片が舞った。

離脱する山田の代わりに小湊がフォローに入り、再び二〇ミリ弾を叩き込む。それでもB－36『ピース・メーカー』は飛びつづけた。だが、ダメージは確実に蓄積し、抉《えぐ》られた外鈑から走る亀裂は休む間もなく広がりつづけていた。

数秒後、空気抵抗に耐えきれなくなったB－36の右主翼は音をたててへし折れた。海面すれすれを飛んでいた巨体はぐらりと右に傾き、滑り込むように海面に突入して四散した。

残りは一機である。山田は大きく機体を翻し、楕円を描いて攻撃態勢に入った。

外堀、内堀は埋まった。次は本丸の正門である。落城寸前の大坂城に攻め入る徳川勢と化した山田と小湊のF－15FXがゆく。妖刀ムラマサの代わりに振りかざすのは、M61A1二〇ミリ・バルカン砲だ。

「レイピア。ターゲット、ライト・エンジン！」

「ラジャ」

山田は右のエンジンを狙って、最後のB－36を撃墜しようと決めた。

さっき、B－35『フライング・ウィング』の後ろについていたB－36『ピース・メーカー』は三機だった。うち二機を落としたから残りは一機である。

薄くなった防壁をカバーしようと、側面に展開するB－36が弾幕射撃を仕掛けてくる。

だが、たいしたことはない。何十機という編隊ならともかくたった数機でなにができるかと、山田は冷静だった。

もし側面を固めているB－36が移動してきたにしても、その場合は側面攻撃に切り替えればいいだけの話だ。敵もそれは理解しているのか、編隊形を崩す気配はない。

「いくぞ」

山田はスロットルを開き、機首をやや右に流しつつ銃撃した。赤い曳痕が、切りつけるように斜めにB－36『ピース・メーカー』の主翼を横ぎった。その中心点は、狙いたがわず第四エンジンを直撃している。

一カ所にとどまっていればさすがに反撃を食らうため、山田はそのまま右上方に離脱し反転していく。

代わりに小湊が逆方向から二〇ミリの一閃を浴びせる。

（やったか⁉）

山田は大きく首をひねって、戦果を確認しようとした。

小湊の銃撃はほんの一瞬だった。コンマ数秒火花を散らしただけで、小湊機は離脱していく。

「こちらレイピア。残弾ゼロ。すみません。リーダー」

「気にするな。充分だ」

山田の目はそのままB－36を追っていた。

最後の一機は撃墜こそできなかったが、落伍させることはできそうであった。闇の海上にたなびく白い尾が、くっきりと見えるからだ。山田と小湊の銃撃によって、エンジン二機が白煙を噴いているのである。

片肺飛行になったB－36は速度が落ち、徐々に右に流れていく。

チャンスだ。

「ウェポン、チェック」

機体を翻して攻撃態勢に入りながら、山田は残弾を確認した。すでに弾倉は空《から》になりかけている。黄色のラインを越え、ゼロを示す赤のラインが間近に近づいている。おそらく一連射か、良くても二射が限界というところだろう。

「これで決める！」

B－35『フライング・ウィング』の後ろ姿を、くっきりと視界に収める。

暗視ゴーグルをとおして見える緑の巨影は、不気味であった。幅広い板が空を飛んでいるようだが、それが日本本土に大きな災いをもたらす元凶なのだ。

AAMと違って直接照準になるので、HMDは使えない。照準はコクピット前面に立った3Dホログラフィック・ディスプレイを用いて、マニュアルで行なうしかない。

中央のエイミング・レティクル（照準マーク）に、ターゲットであるB－35を寄せるように機体をスライドさせていく。右……もう少し左……中央！

そのとき、B－35が突如上昇した。まるで海中からエイが飛びだしたかのように、ブーメラン形をした特異な形状の機体が大きく立ちあがった。プッシャー式の二重反転プロペラが、全備重量八一・六五トンの機体を高空に押しあげていく。

(やはり、そうきたか)

山田はその動きを読んでいた。みすみす背後から銃撃されるのを黙っているわけがない。

旋回が鈍い大型機となれば、下が海だったら逃げ道は上だけだ。あらかじめ予想していた山田の反応は鋭かった。操縦桿を力いっぱい引きつけ、アフター・バーナーを焚く。甲高いタービン音がコクピット内に響き、轟音が夜気を揺さぶった。熱風が海面を蹴り、噴出した炎が海水を気化させる。

そのとき、ふとブリーフィング時の飛行隊長大門雅史二等空佐の言葉が脳裏をよぎった。

「敵の爆撃目標は不明だ。一、二回めは住宅街を狙った形跡も窺えるが、今回もそうとは限らない。軍港や司令部、物資集積所など、軍の主要施設が目標にならないとも限らない」

陸海軍の研究施設は東京近郊にもあったはずだ。

補給の問題などから、陸海空三自衛隊は硫黄島から全面撤退する計画だった。ということは、自分の未来への生還の鍵を握る兄——防衛省技術研究本部先端技術推進センター所属の山田智則二等陸佐がそこにいる可能性もある。

仮にそこが爆撃されたとしたら、自分は永遠に妻子のもとに帰ることができない。愛妻・香子《きょうこ》と息子の風也《ふうや》を二度と抱きしめることができなくなってしまうのだ。

（そんなことをさせてたまるか）

確執のある兄を助けるというのは正直癪《しゃく》に障るが、やむをえない。妻子に対する愛を大、兄に対する嫌悪を小として、大を生かすに小を殺さねばならないということになる。

３Ｄホログラフィック・ヘッドアップ・ディスプレイ上で、エイミング・レティクル（照準マーク）が敵機の下腹を捉えている。

（いけ……なに！）

山田は目を疑った。突如として敵機が消えたのだ。山田の放った弾道は、ただ暗闇の虚空を貫いていた。

「バ、バレル・ロールだと!?」

敵機は急上昇に続いて今度は大きく機体を回転させ、山田の射線を外したのだった。超大型の機体からすれば信じられないほどのアクロバティックな機動である。

よほど鍛えられたクルーと、度胸と強気、そして確かな計算力を併せもつ指揮官がいなければできない芸当だ。

「いや、まだだ」

射撃に集中しきれていなかったための失態だと山田は自分を責めたが、まだあきらめる段階ではない。降下に転じる敵を追って撃墜すれば済む話だと、素早く気持ちを切り替えた。幸い機動性ではこちらのほうがはるかに上だ。追えない道理はない。

ラダーを効かせて機体を滑らせ、次いで操縦桿を右に倒して押し込んだ。直角に切りたった双垂直尾翼が時計回りに半回転し、大面積の主翼が上下を向いた。そのとき、かすかな衝撃と異音がコクピットに伝わってきた。乱れ飛ぶ敵の火箭が機体をかすったらしい。

かまわず山田は機首を押しさげた。二つか三つ機体に弾痕を穿《うが》たれたかもしれないが、致命傷はないようだ。オイル漏れ、燃料漏れ、電子機器の異常など、警告を示す表示はいっさいない。

敵影が眼前に膨れあがる。

爆弾槽を撃ち抜けば一撃で決まるが、下に回り込む余裕はない。機体上面を掃射すべしと、山田は決めた。

互いに毎時何百キロという速度で動きながら特定箇所を撃ち抜くというのは難しいが、二〇ミリの曳痕で切りつければコクピットを潰せる可能性は高い。敵搭乗員、特に操縦士を死傷させたところでジ・エンドになるはずだ。

「いけえ！」

エイミング・レティクル（照準マーク）が敵機の尾部を舐めた。

かすかに機首を振りながら、山田は渾身の思いでM61A1二〇ミリ・バルカン砲の発射ボタンを押した。が、手応えはほんの一瞬だった。発射の反動らしい反動もなく、銃口は沈黙した。命中の火花も線香花火がともった程度のものでしかなかった。痛恨の残弾ゼロである。

（ここまで来て、チキショウ）

「EMPTY」の弾倉表示を横目に、山田はぎりぎりと歯を噛み鳴らした。奥歯がかすかに砕ける音が混じった。

暗い水平線の彼方の色が変わっていた。東京湾に奥深く入り、いよいよ首都・東京が目前に迫ったのである。山田は言葉にならない叫びを上げた。無我夢中で機速を上げ、愛機を弾丸と化したように敵機に振り向けた。

山田はこのときのことをよく覚えていない。後で振り返ってみても、どうやって、どう自分が行動したのか、思いだせないのである。

考えや意思といったものよりもさらに深い本能的な部分で、山田は自らを突き動かしたのかもしれない。敵の爆撃を阻止しようと、体当たりも辞さない覚悟だったのだ。

しかし……。

「！」

面前を横ぎる黒い影と風圧に、山田は我に返った。

高速で山田の前を横ぎり、今度は旋回して正面から迫ってくる。飛行隊長大門の機だった。

「馬鹿な真似はやめろ」という大門の声が、すぐそばに聞こえたような気がした。

敵は攻撃手段がなくなった山田を置き去りにして、悠然と進んでいる。東京上空に入るのは時間の問題だ。

（俺はこのまま呆然《ぼうぜん》と見送るしかないのか）

やるせない気持ちが胸を痛打したが、もはや山田が取りうる手段はなかった。我に返ったぶん、山田の落胆はかえって強かった。

「こちらレイピア。ブルー・ソード、聞こえますか?」

「ああ」

まるで夢遊病者のような気のない返事を、山田は返した。

「陸海軍の航空隊も出ています。敵にこのまま蹂躙《じゅうりん》されるのを黙って見過ごすわけではありません。彼らの奮闘に期待しましょう。気休めかもしれませんが」

「気休め、か」

最後に付け加えた小湊の言葉に、山田は小さく息を吐いた。

たしかに大気の薄い高々度と違って、低空ならば陸海軍のレシプロ機でも自在に飛び回ることが可能だ。しかし、防弾装備が充実しているため極めて落とし難いB－36『ピース・メーカー』やB－35『フライング・ウィング』に対して、陸海軍の戦闘機隊がどこまで食い下がれるかと考えると、とても楽観視はできなかった。

どうにか一機か二機落とせるかどうか。せめて敵の爆撃コースだけでも狂わせてくれれば、と淡い期待を抱くのがせいぜいだった。

やがて、西の空に橙色の光が弾けた。敵の爆撃が始まったのだ。

一九四七年二月二六日　東京

大日本帝国首相東条英機の表情は険しかった。

二月五日の東京初空襲以来、「神国日本を敵に汚されるとは何事だ」「軍はなにをしていた」「政府はなにをしていた」という国民の不満は高まり、東条はその矢面《やおもて》に立たされていた。

だが、そこまではまだ良かった。

少なくとも現時点の大日本帝国の主権者は、国民ではなく天皇だ。天皇の指導の下ただ付き従うだけの一般民衆がなにを叫ぼうが、東条としては徹底的に無視してもいい。国民は東条を首相の椅子から引きずりおろす権限も力もないのだ。

だが、この「主権」が問題だった。

「陛下はこのたびの本土空襲を大変憂慮しておられる。勝った勝ったと報告を受けていたのは、嘘だったのか。実は我が国は逆に追いつめられていたのではないか」

天皇のその言葉を伝え聞いた瞬間、東条は自分の顔から血の気が引いていくのを感じた。

大日本帝国において、天皇は神に等しい絶対的な存在である。その意向には、何人たりとも逆らえず、発する言葉の持つ意味は、言うまでもなく極めて重いのだ。

「七日前の三度めの空襲は、我がほうの防空態勢が整っていたこともあり、空襲を完全に阻止することこそできませんでしたが被害は僅少《きんしょう》で済みました。ですが、陛下はなにより帝都に敵の手がかかったという事実を強く憂《うれ》えておられます」

東条は深いため息を吐いた。

葉巻についた火をもみ消す手はぎこちなく、東条の内心の動揺を示していた。また、東条を象徴する口上に蓄えられた豊かな髭もかすかに震えている。

「東条さん。そろそろ国のあり方というものを考えなおすべきではないですかな。我々はこれまで、いささか誇大妄想にとりつかれていた。世界制覇すら夢ではないと錯覚していた。そうでしょう？　戦線は広がる一方だ。資源獲得のために戦って領土を広げ、またその防衛のために戦わねばならない。このままでは国が持たんでしょう。世界を道連れにして我が国は破滅する」

「海軍大臣ともあろう者が、なにを……」

諭《さと》すような言葉を差しだした海軍大臣米内光政《よないみつまさ》を、東条は睨み返した。丸い眼鏡の奥に潜む双眸《そうぼう》が怪しく閃く。

今の状況が気に入らないというのは、随分勝手な話だ。海軍の軍政系統のトップにいる貴様も同罪だ——米内に突きつけた東条の鋭い視線はそんな思いを秘めていた。

「長く海軍に奉職する者として、我々は我々自身の責任も痛感しております。だからこそ、今ここでなんとかしたいのです。軌道修正をはかりたいのですよ」

米内に代わって、海軍次官井上成美《しげよし》中将が続いた。

どちらかというと温厚そうな柔和な顔を持つ米内と違って、剃刀とあだ名される井上の目は鋭い。顔は平静でも、瞳の奥から発せられている光は刺すようにすら見える。強固で揺るぎない意思を示したものなのだ。

「わからんな。なにをしたい。私になにをしろと言うのだ。本土が空襲を受けたとはいえ、各戦線とも危機的な状況にあるところなどなかろうに」

「あのような兵器を使ってもですか。原子爆弾などという無差別大量破壊兵器を」

「あれは……」

怯《ひる》むように、東条の頰が引きつった。

正直なところ、原子爆弾の使用は東条が正式許可を出したものではなかった。使用許可を上申されていた東条が回答保留している中にもかかわらず、前線指揮官が暴走したのだ。だが、監督責任は東条にある。井上の追及に、自身の関与を否定して責任逃れをする東条ではなかった。

「だとしたらどうだと言うのだ？　まさか戦争を今すぐやめろとでも言うのか？」

「そのまさかです」

米内と井上が口を揃えた。

「な、なにを……。なにを馬鹿なことを言っとるんだ、諸君は。血迷ったか」

「血迷ってなどおりません。本気です。国の瓦解を避けるには、大胆に方針転換する必要があります。その第一歩が停戦です」

「停戦とは……」

東条は唖然《あぜん》とした笑みをこぼした。

「海軍のお偉方が三人も押しかけてきてなにを言うかと思ったら、停戦だと？　笑わせるな。そうだろう？　軍事参議官」

米内、井上とともに来訪した第三の男に、東条は視線をぶつけた。

長年の国外駐在で培った広い視野を窺わせる理知的な双眸とやや面長の顔に座った厚めの唇を持つ第三の男──山本五十六海軍大将はゆっくりと口を開いた。

「我が国は間接的ながら、秘密裏に中国内戦に関与しております」

「無論だ」

東条は肩を怒らせて答えた。

「蔣介石《しょうかいせき》は長年の仇敵だが、赤つまり共産主義者に勝たれても厄介だからな。まかり間違って中国が赤に染まってソ連と組んだりしたら、それこそ大事だ。敵の敵は味方。そう言って国共内戦に介入し、蔣介石の国民党に軍需物資や兵器、軍事顧問団を送り込むよう提案したのは海軍だろう。それを私は承認した……」

そこで東条は、はっとして目を瞬いた。

「そうか。その大元は軍事参議官、貴官だったのか」

「まあ、正確にいえば違いますが、そういうことにしておきましょう。首相は停戦など不可能とおっしゃられる。和平など交渉窓口すらないと」

「そうだ。我が国の実情を知らん貴官らではあるまい。……まさか、蔣介石か！」

「そうです。蔣総統は、我が国と欧米との和平交渉について仲介役を務めてくださいました」

息を呑む東条に、山本は事もなげに言った。米内と井上が続けてうなずく。

「そうか。そういった裏があったとはな。これは一杯食わされたな。ん？　ちょっと待て」

苦笑する東条の表情が急変した。元の険しい表情で、山本を睨む。

「今、蔣介石が仲介役を務めたと言ったな。どういうことだ?」

「その言葉どおりです。欧州諸国は、我が国との停戦に応じると回答してきています」

「なんと!」

東条は烈火のごとく叫んだ。瞬間湯沸かし器のように顔は真っ赤に染まり、目は吊りあがっている。憤怒そのものといった表情だ。

「これは越権行為ですぞ。明確な越権行為! 貴官らは、いったいなんの権限があってそんなことを」

だが、山本は動じなかった。米内も井上も同様だ。井上などは、信念のこもった眼差《まなざ》しで逆に東条を睨み返している。

「陛下のご意思です」

山本は一通の封書を東条に差しだした。

「陛下が」

東条の表情が、再び変わった。憤怒は驚きに変わり、紅潮した顔が急激に赤みを失っていく。

それは、欧州諸国の元首あてに陛下がしたためた親書だった。当然、内容は停戦と和平を呼びかけるものだ。東条は一読してなお数秒間視線を伏せたままだったが、やがてふっきれたように顔を上げると三人を見回した。

開戦、継戦、停戦、終戦……大日本帝国憲法では、戦争を始めるか否か、戦争をやめるか否かの判断は、主権者である天皇に委《ゆだ》ねられる。東条はしょせんそれを実行に移す代表者でしかない。それを理解できない東条ではなかった。

また、陛下の意思に背くつもりなど毛頭ない東条である。強権だが従順、それが東条の本質であった。

「どうやら、私はとんでもない勘違いをしていたようだな」

東条はさばさばとした顔で言った。

「この大国を動かすことに必死で、陛下のお気持ちを理解できていなかった。これは大罪だ」

東条は自分を断じ、皇居の方向へ向いて深々と頭を下げた。

「私は陛下の信頼を失った。今の状況を見る限り、もはや私の出る幕ではないようだ。あとは貴官らがうまくまとめてくれよう。そうだろう?」

三人は一様にうなずいた。

「ですが、ひとつ懸念があります」

「陸軍か」

井上の言葉に、東条は即座に答えて苦笑した。

「陸軍内にも賛同者はおります。しかし、当然ながら全軍をまとめる力はありません。海軍は我々三人で責任をもってまとめてみせますが……」

東条は片手を軽く上げて米内を制した。

「それは、私が全身全霊をもって成し遂げてみせよう。それが陛下への最後のご奉公となろう」

「賛同者ですが」

井上の声に、東条はかぶりを振って続けた。

「私が動けば、そんなことはすぐにわかる。言わずともな。そこまで私を見くびるか？　信じてもらおうか、この東条英機を」

そこまで言って、東条は三人に背を向けて葉巻に火をつけた。遠く窓の外に目を向ける東条の姿は、一時代の終焉を示すものだった。紫煙がゆっくりと立ちのぼり、東条の吐く息に静かに揺らめいた。

一九四七年二月二六日——後に二二六事件と呼ばれる無血クーデターによって、

大日本帝国は新たな代表者を迎えることになる。
山本五十六首相の誕生であった。

第二章　薄氷の帝国

一九四七年三月二〇日　ハワイ・真珠湾

今や太平洋は日本の内海である、と言った傲慢《ごうまん》な言葉を象徴する光景がここにあった。

その名のとおり透明度が高く、美しい海水をたたえるハワイの真珠湾には、多数の旭日旗が翻《ひるがえ》っていた。

ワイピオ岬を左舷に仰ぎながらエントランス水道を北上して帰還してくるのは特型の駆逐艦だ。竣工当初は従来艦の五割増の砲雷装で世界を驚愕させた特型駆逐艦だったが、新編著《いちじる》しい日本海軍の中ではすっかり旧式艦の扱いとなってしまい、対潜哨戒などに役割を変えて活動している。絞り込まれた胴体と大面積の主翼をもって上空を哨戒飛行しているのは、海軍の主力艦上戦闘機烈風《れっぷう》である。航続力こそ旧型の零戦ほどではないものの、武装、速力、防御性能、いずれもが大きく向上して太平洋上空を日本の空たらしめていた。

そしてこれらが警戒する中、湾内奥深くに鎮座する四隻の巨艦がある。二六三メートルの全長もそうだが、それ以上に三八・九メートルにおよぶ艦幅はほかに類をみない広さだ。

そして、その幅広い艦体を必要とした主砲がまた圧倒的な威容を見せつけている。一発あたりの破壊力では土佐型戦艦の五一センチ砲に一歩ゆずるが、門数と発射速度の関係で今なお世界最強との呼び声も高い大和型戦艦であった。

昨年六月の第二次ハワイ沖海戦でアメリカ軍新型戦艦群と撃ちあった傷もようやく癒えて、久しぶりの全艦揃い踏みとなったのだ。

湾内中央のフォード島の東側に、『大和』『武蔵』『信濃』『紀伊』が二列になって投錨《とうびょう》していた。主砲は俯角をかけて非戦闘中であることを示しているが、高角砲や機銃の一部は大きく仰角をかけて天に睨みをきかせている。敵機が来ればいつでも応戦してみせる、この大和型戦艦に向かってくる勇気があるならいつでも来い、という意気込みだ。

その中、旗艦に定められた一番艦『大和』の作戦室で談笑する二人の男がいた。

第二戦隊司令官松田千秋《ちあき》少将と戦艦『大和』艦長　黛《まゆずみ》治夫《はるお》大佐である。

「また少将といっしょに戦うことができて光栄です。分隊長の高橋も末前も、少将を師と仰ぐ松田大学の出身者です。ようこそ『大和』へおいでくださいました。司令官」

敬礼する黛に、松田は手を差しのべた。

黛は昨年六月の第二次ハワイ沖海戦後に『大和』艦長を拝命し、また本日付けをもって松田が大和型戦艦四隻から成る第二戦隊の司令官に任ぜられたのだ。かつての『大和』の艦長と砲術長がそれぞれ立場を変えて、再び『大和』に乗り組んできたのである。がっちりと握手する二人の顔は、今後の期待感で生き生きしていた。

「先の戦い（第二次ハワイ沖海戦）では、雷撃で大物を仕留めたそうじゃないか。いっそのこと水雷に鞍替えしてもよかったんじゃないか？」

松田の言葉に、黛は頭をかいた。

「よして下さいよ、司令官。自分はどこまでいっても鉄砲屋です。どこを切っても、何回切っても砲術。それは司令官が一番ご存じのことでしょうに？　司令官こそ第九戦隊でどっぷりと水雷につかったのではありませんか？　魚雷こそ我が命とでも」

「おいおい」

二人は互いの冗談を笑いとばして、舷窓の外に目を向けた。きれいな海に、きれいな空だ。日本の海や空も美しいが、常夏のハワイは淡い柔らかさを感じさせる。日本の海と空が藍ならば、ハワイはライト・ブルーという感じだ。

「ところで、司令官は一時内地におられましたが、どうなのですか、内地の様子は？」

「殺伐としてきているよ、内地も」

松田は遠く西に視線を投げた。

「絶対安全と思っていた本土が敵に攻撃されたわけだからな。まあ、それもあって山本大将や米内大将が立ちあがったんだろうが、政治のことはよくわからん」

「昨年の第二次ハワイ沖海戦の際にも、西海岸からハワイに敵重爆は来ていたわけですから、充分本土空襲はありうる話でした」

「その危険性を認識しようとしなかったのが、我が海軍と陸軍の最大の問題だな」

松田も黛も、連戦連勝で緩みがちな軍の規律に気づいていた。

アメリカ本土西海岸とハワイを往復できる航続力があるなら、アラスカからだって日本本土に充分届く。防ぐことができたのに防げなかった。それが本土空襲だと二人は考えていた。

「攻勢をかけているように見えても、あっぷあっぷ。内情は厳しい我が国さ。現実問題、本土防衛に戦闘機隊を移動させれば、このハワイもたちまち手薄になってしまった。そうだろう？」

「然《しか》り」

うなずく黛に、松田は続ける。

「だがな、それはアメリカも同じだ。空襲も二度めまではよかったが、三度めに大きな損害を受けた途端、ぱたりと止んだ。アラスカから地球を三分の一周もする遠征では、敵もそうそう余力などあるまい。つまりな、やめるしかないのさ、戦争をな」

そのとき、ドアをノックする音が聞こえた。

「お、来たか」

松田は自ら作戦室の扉を開けて、一人の男を招きいれた。

「藤原……」

男の顔をひと目見て、黛はうめいた。因縁の男であった。

前第一艦隊司令部砲術参謀であり、黛が重巡『利根』艦長だったときに副長を務めていた男――藤原修三《しゅうぞう》中佐である。第二次ハワイ沖海戦では、海戦終盤に独断で『利根』を突出させて敵艦隊を追撃した。目論見《もくろみ》どおり藤原は戦果拡大を手にしたが、当然ながら黛としては心中穏やかなはずがなかった。

また、結果として藤原は、松田が率いていた第九戦隊の追撃を断念させる要因をつくった張本人になった。藤原はこの戦果を手土産に、第一艦隊司令部砲術参謀に栄転した。そこまではよかったのだが……。

「セイロン沖では大変だったようだな」

黛は嫌み混じりに言った。

昨年七月のセイロン沖海戦の終盤で、第一艦隊は、日本海軍の至宝ともいえる土佐型戦艦二隻を被雷させるという失態を演じた。戦略的にも戦術的にも大勝といっていい海戦だったが、この失態のためにあたかも負け戦《いくさ》のように感じた者も一人や二人ではなかっただろう。

藤原がどの程度絡んでいたかまでは知らない黛だったが、人事をみれば内容は窺い知れた。その後の三川軍一《みかわぐんいち》司令長官の罷免と第一艦隊の解散といった衝撃的な動きの中で、藤原もまた大湊鎮守府所属の海防艦艦長に転出したのだから、明らかな左遷である。

「自分がひどく傲慢で、司令官や艦長をはじめ多くの皆さんにご迷惑をおかけし、また軍にも多大な不利益をもたらしてしまったことは否定しません」

藤原は黛の目を見つめて言った。真剣そのものの眼差《まなざ》しは、嘘偽りや飾りのない本心からの言葉を物語っていた。胸を反らせ、鼻高々とした以前の藤原とは明らかに違った。

藤原は続けた。

「自分は自らを過信し、視野狭窄に陥《おちい》っておりました。ですが、あのおかげで自分は自らの過《あやま》ちに気づきました。代償は非常に大きかったですが、自分はあの『土佐』『尾張』の被雷で目を覚まさせられたような気がします」

「目が覚めたって？　我が軍は個人の……」

叱責しようとする黛を、松田が大きく右腕を突きだして遮《さえぎ》った。

黛を見る松田の目は、笑っていた。すべてを知っている。任せろ——そう言いたそうな眼差しだった。

「自分の過ちは自分で取り返す。それが軍人として為すべきことだ。罪は決して消えることはない。だが、その代償を補うことはできる。それをどれだけできるかで、その男の本質が問われる。俺はその汚名返上の機会を与えてやっただけのことだ」

「ありがとうございます」

松田の言葉に、藤原は深々と頭を下げた。

「正直、一艦隊の参謀から地方に飛ばされたときは、絶望してしばらく投げやりになっていました。ですが」

ここで藤原は大きく顔を上げた。

「そこで、自分は考えなおしたのであります。このまま腐っていては、軍に二重の迷惑をかけてしまう。自分に可能な範囲でかまわないので、少しずつでも海軍に償いができるよう、任務に精励しなければいかんと」

「それでな、（藤原）中佐は北方航路を襲う敵潜のハンター・キラーとなったわけだ。わずか数カ月で一〇隻撃沈。北方から飛来する敵重爆を発見して哨戒艇の役割まで果たしたと聞く。大湊鎮守府の長官が言っていたよ。彼は明らかに変わったとな。北方の厳しい自然環境の中では、活動すること自体やっとで、南方から来た将兵はたちまち音を上げるそうだが、その中でよくやってくれたと」

松田は目を細めた。

「そこで、今回は俺が引き抜いた。司令官補佐としてな。優秀な参謀はどこも欲しがる。それならうちに来い、というわけだ。そもそも中佐は恩賜《おんし》組《ぐみ》だからな」

「いえ、それがそもそもの発端かと」

「なに、成績が良いのを咎《とが》める必要はない」

硬い表情の藤原に、松田は白い歯を見せた。

「俺がうまく使えばいい。それだけだ」

「こんな自分を拾ってくださり、恐縮です」

藤原は肩をすくめた。

「まあ、そういうことだ。艦長、藤原中佐をよろしく頼むぞ」

「はっ」

がっちりと握手をしながら、黛は藤原の瞳をしっかりと見つめた。

まだ信頼が戻ったわけではない。だが、変わろうとする貴様の意思はわかった。

あとはそれを実戦の場で示してもらおう――黛は無言のまま、視線でそんなことを語りかけていた。

戦争を終結させる――それが山本新体制の日本のスタンスである。ところが、戦争というものは、始めるにたやすく止めるのに難しいという典型的な例である。
三月に入ってすぐに、欧州諸国――イギリス、フランス、ドイツ、イタリア、オランダとの停戦が正式に発表されて西部戦線は一応の終結をみたものの、東部戦線すなわちアメリカとの戦争は続いていた。

水面下では和平に向けて様々な交渉や駆け引きがなされているとはいうものの、日米はその妥協点を見出せていなかったのである。

よって、ハワイはまだ緊張した空気に包まれている。オアフ島が太平洋に浮かぶ戦略的要衝から常夏のリゾート地に変わるには、まだしばらくの時間が必要だった。

一九四七年四月二日　満州

硝煙の匂い漂う最前線は、太平洋上のハワイ諸島だけではなかった。

欧州諸国との停戦発表から一カ月が経過するが、ここ満州の地も砲声や銃声が鳴りやまぬコンバット・エリア、つまり戦闘地域であることに変わりはなかった。

対米戦とともに、北部戦線すなわち対ソ戦もまた終結することはなかったのである。

しかし対米戦と違って、対ソ戦については日本の新体制も継戦はある程度折り込み済みだったといっていい。国家の根本的イデオロギーの違いから、ソ連とは和平交渉自体が真剣に進んでいないのだ。それもそのはず、日本が弱体化すればそれに代わって世界を制覇するというのが、スターリンの野望だったのだから。

山本、米内、井上の三人は今、海軍軍人として以上に、日本の政治をつかさどる者として難しい舵取りを強《し》いられていた。

今こそ戦争を終結させて、内政の立てなおしをはかる必要がある。かといって、ソ連に世界を渡すわけにはいかない。全世界の赤化は、日本にとっても悪夢になるからだ。

共産党一党独裁と監視社会の誕生は、山本の本意ではない。だからこそ、アメリカとの交渉を急がなければならないのである。

スターリンの野望に気づかない三人ではなかった。

しかし、海に囲まれた日本は、伝統的に海主陸従の軍備体制を敷いてきた。予算は海軍に重点的に配分され、すべての優先順位も海軍が上であった。近年の急速な国の発展によって、機械化と近代化を大幅に推し進めた日本陸軍だったが、やはり大陸国として充実した陸上兵力を持ち、また実戦経験も豊富なソ連軍は油断のならない強敵である。

その渦中に、陸上自衛隊北部方面隊第七師団第七二戦車連隊第三中隊長、江《え》波《なみ》洋《よう》輔《すけ》一等陸尉もいた。

ソ連を除く欧州諸国との停戦成立によって、インドを舞台にした東部戦線は終結した。

だが、そこで戦っていた江波ら陸上自衛隊の隊員たちに休息が訪れることはなかった。

江波らを待ち受けていたのは、欧州軍の主力を成していたイギリス軍に比べて、兵器個別の性能も兵士の練度も、そして戦術もはるかに優れたソ連軍だったのである。

もちろんソ連軍の戦車がこの時代の中でいかに傑出した性能を有していたにせよ、江波らが操る九〇《きゅうまる》式戦車には一対一でかなうはずもない。

しかし、同世代の日本陸軍の戦車ならば、話は別である。

インド＝ビルマ国境の湿地帯やインドの高原で、クルセイダーやクロムウェルといったイギリス戦車を蹴散らしてきた五式戦車も、長砲身型のＴ－34中戦車ならなんとか互角に戦えたが、これがＫＶ－85やＪＳ－2といった重戦車相手では分が悪いというのが現状であった。

九〇を相手にして、はじめはまともな戦車戦で歯が立たずに煮え湯を飲まされていたソ連軍だったが、次第に一対一の砲戦は極力避けて数的優位を作りだし、戦車や装甲車を囮にした歩兵の肉薄攻撃を仕掛けるなどして、陸上自衛隊の手を焼かせるようになっていた。

日本軍は制空権の確保と空からの支援によって、雪崩のように満州領内に侵入しようとするソ連軍を辛くも食い止めているというのが実情だった。

今日も夜明けとともに、ソ連軍の攻勢が始まっている。

満州の春の訪れは遅い。四月とはいっても、ここ満州北部はまだ冬の真っ只中といっていい。特に早朝は、まだまだ刺すような痛みを感じるほどの寒さである。中世のナポレオンしかり、第二次大戦のドイツ軍しかり、冬将軍は常にソ連――ロシアの味方であった。雪と氷と寒さは、それに慣れたソ連軍に有利に働くのだ。

雪がかぶった凍てつく大地を、無数の履帯《キャタピラ》が震わせていく。

サーマル暗視装置や各種レーダーをはじめとする先進装備のおかげで、夜戦は断然日本側が有利だったが、その戦訓を生かしてソ連軍はもっぱら昼戦ばかりを挑んできた。

夜間は一度大きく後退して守りを固めながら、朝を迎えるたびに突進してくるのだ。

「三時の方向に敵！」

「T−34、二両いる。いや、四、五両！」

サーマル暗視装置が敵を確認し、九〇《きゆうまる》の低く薄い砲塔が旋回する。

「ファイア！」

鮮烈な発砲炎が閃き、早朝の凍りつくような冷気を焼きはらう。

初速一六五〇メートル毎秒で飛びだすAPFSDS（翼安定装弾筒付徹甲弾）が砲口周辺の空気を圧縮し、高熱の放射とともに陽炎をわきたたせる。

（外したか）

江波は舌打ちした。

敵は発砲と同時に急速旋回して、江波の射弾に空を切らせた。二〇〇〇メートルの距離で七〇〇ミリ厚の均質圧延鋼鈑をぶち抜くといわれる一二〇ミリAPFSDSは、どこまでも虚空を貫くだけで終わったのだ。

ここが戦車砲の泣き所であった。発砲の反動や車体の振動を吸収する優れたサスペンションや砲安定装置があろうとも、目標が動いてしまえば当たるわけがない。いかに正確に砲弾を送り込んでも、誘導機能がなければ動く目標には追随できないのである。

ここが戦車砲と対戦車ミサイルとの明確な違いなのだ。

ソ連、後のロシアが開発したＭＢＴ（主力戦車）Ｔ－80ＵＭは、こういった問題を解決するために、砲をガン・ランチャーとして運用できるように作られている。つまり、砲弾とミサイルの双方が運用可能ということである。ここから放たれるレーザー誘導式の対戦車ミサイル「レフレクス」は、五〇〇〇メートル先の目標を百発百中で撃破できるといわれている。

だが、九〇にはそういった装備はない。しかし、それで終わるわけはない。自動追尾装置がついた九〇の電子式ＦＣＳ（射撃統制装置）は世界でも屈指の性能を誇るのだ。

「ファイア！」

江波は素早く修正射を送り込んだ。

背走するＴ－34に、狙いたがわずＡＰＦＳＤＳが吸い込まれる。砲塔正面に閃光がほとばしり、Ｔ－34の動きが止まった。次いで車体と砲塔の間から炎が這い出したかと思うと、それはすぐに巨大な火柱になって直上に飛びだした。けたたましい金属音とともに無数の残骸が飛び散り、轟音《ごうおん》をあげて砲塔が地面に転がった。

貫通の瞬間、一時的な真空化と衝撃波に敵戦車兵の肉体は切り裂かれ、次いで砲弾誘爆の炎と熱風にそれらは炭化するほど焼け焦がされているであろう。おそらく彼らは、死の瞬間といったものを意識せずに息絶えたに違いない。

左方向からも赤々とした光が射し込んできた。江波のほかにも、二射めで敵を仕留めた車両がいるという証拠だ。

閃光が連続して冷気を切り裂き、共鳴する爆発音が雪原を打ち揺らす。

「次！」

データ・リンク・システムが作動し、各車両に残った目標を割りふる。それによって砲塔が旋回し、砲身が上下する。これら一連の機構は、すべて自走しながらの作動である。九〇《きゅうまる》の場合、自動装填機構も備わっているので砲弾の次発装填もスムーズだ。こういった点が、大戦型の戦車とは決定的に異なるところである。

だが、サーマル映像装置が映しだす敵戦車の動きは異様だった。たしかにこちらの一撃は強烈だったかもしれないが、揃って敵の全車が反転して逃走していくように見える。

(妙だな)

「いかん！　戻れ」

そのとき、叫び声が飛び込んだ。声の主は、江波の中隊で第二小隊長を務める森雅也《まさや》三等陸尉だった。森の声は、追撃をかける陸軍の五式戦車隊に向けられていた。

敵が敗走したとみて、追撃をかけた五式戦車隊だったが……。

「やはり、そういうことだったか！」

くぐもった爆発音とともに、先頭の五式戦車が擱坐《かくざ》した。

稜線の陰が閃いたように見えた。対戦車砲の奇襲であった。

陸軍の五式戦車隊はT－34という獲物に誘いだされて、敵の罠にかかってしまったのである。

「戻れっ。早く！」

森が再び叫ぶ。九カ月前までの森ならば、率先して先頭をきっていたに違いない。

しかし今の森は違う。怖いもの知らずで自信過剰で、猪突猛進することしか知らなかった森だが、九カ月前のインド・カラグプルでの戦闘で部下を失い、凄惨な戦場を肌で知ってからは、別人のような慎重さを身につけていた。いい意味で戦術眼が広がり、ひと皮剝《む》けたと言っていい。

「くそっ」

援護に向かおうとする江波だったが、敵の攻撃はそれだけでは収まらなかった。

悪魔の歓喜の叫びにも例えられる甲高い飛翔音が、辺りに満ちる。

ソ連軍の得意とする多連装噴進弾カチューシャの洗礼だった。

カチューシャの密度は濃い。まるで辺り一帯を焼き尽くそうかという火槍の豪雨であった。

まるで同士討ちも辞さないようなカチューシャの連射に、前方は炎の海原と化した。

雪と氷はあっという間に水蒸気になって地表に上がるが、それも圧倒的な炎の勢いにすぐにかき消されていく。

めらめらと陽炎《かげろう》が立つような光景に、江波は頬を引きつらせた。

凶報は続いた。ふいに警報が車内に鳴り響くと、サーマル映像装置がブラック・アウトならぬ赤一色で染まっているではないか。

「敵の真の狙いはこれだったのか」

江波は低くうなった。

これまでの戦闘で、敵は陸上自衛隊が熱を頼りに行動していることに気づいたのであろう。

そのメカニズムがなにかは理解できなかったにしても、特に夜戦を繰り返せば、共通項を探すのはそれほど難しくはなかったのかもしれない。

お手上げだった。一九九〇年代の湾岸戦争では、油煙に覆われた暗い戦場の中でアメリカのMBT（主力戦車）M1A1エイブラムズが、イラク戦車をほぼ一方的に撃破したといわれている。サーマル映像装置に連動したFCS（射撃統制装置）が、いかんなく猛威をふるった結果であった。しかし相手が煙ならともかく、炎では駄目だ。戦場全体が赤外線輻射の塊では、敵を識別することができないのだ。

もちろん光学的視界も大部分が遮られており、打つ手なしの状態である。

「中隊長。後はあいつらに任せていったん退きましょう。幸い攻め込まれているわけではありません。態勢を整えなおして、次の攻撃に備えたほうが得策と考えます」

「やむをえんな」

（あいつが、こういった具申をするようになるとはな）

森の成長を内心で確かめつつ、江波はうなずいた。

いちかばちか突進して、敵の意表をつくという方法もないではない。だが、それはあまりにリスクが大きい。自分たちがここで二次被害を被って大打撃を受ける可能性もある。

ここは死中に活を求めるという絶体絶命の場面ではないと江波も考えた。常に対立してきた森と江波の意見が、ここで一致したのだ。

後方から、UGV（Unmanned Ground Vehicle＝無人陸上車）スタンド・アローンが一〇基ほど進んでくる。

（………）

もどかしい思いが内心に轟々と渦巻いていたが、こういう戦場が混沌としたときほど、無人兵器が活躍する場なのだと、江波は自分を納得させた。

光学センサーが捉えたUGVスタンド・アローンの映像が、モニターに映る。両脇のガトリング砲を前に突きだし、各種センサーが付いた〝顔〟をさかんに左右に振りながら周辺情報を探っている。

今に始まったことではないが、陸戦も変わったものだと江波は感じた。

まるでSF映画のワン・シーンのようだが、これが現実だ。人命重視の考え方と革新的なまでの技術の進歩が、戦争の様式を劇的に変化させたというわけである。

「それにしても、やられたな」

「ええ」

江波と森は、苦々しく唇を噛み締めた。

敵の作戦はますます巧妙化してきている。自分たちが来た当初は、兵器の圧倒的性能差と洗練された戦術によって少々の数の差や物量差などはのりきれるものだと思っていたが、どうやらその楽観的な考えはあらためておかねばならないようだった。

ソ連軍は想像以上に狡猾で、勝つためには手段を選ばない恐ろしい敵だ。日本は確実に終戦には向かっているが、自分たちのいるこの満州はまだまだ予断を許さない危険地帯である。

そういった重苦しい状況に、江波の脳裏はどす黒く染まっていた。

同日　チェサピーク湾

首都ワシントンからやや南に下がったノーフォーク海軍工廠沖のチェサピーク湾に、一隻の巨艦が錨を下ろしていた。

長年風雨に晒《さら》されてできる錆や、熾烈《しれつ》な戦闘で被った弾痕や傷などがいっさいない。木製の甲板も染みひとつなくきれいだ。曇天の今でさえも、自ら光を放つかのような光沢だ。近くで嗅げばまだ塗料の匂いさえ残すような、見るからに新造艦たる巨艦は、そういった様《さま》以上に圧倒的な存在感を放っていた。

まず特筆すべきは、その大きさだ。

これまでアメリカ海軍が保有していた艦艇で最長のアイオワ級戦艦よりも、さらに長い。

その長い艦体の上に載る上構は、空母の平たい飛行甲板と島型艦橋ではなく、丈高い艦橋構造物と雄々しい主砲塔である。長年海軍の主力として、味方には最大の力強さを、そして敵には最大の恐怖と不安感を与えてきた戦艦の戦艦たる証《あかし》だった。

その主砲塔も、巨大な艦体にふさわしい大きさである。五〇口径の長砲身一六インチ砲が三本収まった三連装砲塔は、アメリカ海軍最大最強のアイオワ級戦艦と同じものだ。

しかし、この巨艦はアイオワ級戦艦が三基搭載しているこの主砲塔を、前後に二基ずつ計四基搭載する重武装の戦艦であった。

もちろん、文句なしにアメリカ海軍史上最大にして最強の艦といえる。

その巨艦を臨む埠頭の先端で、二人の男が潮風を浴びていた。

一人は細線三本と太線一本、それに星一つを組み合わせた大将を示す袖章、もう一人は細線四本に星一つを組み合わせた大佐を示す袖章を身につけている。

低気圧の接近で風は強く、うねりは高かった。岸壁に打ちつける波は激しく、飛び散る飛沫が強風にのって二人の顔にも吹きつけていた。

大佐の袖章を付けた男の表情は硬い。強風に吹かれている以上に、なにかとても重いものを背負っているようにさえ見える表情だった。

「自分は仮にもハワイで敗北した艦隊の一員でありました。その自分が……」

「そう自分を責めるなよ」

伏し目がちな大佐に、大将の袖章を付けた男が言った。

この男の顔は、見るからに攻撃的といえるものだった。ある種の犬を連想させ、なににでもすぐ噛みつきそうな……そんな印象を与える男だった。

「貴官はあの厳しい戦いを果敢にくぐり抜け、今なお海上で敵を倒そうと闘争心を燃やしている。違うか？」

「それはそうですが」

「経験だよ。それもな。戦争は常に勝つとは限らん。ジャップも必死だ。もちろん我がほうは常に勝利を目指して最大の努力と戦力を注ぎ込んでいるつもりだが、なにぶんにも戦いの女神は気まぐれだからな。いつもいつも、自分たちの思うように戦争というものは転ばん。それにだ」

そこで、大将の袖章を付けた男――アメリカ海軍作戦部長ウィリアム・ハルゼー大将はにやりと笑った。

「ハワイ沖では、俺も艦隊内に身を置いていた」

ハルゼーは、オアフ島東方海戦（日本名・第二次ハワイ沖海戦）敗北の責任をとって辞任したハロルド・スターク大将の後任として、海軍作戦部長に就任していた。一個艦隊の司令官から太平洋艦隊司令長官を飛び越えて海軍実働部隊のトップともいえる作戦部長への抜擢は、前例のない大躍進といえる人事だったが、ハルゼーの際立った攻撃的な個性が買われた結果だといえる。

その裏には、ハリー・トルーマン大統領の存在があるとささやかれている。危機的な状況にある今のアメリカ海軍に、トルーマンがカンフル剤として投入したというのだ。

ハルゼーの視線の先に立つ男――前戦艦『ワシントン』艦長トーマス・クーリー大佐は、姿勢を正したままハルゼーの目をじっと見つめた。

自分を試そうとしているのか、本心からの言葉か、ハルゼーの胸の内を見極めようとするクーリーの目だった。

「また、おもしろいことを耳にしたぞ、トム」

ハルゼーはクーリーのことを「トム」というファースト・ネームで呼んでいた。

親しみを込めることによって、自分の内に引き込む話術だ。

「貴官はことあるごとに、ジャップへのリベンジを叫んでいるそうじゃないか」

「はっ。あの屈辱を自分は一生忘れません」

クーリーの眼差しに、厳しさが増した。軽く握った両拳が震え、吐く息でさえかすかに荒さを増している。

「昨年六月のオアフ島東方海戦（日本名・第二次ハワイ沖海戦）のみならず、自分は前大戦のバーバース岬沖海戦（日本名・第一次ハワイ沖海戦）も経験しています。同じ敵に二度も敗れるなど、軍人にはあってはならない屈辱です。戦って勝つこと。それが軍人の至上命題だと自分は考えておりますので」

「ということは、復仇《ふっきゅう》の機会があれば、やるんだな？」

「もちろんです」

上目づかいのハルゼーの言葉に、クーリーは即答した。

「このままでは終われません。次はどんな手段を使ってでも敵を倒します。無念の思いで死んでいった部下や同僚たちのためにも。意に反して暗く冷たい海底に身を横たえ、朽ち果てていく数多くの合衆国艦艇のためにも。自分はそう考えております」

「そうだ。その意気だ。そういった熱い男が俺は大好きなんだ。だから貴官を選んだ」

ハルゼーは獰猛《どうもう》な笑みを見せた。まるで猛獣が獲物を見定めたようなものだった。

「俺は航空屋だ。空母と艦載機こそが海軍の主流になると今も思っている。とはいえ、ああいった戦艦の価値を頭から否定するつもりはない。信頼できる優秀な指揮官であれば、それなりの戦果も期待できよう。そこで貴官に働いてもらおうと思ってな。あの合衆国最大の新鋭戦艦の指揮官としてだ。異論ないな?」

「イエス、サー!」

クーリーは踵を揃えて敬礼した。

クーリーとハルゼーの視線の先に浮かんでいる巨艦——それは『モンタナ』と命名されていた。

同日　神奈川・川崎

防衛省技術研究本部先端技術推進センター所属の山田智則(直幸の兄)二等陸佐は、川崎の登戸《のぼりと》にある陸軍第九研究所、通称登戸研究所の一画に居を移して研究開発活動を継続していた。

「どうせこの時代の日本に行っても、ここ以上の機材などありやしない。くだらんお偉方の説教を聞かされたり、軍の上層部やなにかに余計な詮索をされたり、プレッシャーをかけられたりするのはまっぴらご免だ」

と、しばらくは内地行きを拒否していた山田だったが、さすがに真水すら入手不可能な硫黄島での長期滞在には限界があったことと、各戦場で攻勢を強めた陸海軍が海上輸送と空輸とも補給活動に手がまわりにくくなったこと、さらにレベルは低いものの、自分を外したプロジェクトで核開発が進行してついには初期型の原子爆弾が完成し使用されたという情報を入手したことなどから、ついにこの二月、チームごと登戸に移転して活動を継続するようになったのだ。

「二佐。山田二佐。どうせなら、しっかり休みませんと」

自分を呼ぶ声に、山田ははっとして目を覚ました。

（また、やったか）

山田は天を仰ぎ、首を左右に傾けた。深夜遅くまで研究活動に没頭してそのままパソコン上で寝るということを、これで何回繰り返したことだろう。当然、身体はがたがただ。顔色は血色悪く土色に染まり、目は真っ赤に充血している。髪も白いものが目立ってきたような気がする。

山田には、正直焦りがあった。

新型核爆弾の開発という自分のテーマが完結しない苛立《いらだ》ちに加えて、タイム・トラベルの逆再現、すなわちこの時代に飛ばされてきた自分たちを元《もと》の時代に、元の世界に戻すリバーシブル・タイム・トラベルとでも呼ぶべきメカニズムの解明と手段の開発も途上にあるままだ。

そしてそれ以上に気にかかるのが、山田が拒絶した核爆弾の開発と製造が、山田を外したプロジェクトで成功したという事実だった。

もちろん山田から見れば初歩的で容易な次元のものだったが、逆にそれがまた問題だった。

「核反応エネルギーを磁力に変換して、強力な磁場で敵の電子兵器を無効化する」という山田が目指すクリーン核爆弾とは無縁の、大量の放射能と熱線を撒き散らす大量破壊兵器だったからである。

彼らが開発したのは、自然環境とあらゆる生命体を長期間蝕《むしば》む死の兵器なのだ。

山田は天才的な頭脳を持ち、一般人には理解し難いほどにこれまで研究活動に打ち込んできた。自分の研究活動に対する熱心さは、並の研究者の一〇倍はあったろう。

山田にとっては研究イコール人生というほどのものであったし、課題解決と目標達成に対する妥協を許さない強い姿勢と集中力は、執念とさえ呼べるものだった。

だからこそ、自分が納得いかないテーマに手をつけることは決してなかった。

だが、それでよかったのか。目を背けていれば、自分が関わりさえしなければ、それでよかったのか。

自衛官であり、兵器開発に携わる以上、直接的間接的を問わず、人を殺傷することに関わることは否定できない。当然、この点は自分でも理解できていた。

しかし、山田は自身の中で明確な線引きができていた。無差別な大量破壊兵器と戦術兵器は、根本的に異なると。

敵軍を殲滅する強力な兵器を作っての作戦はよしとするが、敵首都や主要都市を根こそぎ灰燼に帰そうという戦略兵器は不可ということだ。

しかし、それが世に出てしまった。しかも他国ではなく自分の国からだ。

それを無視したままでいいのだろうか？　いや、いいわけがない。問題を放置したままでは、第二、第三の原子爆弾、へたをすればそれを上回る核兵器が炸裂するかもしれない。

しかし、どうする？　自分になにができる？　なにをすればいい？　と、自問自答して答えの見えない迷宮をさまっていたのである。

そういった影響もあって、自分自身のテーマ進捗も芳しくない。

「できたか？」

「はい、二佐」

山田は自分の様子を見にきた助手の小谷昌人《こたにまさと》二等陸尉の手から、磁気ディスクを受け取った。

パソコンに挿入し、ドライブを起動する。

まったく面倒なことだと思う。インターネットはともかく、ＬＡＮくらいあれば……ネットワークがないのでデータの受け渡しはすべて外部メディアに落とし込み、再び取り込まねばならないのだ。山田のような分刻みでスケジュールを考える人間にとっては、無駄以外のなにものでもない。

（よし）

黄色のステータス・バーがいっぱいに動き、取り込み完了を示すサインが画面中央に躍る。

（飛ぶなよ、壊れるなよ）

念じながら、目的のプログラムを起動しなおす。

〝この時代〟には、当然システムのアフター・フォローを請け負う会社も人員もいるはずがない。サーバーでのバック・アップなどもあるはずがない。またパソコン自体も持ち込んでいる今のものがすべてであって、いかれたらその時点でジ・エンドだ。

あるところまで来て、画面が突如切り替わった。

回路と円柱状のなにかの容器をイミテートしたグリッド図が現われ、そこにまたステータス・バーが走る。

黄色のラインが画面上を駆け、赤く塗られたポイントを次々にクリアしていく。

回路上の迷宮を抜け、円柱の下から黄色の塗りつぶしがじわじわと上にあがっていく。

五パーセントから一〇パーセント、二〇パーセントから四〇パーセント、五〇パーセントから六〇パーセント……そしてついに九〇パーセントを超え、上限に迫る。

が……。

デジタル数字は九八パーセントを超えたところで止まった。

ある臨界までの供給エネルギーが、あとわずかで足りないのだ。

(もうひと工夫必要か。熱量をあげれば駄目。時間をかければこちらが持たず。どっちつかずの状態と……そうか!)

山田はぱっと閃いて、キーボードを叩きはじめた。

トレモロ専門のギタリストのごとく一〇本の指が次々とキーボードを叩き、再び画面に複雑な数式が流れていく。

山田はあきらめてはいなかった。自分の理論が導いたタイム・トラベルの解明と、リバーシブル・タイム・トラベルの実現をあきらめてはいなかった。

それを可能にする鍵は、やはり研究中だった新型核爆弾の機構にあるはずだ。

目に見えない責任を背負いつつ、山田の戦いは続いていたのだった。

同日　ワシントン・ホワイトハウス

アメリカの戦略的意思の最高決定機関といえる統合参謀長会議は、波乱含みだった。

すでに欧州諸国が日本との停戦に合意して一カ月が経つ。和平に関する具体的な交渉も進展しており、終戦協定の調印も時間の問題との情報である。

日本はアメリカに対しても同じように停戦と和平をもちかけているが、第三三代大統領ハリー・トルーマンは態度を明らかにしていなかった。正確にいえば、できなかったのだ。

アメリカは民主と自由の国であるがゆえにそれだけ多種多様な意見があり、世論は継戦と停戦が拮抗した状況にある。

軍も同様だ。

それをまとめあげ、国の方向性をはっきりと打ちだしたいトルーマンだったのだが……。

「今日集まってもらったのは、ほかでもない。対日戦について、軍と政府の歩調と方向性を合わせておきたいがためである。この一カ月間も何度か一堂に会して、あるいは個々に諸君らの話を聞いてきたが、いまだに我が合衆国は対日戦について明確な態度を示せていない」

冒頭切りだしたのは、トルーマンの軍事的首席補佐官といえる統合参謀長会議議長ドワイト・アイゼンハワー陸軍元帥である。前任のウィリアム・リーヒ海軍大将が対日戦における海軍の相次ぐ敗戦の責任をとって辞表を提出したのに伴い、後釜として座ったのだ。

アイゼンハワーは前大戦でドイツ打倒を果たした英雄として讃えられているが、対日戦の経験はない。熾烈な対日戦にタッチしないで済んだことが、アイゼンハワーの経歴を逆に輝かせていたと言える。アイゼンハワーは国民の人気をバックに政界進出にも意欲を示していると噂されているが、軍人も運がなければ出世できないという典型的な例かもしれない。

対日戦に携わったアーネスト・キング、ハロルド・スターク、チェスター・ニミッツ、ハズバンド・キンメルなど名だたる提督たちが対日戦敗北という汚辱にまみれて退いていったのとは対照的に、みるみる出世したのだから。

「話を続けます」というアイゼンハワーの目配《めくば》せに、トルーマンはうなずいた。

「まず現在の戦局と展望について、あらためて確認しておきたい。まず陸軍はどうかね？」

話をふられたのは、ジョージ・マーシャル陸軍参謀総長だった。

「ヨーロッパの戦いと違いまして、日本との戦いは我々にとって地理的環境が大きく立ちはだかっております。日本は海に囲まれた島国であり、また日本に奪われた土地や地域も、太平洋上の島々です。島嶼《とうしょ》戦になりますと、どうしても我々陸軍は作戦の主体となれません。制海権も制空権もないところに裸で飛び込んでいくわけにもまいりませんからな」

海軍批判とも受け取れるマーシャルの発言に、海軍作戦部長ウィリアム・ハルゼー大将が音をたてて立ちあがった。

ハルゼーは顔を真っ赤にして今にも嚙みつかんばかりの形相だったが、アイゼンハワーはそれをやんわりと制して先を続けた。

ハルゼーはなお鼻息を荒げていたが、とりあえずは引っ込んだ。「後でまとめて返してやる」といった内心の思いが、ハルゼーのぎらつく双眸《そうぼう》から発せられていた。

決然とした視線でハルゼーを縛りつつ、アイゼンハワーはトルーマンの安堵した表情を一瞥した。

アイゼンハワーはトルーマンの気持ちが、停戦、和平に傾いていることを知っていた。

中国国民党の蔣介石総統から、日本が和平受け入れを準備しているとの一報を受けたのは、今年に入って早々のことだ。

はじめは蔣の話を懐疑的に受けとめていたトルーマンも、それまで強硬な対外姿勢をあらわにしていた東条内閣が倒れるにおよんで、蔣の話に真剣に耳を傾けていったのである。

蔣はその後も何度か接触を試みてきて、具体的な和平条件を提示してきている。

蔣がなぜ日米和平の斡旋役を務めているのか、その理由は聞くまでもなかった。蔣にとっての宿敵である共産軍との戦いに、日本が後ろ盾《だて》をしているということからだ。

そのこと自体は、アメリカにとってもメリットがある。民主主義の旗手を自認するアメリカにとって、共産主義は考えようによっては日本以上に危険な相手とも考えられるからだ。

ソ連だけではなく、中国までが共産主義国家になることをアメリカは望まない。

その防波堤に蔣と日本がなってくれるのは、願ってもないことだった。

大局的に見ても、蔣の話にのることは、アメリカにとってベストではないにしてもベターではないかと、トルーマンは考えはじめていたのだった。

統合参謀長会議は、そのトルーマンの思惑どおりに進んでいる。

だが……。

「たしかに今、参謀総長が言ったように、陸戦部隊が単独で日本を攻められるわけはない。それなりの環境も必要だろう。だが、今直接日本と戦火を交えているのは陸戦部隊ではない。アラスカに本拠を構えている爆撃飛行集団は直接敵本土を叩く力があり、実際にそうしている。その見とおしを聞きたいのだが」

「我々には、敵を屈服させるだけの力がある！」

アイゼンハワーの問いに答えたのは、陸軍航空隊司令官カーチス・ルメイ大将だった。

トルーマンと同様に継戦には消極的だったマーシャルが、驚いて目を剝いた。

統合参謀長会議は、大統領、議長、陸軍参謀総長、陸軍航空隊司令官、海軍作戦部長の五人で構成されているものであり、陸軍飛行隊司令官は実際には陸軍参謀総長の部下にあたる。

迷いなく堂々と造反するルメイに、マーシャルは困惑して両頰を引きつらせた。

ルメイの態度は驚くものだった。発言内容ばかりでなく、手足を組み、胸を反らせて座っている。座っているというより、ふんぞり返っているといってもいい横柄な姿勢だ。五人の中では飛びぬけて最年少であり、大将任官もごく最近という遠慮の欠片も見られないルメイの態度だった。

ルメイは、これまで地上支援という戦術爆撃思想しかなかった陸軍航空隊に、敵の継戦能力そのものを奪う戦略爆撃という思想を導入した先駆者であった。

陸軍の中では長く異端視されていたルメイだったが、超重爆撃機コンソリデーテッドB−36『ピース・メーカー』の誕生にも恵まれて、自分の思想を第五八爆撃航空団という形で実現した。

自らその指揮官に就任したルメイは、部隊を極北のアラスカに展開し、二月五日、直接日本本土を空襲するという離れ業を演じてみせた。

これまで日本に押されっぱなしだったアメリカはこの快挙に沸きたち、ルメイは一躍国民的英雄となって異例のスピード出世を果たしたのである。

そのルメイだからこその自負でもあったろう。完璧なまでのイエス・マンだった前任者のヘンリー・アーノルド大将とは、正反対の態度だった。

しかし、そのルメイにも悩みがあった。大口を叩いても、それを実行できる環境にない。それがわかっているからこそ、ルメイは強硬で大胆な発言をしたのだ。

「我々は敵を屈服させることができる！」

ルメイは重ねて強調した。

「我々は島伝いに移動せずとも、直接敵の中枢を叩ける！　敵の艦隊などは、我らの手中で遊ばせておけばよいのです！」

演説めいたルメイの主張は続く。

「我々が爆撃を続ければ、敵は本土を失う。いかに広大な植民地があろうとも、敵は帰る場所を失うのです。生産拠点を失えば、おのずと敵の継戦能力は削がれる。それ以前に、本土が焼かれることで敵は戦う意欲を失い、我が合衆国の前にひれ伏すかもしれない。自分の無力を思い知るのは我々ではない。敵だ！」

そこでいったんルメイは言葉を止めた。数秒の間を置いて、続ける。

「だから、もっと機体の補充を急いでください！　B－36があと一〇〇機、いや五〇機あれば日本を叩けるんだ！」

ルメイは身体をのり出して叫んだ。

ルメイの悩みは、ここにあった。陸軍の全航空部隊を束ねる指揮官に昇進してはいたが、ルメイがあてにしているのは第五八爆撃航空団だけだったのだ。

その第五八爆撃航空団が期待どおりの働きをすれば、必ず敵は両手を上げる。そう信じていたルメイだったが、肝心の機体が揃わないのだ。

B－36『ピース・メーカー』は一万二八〇〇キロメートルに達する航続力と一万二九〇〇メートルの実用上昇限度、それに戦闘機に比肩する五九五キロメートル毎時の速力と、この時代のレベルをはるかに超越した高性能機である。ルメイのハイレベルな要求を満足させる唯一の機体というわけだ。

ところが、それだけの性能を発揮させるためには、従来機に比べてはるかに手間とコストがかかるというのも事実だった。世界最高レベルのアメリカの工業力をもってしても、大規模量産が困難な機体だったのである。

また、太平洋の制海権が完全に日本に握られているために、西海岸はおろか東海岸にすら日本の潜水艦が出没し、アメリカの通商航路は度々妨害を受けている。

そのために、希少な戦略物資が無為に海没して生産計画に支障をきたしたりもしているのだ。

さらに、B－36は配備間もない機体であるがゆえに初期不良が頻発したこと、アラスカと日本の往復という直線距離にして六〇〇〇キロメートルほどの超長距離飛行はB－36にとっても決して楽な距離ではないことから、作戦行動中に墜落したり不時着水したりする機も後を絶たなかったのである。

またルメイにとって最大の誤算だったのは、敵が繰りだしてきた新型の邀撃機《ようげきき》であった。

日本の航空技術がいかに進歩していたにしても、高々度高速飛行が可能でなおかつ分厚い防弾鈑を持つB－36ならば、損害は軽微なものに押さえ込めるとルメイはふんでいたのだ。

それが崩れた。

これらの理由で、第五八爆撃航空団の稼動機数は減少の一途を辿っていたのである。

しかし、ルメイがこの場でなにを叫ぼうとも、B－36の生産が劇的に改善されるわけはない。

ここに参集した面々は各方面にそれなりの影響力を持つ人物ばかりだったが、天才的なエンジニアやコンサルタントではない。軍の実働部隊のトップと政治家なのだ。

「若いの。だいぶ苦労しているようだな」

ルメイに同情とも嘲笑《ちようしよう》ともつかぬ目を向けたのは、ハルゼーだった。

「意欲と意気込みは認めよう。しかし、残念だが重爆の配備はそうそう簡単に進むものではない。もっとはっきり言おうか。無理だな」

「それは！」

思わず立ちあがろうとするルメイに、片手を軽くかざして制したハルゼーは続けた。

「俺も空に生きる男だ。航空の素人ではない。わかるだろう?」

ルメイは口を閉ざして、ハルゼーの目をじっと見つめている。

事実は事実だ。感情で反論してもしかたがない。自分の価値を下げるだけだ。そう自分に言い聞かせるルメイだった。

「気休めや変な楽観論はよそうぜ。そんな無益な議論は時間の無駄だ。だがな……」

そこでハルゼーの口端が不敵に吊りあがった。

「このままジャップの好き勝手を見過ごす俺様ではないわ。重爆は無理でも艦載機はふんだんにあるんだしな」

ハルゼーは机を叩いて、立ちあがった。

「海軍は、ジャップに頭を下げるなどご免だな。一〇〇パーセント譲ったにしても、手を差しのべることすら願い下げだ。断固として戦いつづける。それが海軍の結論だ」

暴挙ともいえるハルゼーの言葉に、トルーマンは蒼白として言葉を失った。

敗戦続きで沈滞する海軍へのカンフル剤として実働部隊トップの作戦部長にハルゼーを推したのは、ほかでもない自分なのだ。

粗野粗暴との評を聞いてはいたが、起死回生の反転攻勢に導くためには少々の荒療治が必要と考えたこと、敗北したオアフ島東方海戦（日本名・第二次ハワイ沖海戦）で唯一敵と互角の戦いを演じたのがハルゼー率いる艦隊だったことなどから英断したつもりだったのだが、どうやらそれはとんでもない見込み違いだったかもしれない。

ハルゼーは病んだ海軍の特効薬になる以前に、劇薬と化して海軍という組織そのものを、ブレーキの効かない暴走集団に変えてしまっているのではあるまいか。

しかし、今さら悔やんでもしかたがない。今すぐハルゼーを解任したところで、その後になにが待ち受けているのか想像もしたくない。海軍そのものが大混乱して、機能不全に陥るのは目に見えている。一部のハルゼー信奉者は、過激な暴徒と化して反乱すら起こすかもしれない。

自分の判断の甘さに、トルーマンはただ絶望してうなだれるだけだった。

「まずはハワイだ。海軍はハワイ奪還のための準備をすでに整えた。命令さえ出せば、今すぐにでも出撃できるぜ」

ハルゼーはにやりと笑い、次いで片眉を大きく跳ねあげて吼えた。

「その後は一直線にジャップの本土に向かう。奴らをこの世から根絶やしにしてやる。奴らの国を焼きはらい、一人残らず殺さねば腹の虫がおさまらん。それが我が合衆国に、この俺様にたてついた代償だ！」

（決まったな）

狼狽《ろうばい》にも近い困惑の色を見せるトルーマンに、冷ややかな視線を浴びせる男がいた。アイゼンハワーだった。

アイゼンハワーはトルーマンの軍事的首席補佐官の立場にある。また、停戦和平を望むトルーマンの意向も把握していた。

本来ならそのトルーマンの意向を現実のものにするために、各方面に働きかけたり、調整と交渉をすべき第一人者だったはずだ。ところが、アイゼンハワーはそういった自分の立場に忠実で従順な男ではなかった。隙あらばさらに上を目指そう、ひいてはトルーマンに取って代わってさえしまおうかと目論む野心に満ちた男だった。

ともに谷底に転がっていくことはないと、アイゼンハワーは思っていたのである。

ここは優勢な側について、味方を増やしておいたほうが得策だ。ハルゼーはともかく、ルメイという男、奴はなかなか使えるかもしれない。ハルゼーもハルゼーでうまく使えば、愚かな国民の扇動役として有効な駒になるかもしれない。万が一、日本に敗れることがあったにしても、ハルゼーとトルーマンに全責任を背負わせるという手もある。

アイゼンハワーの腹は固まった。

「話はこれで終わりですな」

まるでトルーマンに有罪判決を言い渡すかのように、アイゼンハワーは冷たく言い放った。

「三軍のうち二軍が継戦を望んでいます。しかも、その二軍は対日戦の直接の相手である海軍と陸軍飛行隊です。この二軍の意向を覆すだけの理由も根拠もない以上、統合参謀長会議としてはそのように結論づけざるをえません」

「よおし。ジャップを叩きのめしに行くぞ！」

威勢良く声を張りあげて、ハルゼーが席を立つ。ルメイとマーシャルが続く。

「失礼します」

最後に小さく一礼して、アイゼンハワーが退室した。

トルーマンは誰一人とも視線を合わせることなく、うつろな眼差しを外にさまよわせるだけだった。きしみ音が混じった扉の閉まる音だけがむなしくトルーマンの背を叩いたが、トルーマンはその後もしばらく振り返ることはなかった。呆然《ぼうぜん》としたまま、トルーマンはなお数分間その場に留まったままだった。

一九四七年五月二〇日　ハワイ・真珠湾

今や日本海軍連合艦隊の主要軍港として機能しているハワイ・オアフ島の真珠湾は、喧騒のただ中にあった。

「米軍の来寇近し」との情報にひっきりなしに輸送船やタンカーが入港し、吐きだすように物資を揚陸している。小型船舶はそれら大型船の間を縫うようにして走り、戦闘艦艇に人員や医薬品、備品を供給していく。

とはいっても、全艦あげての総力を結集した出撃が明日予定されているというわけではない。

アメリカ太平洋艦隊最大の根拠地である西海岸サンディエゴに貼りついた潜水艦が、サンディエゴに入港する艦艇数が倍増する勢いで増えていると報告していること、サンディエゴに向けて陸路、海路、空路、あらゆる手段で物資が輸送され集積されつつあるという諜報員の報告があることについて、アメリカ軍が再び大規模な作戦を企図している証拠であると、軍令部と連合艦隊司令部が判断したのだ。

欧米情報を担当する軍令部第三部第七課が、「米軍、進行作戦通達」「作戦目標、ハワイの可能性大」との情報をつかんだこともあり、連合艦隊司令部は「米軍ハワイ来襲」の確度が高いと結論づけ、真珠湾を母港とする第二艦隊と第二航空艦隊に迎撃準備を下令したからである。

これは現場だけで対応できる話ではない。特に補給を担当する将兵は躍起になってハワイに物資を送るよう奔走した。燃料、弾薬、食料、医薬品など様々な方面から物資がかき集められ、太平洋をはるばる越えてハワイに送り込まれていたのだった。

もちろん、資源採掘から一次加工、二次加工、そして組み立てに至る産業の流れがうまくいっていないのは相変わらずだ。

広大な植民地を持つわりには大日本帝国の物量事情は逼迫《ひっぱく》していたが、それでも西部戦線――インド方面の対欧州戦の終結はこの点で大きかったといえる。

とにもかくにもアメリカも日本も余力は乏《とぼ》しく、最後の一大決戦に向けて双方は運命の扉を開こうとしていたのだった。

その中、いち早く出撃準備を整えて出港しようとする一群の艦隊がある。第二戦隊旗艦の戦艦『大和』以下総勢一〇隻あまりの小艦隊であった。

「それにしても、敵がこのハワイを目指して進撃してこようというときに、本当にいいのでしょうか？」

戦艦『大和』艦長黛治夫大佐は、首を傾《かし》げながら港内を見回した。

「どうも自分には、敵を前にして逃げだすような、後ろめたい気がしてなりません」

「何事にも優先順位というものがあるぞ、艦長」

黛の言葉に答えたのは、第二戦隊司令官松田千秋少将だった。

「敵がハワイに来る。だからこそ我々は今、出港するんじゃないか。ハワイ防衛以上に重要な任務のためにな」

そう言って、松田は口上に蓄えた髭を揺らした。

「なにも後ろめたさなど感じる必要はないだろう。考えてもみろ。ハワイ防衛と我々が命じられた任務と、冷静に見てどちらが困難だと思う？　たしかにここハワイにいれば敵主力と正面から激突することになるだろう。戦闘が熾烈なものになることも容易に予想できる。だがな……」

「わかっております」

　黛は松田の言わんとしていることを悟って、うなずいた。

　松田と黛が目指すのは、日本海軍にとって未知なる領域であった。なにが起こるかわからないが、敵が黙って見過ごすわけがないことは確かだ。それどころか、ハワイ攻撃以上の、敵の熾烈な反攻も予想される。

　そういった任務だった。

「まあ、自分以下『大和』の乗組員全員は、地獄でも地の果てでも付いていきますよ。長官」

「おいおい。長官はよしてくれ」

　わざとらしく微笑する黛に、松田はかぶりを振った。

　今回の小艦隊は、第二戦隊司令官である松田が指揮を託されていた。正式にいえば、第七艦隊と称される艦隊の司令長官代行という立場なのだ。

「俺はまだ桜一つだ。長官というがらじゃない」

　艦隊の指揮官たる司令長官は、通常中将の階級を持つ者がつく。つまり、ベタ金に桜二つの階級章を付けた者が長官と呼ばれるのにふさわしいと、松田は暗に言っているのだ。

　だが、黛はかまわずはやしたてた。普通に考えれば、階級が上の直属の上司に対して礼を欠くしつこさだったが、ここが黛と松田の信頼関係を示すところといえよう。

「『司令長官代行』なんて言いにくくてしょうがないじゃないですか。『長官』でいいですよ。ね、長官」

「二隻もとられてか？」

「……そうですね」

　今度は黛が黙る番だった。

　第二戦隊は『大和』『武蔵』『信濃』『紀伊』の大和型戦艦四隻から成る。しかし今回の出撃にあたって、松田は艦隊直衛の空母『龍驤《りゅうじょう》』と駆逐隊二隊計八隻の駆逐艦を預けられた代わりに、『武蔵』『紀伊』の二隻を編成から外されていたのだ。

　艦隊行動ともなれば、対潜警戒も重要だし水雷艇などの小型船に対処する必要にも迫られるだろう。当然、防空の備えも必須である。

　だが、そうはいっても世界最強を自負する大和型戦艦四隻の戦隊を崩されたのは、松田にとって本意ではなかった。

　セイロン沖海戦で傷ついた『尾張』『土佐』が使えない以上、ハワイ防衛に大和型戦艦二隻を残さねばならないことはわかる。だが、その代わりに松田は不十分な戦力で自分の任務をこなさなければならないのである。

「ところで、敵は本当にハワイに来るのでしょうか？」

「艦長はそうは思わないのかい？」

問い返す松田に、黛は難しい顔をして首を傾げた。

「どうも敵の動きが露骨すぎるような気がしてなりません。自分には敵が故意に情報を露呈しているようにさえ思えているのですが」

「敵が陽動あるいは情報操作での奇襲を狙っていると？」

「そうです。たとえば、このハワイに来るとしてもそれは別働隊で、本隊はフィジーやサモア、あるいはオーストラリアを狙うとか」

「ほう」

松田は小さく二、三度うなずいた。

「たしかに、オーストラリアを奪い返せば『オーストラリア解放、翻る自由の旗』などと敵にとっては格好の宣伝材料にはなるだろう。だがな」

今度は、松田がゆっくりと首を横に振った。

「その可能性は極めて低いと俺は思う。ほとんどないと言ってもいい。なぜなら」

松田は理由を一つひとつ説明した。

「オーストラリアはアメリカ本土から直接向かうにはあまりに遠く、艦隊が秘密裏に行動するのが非常に困難であること。遠距離であればそれだけ補給艦艇も必要とし艦隊の規模がますます大きくなるから、我々の潜水艦や哨戒機を欺いて行動するのは難しいだろう。それに、サンディエゴを出港してしばらくの間が開けば、こちらも敵の目標を見誤ったとしてそれなりの準備をする。アメリカ本土とオーストラリアとの距離と必要時間を考えれば、迎撃態勢を敷く時間はたっぷり用意できるはずだ。オーストラリアに向かうアメリカ艦隊は、フィジー、サモア、ソロモン、ニューギニアなど、中南部太平洋に展開する日本の基地航空隊や潜水隊に次々に狙われることになり、オーストラリア到着前に、相当の損害を被ることを覚悟しなければならないだろう。フィジー、サモアにしても、ほぼ同様の問題があるし、そもそも戦略目的として乾坤一擲《けんこんいってき》の攻撃をかけるには価値が乏しい……。それにだ」

松田はこれこそが真の理由だとばかりに、付け加えた。

「敵海軍のトップは、猛将と謳われるハルゼー大将だそうだ。昨年このオアフ島沖で山口中将の二航艦とやりあった人物だ」

「山口中将と……」

黛の表情が変わった。

昨年六月の第二次ハワイ沖海戦は、彼我の撃沈艦艇数、喪失航空機数、そしてハワイ奪回というアメリカの作戦目的が頓挫したことで、戦術的にも戦略的にも日本の勝利には違いなかった。

ところが、その中で唯一苦戦したのが日本海軍でも猛将かつ有能な指揮官として知られる山口多聞中将率いる第二航空艦隊だったのだ。二航艦は、オアフ島の北西海域でハルゼー大将率いる機動部隊と真っ向から激突した。双方がっぷり四つに組み合ったその戦いは両者一歩も譲らずに、どちらが勝者となることもなく痛み分けに終わった。彼我の損害は、それぞれ空母二隻と一〇〇機あまりの艦載機を失うというほぼ互角のものだった。

山口多聞中将は、「人殺し多聞丸」とあだ名されるほど部下に猛烈な訓練を課すことで知られる人物であった。

だが、その甲斐あって二航艦は最右翼であるはずの一航艦をも上回る腕利きのパイロットが揃っていることを、黛も知っていた。

その二航艦相手に一歩も退かない敵であれば侮れない。

黛の眉間に寄る皺には、そういった内心の思いが刻まれていた。

「無論、俺も直接会ったことはないが、『日本人を殺せ、もっと殺せ』と常日頃から息巻いている御仁らしい」

黛の眉間がますます狭まった。

松田が続ける。

「そういった性格の将ならば、奇策は使うまい。ましてや、敵が自分たちのものと思っているハワイに我々が居座っているのを見過ごせるはずがない。敵はこのハワイに来る。必ずな」

そのとき出港を告げるラッパの音色が高らかに鳴り響いた。

「出港します」

首席参謀谷岡平八郎中佐の声に、松田はうなずいた。

先頭をきって動きだしたのが、最速四〇ノットの快速を誇る駆逐艦『島風』である。中小海軍なら軽巡に分類されてもおかしくない基準排水量二五〇〇トンを超える大型の駆逐艦が、艦尾を泡立たせて始動する。

日本艦艇特有の強いシアーのついたナイフを思わせる鋭い艦首は、いかにも速さを連想させる。中心線上に三基を設けた五連装発射管計一五射線の雷装も強力だ。

前部煙突と艦橋の間にあるメイン・マストには、司令座乗を示す旗が翩翻《へんぽん》と翻っている。

『島風』に続くのは、同型艦の『荒風』『岸風』『西風』の三隻だ。

この四隻で第一二駆逐隊を構成しているが、見事な単縦陣で続いていく。まるで一本の糸でつながっているように、四隻が整然と主水道を抜け、右舷にワイピオ岬を仰ぎながら外洋に続くエントランス水道に入っていく。

第一二駆逐隊の後を追うのは、第三九駆逐隊だ。こちらは『宵月』『夕月』『夜月』『朝月』の秋月型防空駆逐艦四隻から成る。

秋月型駆逐艦は水上戦闘よりも対空戦闘を重視して設計された駆逐艦であり、主砲に発射速度、初速ともに優れる九八式六五口径一〇センチ砲を採用しているのが特徴である。この第七艦隊第二戦隊の中で秋月型駆逐艦は、『龍驤』所属の艦戦を突破してきた敵機を最終迎撃することが求められる。

駆逐隊二隻の後に、空母『龍驤』が続いた。

『龍驤』は多分に試験的要素を含んで設計と建造がされた小型空母である。

将来、海戦の主役に躍りでるであろう航空機に期待して、各国海軍がこぞって空母建造に走った時期があったが、航空機の進化は予想に反して鈍かった。

また、航空機を主力として運用していこうとする海戦様式が世界的に浸透しなかったこともあり、空母は戦艦を中心に据えた水上艦隊の補助戦力に甘んじたままになった。

典型的なのが欧州各国の海軍であり、またその後、空母を集中運用するようになった日米海軍でさえも、海戦の雌雄を決するのは戦艦中心の水上艦隊というのが定説だ。

大型空母建造の熱は一気に冷め、各国海軍は小型で効率がよくコストがかからない空母の研究に進んでいった。

その結果として、日本海軍が設計建造したのがこの『龍驤』である。

しかし、基準排水量一万六〇〇〇トン、搭載機数四八機、速力二八ノットという性能はいかにも中途半端であり、また致命的だったのは飛行甲板が一五〇メートルと極端に短いことだった。これは『赤城』や『加賀』といった大型空母の約六割にすぎず、一〇〇メートルも短いものだった。このため大型化が進む艦載機の離発着は次第に困難になり、『龍驤』は空母でありながら空母としての機能が危ぶまれる欠陥艦としてのレッテルまで貼られつつあったのである。

艦載機と空母変遷の波に翻弄されてきた『龍驤』は、このため日本海軍内でもさしたる活躍の場も与えられずに不遇の日々を送ってきたのだが、それがここにきてようやく出番がめぐってきたのである。

ほかに出せる空母がいないという消極的な理由もあったが、艦隊の直衛専任艦なら搭載機数は少なくて済む。また、狭い飛行甲板も発艦距離が短い艦戦ならば問題にならない。

それらの理由から、『龍驤』の第七艦隊への編入と出撃が決まったのだ。

『龍驤』の艦首に立つ波は、『龍驤』そのものが上げる歓喜の声のようであった。

島型艦橋ではなく、飛行甲板下の前端に艦橋を持つフル・フラットな艦影が淡青色の美しい水をたたえる真珠湾を進む。

湾内のフォード島にある滑走路からは日本海軍の主力艦載戦闘機である烈風が飛びたって敵の奇襲という不測の事態に備えているが、今のところその兆候はない。

「『信濃』出港します」

見張員の声に、松田は左舷に目を向けた。

旗艦『大和』と並列に投錨していた大和型戦艦三番艦『信濃』が、ゆっくりとその巨体を動かしはじめた。ともすれば『大和』が逆進している印象を受ける。

若干後ろ寄りにあった艦橋構造物が前に抜け、一本の煙突とメインマストが続いていく。

『大和』とほとんど変わらない艦影だが、艦橋背部の階段とメインマストに少将旗が翻っていない点にわずかな相違点が窺えるだけだ。

羅針艦橋の中には、敬礼する士官の姿がはっきりと見えた。

重々しく始動した『信濃』が、ゆっくりとだがスムーズに湾口に向けて艦首を振る。

『大和』の羅針艦橋からは見えないが、今ごろ艦尾の海面は直径五メートルに達するスクリュー・プロペラ四枚で激しく攪拌されて泡だっているであろう。舵も若干、取舵に振られているはずだ。

「そろそろ行こうか。艦長」

『信濃』の第三主砲塔から飛行甲板を、そして艦尾をはっきりと認めてから、松田は発した。

「出港する！」

「はっ」

松田の指示に、黛が応じた。

「微速前進」

「微速前進、宜候《ようそろ》」

艦長から航海長へ、航海長から機関長へ指示が伝わり、復唱の声が艦内に響く。

機関のうなりが高まり、振動が足元から伝わった。

「出港！」

前方に大きく突きだした艦首が海面を切り分け、バルバス・バウが巨大な水圧をいなして艦の進行を助ける。三連装の巨大な主砲塔三基は、定位置にありながらも圧倒的な存在感を放って周囲を睥睨《へいげい》する。

一九四七年五月二〇日、『大和』『信濃』ら第七艦隊はハワイ・真珠湾を発《た》った。

対米戦が最終局面に突入しようという中、大日本帝国首相・山本五十六は大きな賭けに出た。密命を帯びた第七艦隊は戦雲近づくハワイを離れ、ひと足早く大洋の中に身を浮かべたのだった。

無論、待つのは平坦で穏やかな道ではない。

アメリカの総攻撃を受けるであろうハワイに残る者たちよりも、さらに過酷な未来が待ち受けているかもしれない。

開く扉の先に広がるのは光と希望に満ちた世界か、はたまた混沌と失望に病んだ世界か。

振り返るはずのない時の流れは、人に運命という道を歩くことを強いる。

一寸先は闇といわれる戦場の中に敷かれたその道を、第七艦隊の将兵約六〇〇〇名は、ただ粛々と進んでいくのだった。

第三章　亡国への道

二〇一九年一〇月二三日　東シナ海

中国軍空挺部隊が長崎内陸部への進撃を窺うころ、東シナ海を東進する一つの艦隊があった。マストに掲げられた赤旗が、中国の艦籍であることを誇らしげに示している。

艦隊は戦闘艦艇で固めた打撃部隊ではなく、中央に各種の輸送艦、周囲に護衛の駆逐艦を配した輪形陣を敷く総勢三〇隻あまりの輸送艦隊であった。

「我が軍もついにここまで来たか」

その艦隊の最前列に位置するミサイル駆逐艦『瀋陽《シンヤン》』艦長張鉄中校《チャンテイエッツォンシアオ》は目を細めた。

張が先導する輸送艦隊は、民間から徴用したタンカーや輸送船を含んだ雑多な艦隊ではなく、すべて海軍所属のれっきとした輸送艦および揚陸艦ばかりであった。

連装砲塔を載せた船首楼型の艦体に、全幅にわたった艦橋構造物と角張った煙突を後部に配した艦容を見せるのは、玉亭《ユーティエン》Ⅱ級の戦車揚陸艦である。全長一二〇メートル、全幅一六・四メートル、満載排水量四八〇〇トンの玉亭Ⅱ級戦車揚陸艦は、計八隻が編入されて艦隊の中核を成している。

その玉亭Ⅱ級を小型化したような艦容を持つ満載排水量一八五〇トンの艦は、運《ユン》輸《スウ》級中型揚陸艦である。

いずれも、沿岸警備隊から本格的な外征海軍に脱皮をはかる中国海軍が、二〇〇〇年代半ばに急ピッチで建造し配備した艦だ。肝心の戦闘艦艇の整備や空軍戦力の拡充、二転三転する世界情勢から一〇年あまり待たされた格好にはなったが、今ようやくその真価を発揮する舞台が整った。

また、それらの艦に混じりながら異彩を放っているのは、ドック型輸送揚陸艦『崑崙山《クンリエンシャン》』だ。全長二一〇メートル、全幅二八メートル、満載排水量一万七六〇〇トンの艦体は堂々たるものだ。

左右外舷が上構を覆うような外観は一見カー・フェリーを思わせるが、目的はステルス性の向上にほかならない。中央から上下に逆傾斜を設けたその外舷と、角張ったマスト、煙突、その他不用意な突起物を排した艦容は、玉亭Ⅱ級や運輸級とは明らかに一線を画するものだった。

「これだけの輸送艦隊を動かせるのは、世界を探してもそうはいない」

張は大きく胸を反らせた。

空母、巡洋艦、駆逐艦といった正面戦力だけではなく、強襲揚陸艦、補給艦、弾薬運搬船など各種補助艦艇に至るまで、世界でもっとも充実しているのがアメリカ海軍であることは揺るぎない事実だ。

だが、艦の一隻、一隻の質は高いものの、イギリス、フランス、日本は、絶対的な数が不足していることを否定できない。ロシアはそこそこの質と数を備えてはいるが、ソ連崩壊後の経済財政混乱の影響から、海軍は一時的に完全な〝張子の虎〟状態になり、今でもどれだけの艦艇が正常に動けるか疑問が残る。

そして……。

（昔とは違う！）

張は表情を引き締めた。

数こそあれど、質的には先進各国の艦艇および装備には二歩も三歩も及ばない博物館艦隊などと揶揄されていた中国海軍はもういない。ここにいる自分たちは、宿敵アメリカにも対抗しうる世界屈指の海軍なのだと、張は信じていた。その証拠が、この高速輸送艦隊なのだと。

輸送艦隊は、九州西部の長崎に強襲降下した空挺部隊への補給物資と増援の陸軍将兵を満載していた。

「東伐《トンピイエ》」と名づけられた今回の日本侵攻作戦の開始直後に、中国北海《ベイハイ》艦隊の本拠地青島《ジンダオ》と、やや南方の膠州湾《ガオチヨウ》から相次いで出港した艦隊は、洋上で合流後、いったんは大陸付近で遊弋し戦況の推移を見守った。

航空作戦の成否いかんによってはそのまま大陸に引き返すことも念頭にはあったが、幸い空挺作戦は成功裏に終わったために、艦隊は東進を再開したのである。

付近には商《シヨン》級、元《イエン》級といった攻撃型潜水艦がうようよしているために、敵海軍つまり敵の言う海上自衛隊は近づけずにいるらしい。

ここまでの航路は安穏としたものだった。もっとも、沖縄や先島諸島周辺の海域を抜けて東海《ドンハイ》艦隊の主力が太平洋に侵出して牽制していることも、大きく貢献していると思われる。

しかし、まだ安心はできない。敵には海軍だけではなく、強力な空軍もあるからだ。

空挺作戦そのものは成功したが、空軍の損害は想定を大きく上回るものだったと聞く。

それもそうだろう。敵にとっては、本土が直接危機に晒《さら》されたのだ。死にもの狂いで抵抗するのは目に見えている。

自分たちは敵本土に楔《くさび》を打ち込むという戦略的な目的は達したが、戦術的には互角か、あるいは敗北を喫したのかもしれないのだ。

（問題は空、か）

張は航海艦橋から前方に広がる夜空を見あげた。時刻は二〇時をまわったあたりだが、曇天の空に煌《きら》めく星は少ない。

目的地である五島列島およびその先の西彼杵《にしそのぎ》半島までは、あと二〇〇海里ほどである。この高速の輸送艦隊ならば、明日の昼すぎには到着できることだろう。

航路の大半は済んだ。しかし、それは裏を返せば、味方の傘を外れた敵性海域に艦隊が踏み込んだことを示しているのだ。

上空を守る空軍機は、今はもういない。数は潤沢であったはずの空軍も、作戦初日の空挺作戦での損害もあって、常時艦隊の上空に貼りつくことはできないらしい。

もっとも近い敵の航空基地は福岡の築城《ついき》だが、宮崎の新田原《しんたばる》や石川の小松から敵機が飛来してもなんら不思議ではない距離だ。

そんなことを考えているうちに、やはり敵機は忍び寄っていたようだ。

「対空レーダーに反応あり！」

レーダー員の報告に、艦内の空気は一気に緊迫化した。

落ちつきなく視線をあちこちに向ける者、誰彼となく顔色を窺う者、それぞれが鼓動を高めて次の報告を待った。

「敵味方識別信号に応答なし。敵機です。機数一二。東南東より接近中。速力……」

（やはり、そうか）

張は胸中でうめいた。

数時間前、そしてつい三〇分前にも『瀋陽』は付近から発せられた不審な電波を拾っていた。それはおそらく敵の索敵機だったに違いない。

敵はＡＷＡＣＳ（Ａｉｒｂｏｒｎｅ Ｗａｒｎｉｎｇ ａｎｄ Ｃｏｎｔｒｏｌ Ｓｙｓｔｅｍ＝空中早期警戒管制機）やＡＥＷ（空中早期警戒機）といった索敵や管制専門の機を保有していて、高度にシステム化された空戦を展開すると聞く。

様々な諜報手段から得られた敵の電子兵器に関する情報はどれも中国軍内部では信じ難い性能のものばかりであり、一部の共産党や軍首脳部からは「でたらめに決まっている」「これは逆に敵が仕掛けた謀略だ」という声が聞かれ、ついには「敵に取り込まれた諜報員は即刻処分せよ」などという過激な意見まで飛びだしていた。張もそう考える一人だった。いや、正確にいえば、頭では敵の実力を評価しながらも気持ちがそれを否定するのだ。張のような反日思想の強い者なら、なおさらだった。

しかし今、目の前の状況はそれらの声が苦しまぎれの現実逃避でしかなかったこと、諜報員が決死の覚悟でもたらした情報がいかに正しいものだったかを如実に示すものだった。

いずれにしても敵はこちらの艦隊の動きをとっくに把握し、着々と迎撃準備を整えていたに違いない。なぜなら、飛来した敵機が満を持していたかのごとく襲い掛かってきたのだ。

「総員配置につけ！　対空戦（闘）」

「高速飛行物体、前方より接近！」

張が命じ終える間もなく、続報が飛び込む。

騒然とする艦内に、切迫した報告の声が響く。

「た、対艦ミサイルのようです。二、三……反応多数！」

「迎撃だ。迎撃せよ！」

パニックになりかけているレーダー員に苦々しい視線を向けつつ、張は応じた。

やはり電子機器は、敵のほうがはるか上を行くのか。信じたくはないが、そう考えざるをえない状況が眼前にある。こちらがようやく敵を探知したとき、敵はすでに攻撃を仕掛けているのだ。

しかも、探知と攻撃では、情報精度に雲泥の差があるのは軍事的に常識だ。探知するだけなら、「わずかな反応がそのへんにある」といった程度で済むが、攻撃はそうはいかない。

敵の位置、針路、時間の影響、それらを正確に把握して予想し、さらには最終微調整たる誘導機能が備わっていなければ必中は望めない。

敵にはそれだけの高い技術があるのかと、張の自信に亀裂が入りはじめていた。

だが、それでも自分には引きさがるという選択肢はない。なにせ張が指揮する『瀋陽』は、アメリカのアーレイバーク級駆逐艦や、日本のこんごう型護衛艦に対抗すべく建造された中国版イージス艦だからだ。

特に防空戦闘の場合は矢面《やおもて》に立たねばならない立場なのだ。

「目標捕捉」

「発射準備完了」

（来るなら、来てみやがれ！）

張は胸中で叫び、開きなおって命じた。

「攻撃開始！」


漆黒の海面が、衝撃波に切り裂かれていた。波浪も低く穏やかだった海面はまるで鞭で打たれたように筋状にさざなみ立ち、轟音《ごうおん》が海上に響き渡っていた。

轟音の源《みなもと》である黒い影は全部で一二。三つの塊に分かれて、まっすぐ西北西に向かっていた。

海面すれすれを行く黒い影の一角に、ふいに赤い光点が閃いた。

光点は赤色から黄色に、そして白色に変化し、加速度をつけて水平線の彼方を目指す。

光点は一つではない。次々と連なる様は、まるでアウトバーンやハイウェイの街灯のようであった。

黒い影が突如として向きを変えた。一瞬、鈍い光沢が目に入ったが、それもすぐに漆黒の海上に溶け込んでいく。

（よりによって、こんなときに）

その影と化したF－15FXのコクピット内で、航空自衛隊第六航空団第三〇三飛行隊所属の広田功司《こうじ》一等空尉は唇を嚙んだ。

凶報が飛び込んだのは、つい数分前のことだ。長崎沖に中国艦隊が接近との報告に石川の小松から勇躍出撃してきた三〇三空だったが、その留守中を狙ったように敵コマンドが新潟に上陸したというのである。

この長崎は西部航空方面隊の管轄であって、新潟こそが広田らが属する中部航空方面隊の担当空域なのだ。総力戦を叫んで増援に出たのが完全に裏目に出た形だった。

もちろん敵コマンドということは人数は少なく潜水艦かなにかで接近してきたのだろうが、その後方にもっと大規模な揚陸部隊が潜んでいないとも限らない。

そもそも上陸した敵が、中国軍なのか韓国軍なのかさえも定かではないのである。

上陸した後は陸上自衛隊に任せておけばいいなどと、のんきなことも言っていられない。それじゃあ海空自衛隊の面目は丸つぶれだ。

（しかしな）

意外に穴だらけだったなというのが、広田の感想だった。

対中、対韓の二正面作戦というのを差しひいても、敵に新たな上陸を許すとは……。

「こちらハリケーン。引きあげるぞ」

「ラジャ」

「ラジャ」

飛行隊長川中純二《じゅんじ》等空佐の声も、足早な感じだった。

三〇三空各機は抱えてきたASM（Air to Surface Missile＝空対艦ミサイル）を放り投げるように切り離し、帰途についたのだった。

広田は眼前の液晶ディスプレイに目を向けた。

外界の暗さに比べて、液晶ディスプレイの表示はいつも以上に鮮明に見えた。そこには、ターゲットに向けて突進するASMの軌跡が映しだされていた。

ミサイル駆逐艦『瀋陽』のCIC（Combat Information Center＝戦闘情報管制センター）は怒号に満ちていた。

「敵ミサイル撃墜！　新たに二、三」

「第二波来る！」

「対処急げ！」

「一番、二番発射。どうした！」

敵味方のＡＳＭ（空対艦ミサイル）、ＳＡＭ（Ｓｕｒｆａｃｅ　ｔｏ　Ａｉｒ　ＭＩｓｓｉｌｅ＝艦対空ミサイル）、そして艦隊を示すレーダー・ディスプレイは無機質だが、確実に中国艦隊の危機を報せていた。

迎撃はたしかに部分的には成功している。

『瀋陽』が放ったＳＡＭは敵機が撃ち込んできたＡＳＭを捕捉し、それを空中で粉砕するか、あるいは海上に叩きおとしている。艦上の航海艦橋からは、さぞかしすさまじい流星ショーが見られることだろう。

だが、不十分だった。というのも、日米のイージス艦と違って、『瀋陽』をはじめとする中国版イージス艦は、多目標追跡、管制能力はともかく、味方艦とのデータ・リンクの点で決定的に劣っているのである。

すなわち、個艦防御は完璧でも、艦隊防御つまりエリア・ディフェンス能力については、中国海軍はいまだに発展途上の状況だったのである。

その結果、三〇三空が放った二四発のＡＳＭのうち、半数以上がＳＡＭの防御網をすり抜けて艦隊内に突入した。

当然、ASMを置き土産にした母機には、指一本触れることすらできていない。

敵ASMを示す輝点が、中心点に近づく。

「近接戦闘！」

艦長張《チャン》鉄《ティエ》中校が命じる以前に、最終防御ラインである機銃群がうなる。

赤い曳痕《えいこん》が、海上に火薬の橋をかける。

しかし、これもバルカン・ファランクスやゴール・キーパーと呼ばれる旧西側のCIWS（Close In Weapon System＝近接対空防御火器）に比べれば悲しいほどに密度が薄かった。発射速度が桁違いに遅く、また追跡精度も不十分だったのだ。

また、低く垂れ込めた雲がかぶさる曇天も問題だった。闇夜は、夜陰に紛れるという中国艦隊に有利な要素として働くのではなく、光学的視野を狭め、電子機器に優る日本側に味方しているのだ。

薄い弾幕を縫って、敵のASMが突き刺さる。

複数回の轟音に続いて、くぐもった爆発音がCICに伝わった。一段と低く腹にこたえる音だ。

（やられたな）

張は直感した。

空中で弾けた音は、拡散、収束が早い。それに加えて、なにかを押し込むようなそんな重々しい音だった。

「『九九五』、『九四九』、被弾！」

「『深圳《シンシイエン》』被弾、大破の模様！」

中国海軍は、揚陸艦の艦名には単なる番号を用いることが多い。『九九五』は玉亭Ⅱ級の戦車揚陸艦、『九四九』は運輸級の中型揚陸艦である。

張は無言でうなずいた。

沈没するかどうかはわからないが、とにかくそれらが揚陸戦に使えなくなったことは明らかだ。船が残っていても、肝心の積荷が海没したり焼けたりしたのでは意味がない。陸戦の人員だけを救えても、装備不十分の丸裸の兵など生贄《いけにえ》に晒すのと同じだ。

（くそっ。我々の力はまだこの程度のものだったのか。必ずや日帝《リーティイエン》を打ちくだく。かつて大陸に触手を伸ばして数々の蛮行を行なってきた日帝の者どもに鉄槌を下し、我が足元にひれ伏させる。こんな自分の考えは夢想でしかなかったのか）

煮えくり返る思いを、張は内心に押しとどめた。

感情を爆発させても、なにも始まらない。問題は、今後なにをするかだ。自分たちの力を最大限に生かして、なにができるかだ。

「艦隊司令部より命令電です」

「……ほう」

一読した張は、薄い笑みを見せた。

「溺者《できしゃ》救助の後、撤退する」といった指示を予想したが、命令はそれとは正反対のものだった。

「健在な艦はこのまま東進すべし。任務完遂を期す」

命令は作戦続行を意味するものだったのだ。

「そうか。そうこなくちゃな」

張はほくそ笑んだ。

たしかに戦闘艦艇の被害は少ない。また、輸送艦にしても、『崑崙山』をはじめとする半数が無傷だ。この程度で怯《ひる》んで戻るようならもともと出てこなければよかったのだと、張は自分を納得させた。

「敵機、探知外に去りました。第三波の兆候なし」

「うむ」

張は気を取りなおして、辺りを見回した。

少なくとも、自分の艦は傷一つつけられていない。

(日帝の者どもが何度卑劣な攻撃をかけてこようとも、俺は絶対に退かん！)

命令があろうがなかろうが、自分の身が砕け散るまで進撃を続けようと心の中で繰り返し幾度も張は叫んでいた。

二〇一九年一〇月二四日　日本海

海上自衛隊第三潜水隊群第八潜水隊所属の潜水艦『そうりゅう』は、佐渡沖の海中を西進していた。

「針路を西へ」

『そうりゅう』の行動を決定したのは、第八潜水隊司令崎山輝生《さきやまてるお》一等海佐のただひと声だった。

目的、理由、推測……詳しい説明はなかった。崎山はひと言発した以外、いっさい口を開かずに命令の遵守をただ監視するだけだった。

艦内は静まりかえっていた。崎山が分厚い眼鏡の奥から冷たい視線を発するだけなので、わずかでも口を開いてはいけないような、ぴんと張りつめた空気が艦内に満ちていたのだ。

実はそれ以前、艦内は浮き足立っていた。

敵コマンドが新潟に潜入したという情報を得たのは、昨晩、呉の潜水艦隊司令部から届いた長々波通信でのことであった。それらが小型の潜水艦か水中スクーターを使って上陸したのかはわからないが、とにかく近海まで運んできた母潜水艦がいるはずだ。必ず探りだして撃沈してやる――そう思う兵が多かった。

だが、潜水艦隊司令部からの命令は哨戒だった。

次に敵がどう出るかを見極める任務が、『そうりゅう』には与えられたのである。

理由は明確だった。敵潜をあぶりだすならば、対潜哨戒機のほうがはるかに広範囲を効率的かつスピーディーに活動できるからである。

ところが、これがまた波紋を呼んだ。

敵潜を放置しておけば、背後を衝かれる危険性があるのではないか。フォローの敵潜がいる可能性もある。その場合、『そうりゅう』一隻ではとうてい対応できない……等々というものだ。

しかし、崎山は動じなかった。

幸い哨戒範囲は広く、ある程度行動の自由が許されているのも好材料だった。そこで、崎山は針路を西にとった。艦長末松亮二《りょうじ》等海佐以下は、その狙いを理解できていなかったが……。

「今ごろ陸《おか》は大騒ぎだろうね。海は静かだけど」

崎山の凍りつく視線を浴びて、末松はあわてて口を閉じた。

実際、海は驚くほど静かだった。

韓国側はわからないが、少なくとも日本国内では、中韓との紛争勃発以来、対馬と佐渡を結ぶラインの日本海は、漁船から商船まで民間船の往来は事実上禁止されている。国内輸送はすべて陸路あるいは空路で行なうよう、政府、自衛隊から通達が出されているのだ。

やむなく出港する船があったにしても、それはごくごく沿岸部を航行するだけだ。

その徹底を受けての静けさに違いなかった。

転機が訪れたのは、西進を始めてから丸一日が経とうとするころ、西南西に三〇〇キロほど移動したときだった。

「ソナーに感あり。水上艦と思われる推進器音を探知」

ソナー員の声に緊張が走った。

陸上や水上艦なら騒然とするところだが、静粛性と隠密性が命の潜水艦は違う。

その特性と必要性を徹底的に身体に叩き込んだ乗組員の中に、騒いだり不必要な驚きの声をあげたりする者など一人としていない。互いに顔を見合わせたり、顔の動きで反応を示したりするだけだ。

艦長の末松も「嘘だろう」と両目を丸くしている。

「反応は複数。二軸推進艦」

「ほかは？　なにかわかるか？」

「待ってください」

ソナー員が両耳のヘッドセットに手をあてて、慎重に音を拾う。

ソナーは潜航中の潜水艦にとって、相手を識別する唯一の手段である。

「艦艇は大小。……大型艦がいます」

「大型艦？」

末松が頓狂な声をあげて、あわてて口を塞ぐ。

（どうします？）

乗組員の視線が末松に、そして崎山に集中する。

末松は左眉を吊りあげ、こわばった表情で左右に小さく首を振る。

「決断はこの場の最上位者である司令が下す。勘弁してくれ」といった様子だ。

敵が何隻いるかは不明だ。日本の船の可能性は九九パーセントない。韓国海軍の艦艇という可能性が濃厚だが、第三国の船、そして民間船という可能性もゼロではない。

そんな船を沈めてしまったら、国際問題化は必至である。日本は公海上を行く民間船に魚雷を射ち込む非道の国というレッテルを貼られてしまうだろう。

今のところ国際世論は被侵略国の日本に有利なはずだが、対応を誤ればそれが一気に覆《くつがえ》る可能性もある。ここぞとばかりに中国や韓国が日本非難を繰り広げ、自分たちの侵略を正当化するのも目に見えている。

（どうする？）

頭脳明断な崎山も、さすがに即断はできずに思考を繰り返していた。正面を見つめたまま、黙して語らない。

静寂が艦内を支配する。かすかに推進器音が船殻《せんこく》を叩くような気がする。水というものは、これほどまでに音を伝達しやすいものなのかと実感する場面だ。

「潜望鏡深度に浮上。目標を確認する」

ついに崎山が発した言葉に、乗組員がいっせいに顔を上げた。

「総員、浮上に備え。潜望鏡深度に浮上」

末松が命じ、赤色灯が回転した。

今も昔も、潜水艦が標的を確認する最終手段は潜望鏡をとおして自分の目で見ることだ。

推進機関が飛躍的に発展して潜航時間が大幅に伸びようとも、魚雷の性能が向上して標的への命中精度が革新的に高まろうとも、ここだけは変わらない、潜水艦の潜水艦たる宿命の儀式だ。

操舵手がジョイ・ハンドルを手前に引いて、艦が静かに首をもたげる。

このあたりも技術の進歩によって、省力化と簡略化が進んだ成果である。

大戦型の潜水艦であれば、複数の人間がバルブを何回もまわしたあげくに圧縮空気が海水を押しだす音がはっきりと聞こえたという。

浮上するに伴って、艦内気圧が変化する。耳鳴りがするので、大きく口を開けたり首を曲げて耳を叩いたりして、各自が正常な状態に戻す。これも昔ながらの潜水艦の風景だ。

もっとも、航空自衛隊であれば、そんな生やさしいことで気圧変化はのりきれない。高々度の薄い大気の中では、与圧と酸素マスクが必須である。そうしなければ低酸素症で脳がやられるし、低温で身体ももたないからだ。

「深度八〇……六〇……」

そのうち艦の上昇は緩やかになり、水平航行の微速運転に入った。

「潜望鏡深度です」

「潜望鏡上（げ）」

命じようとする末松を制して、崎山は立ちあがった。

「観察は二秒。俺がやる。録画オン、忘れるな」

崎山は自ら潜望鏡に取りついた。

観察時間はたったの二秒、必要最小限のものだ。

第二次大戦中でさえ、潜望鏡をレーダーで発見されて敵の対潜哨戒機の攻撃を受けたという例がある。

また、いかに小型化した潜望鏡であっても海面に白い航跡を残すのは避けられないので、リスクは極小化しておきたい。

細長い潜望鏡が海面上に突きでていく中で、崎山は素早くグリップを開いて接眼レンズに目をあてた。誰もが驚いたのは、崎山の動きがあまりにもスムーズで無駄がなかったからだ。だてに潜水隊司令に就いたわけではないと、それなりの経験と実力を知らしめるに充分な行動だった。

「REC」のランプが赤く灯《とも》る。潜望鏡から見た映像を録画し、艦内で再生、確認、検証するためのものである。

「ワン、トゥー」

崎山は軽いステップを踏んで、グリップを折りたたんだ。その仕草がまた普段の崎山とはかけ離れていたために、末松は目を丸くし、乗組員の何人かは吹きだすのをこらえている。

『そうりゅう』は緊張の中にもまだ余裕があったというわけだ。

崎山は無言で顎をしゃくった。ただ、その瞳が一瞬閃いたように末松には見えた。腹は決まったということか。

モニターで潜望鏡映像の再生に入る。

「ええっ！」

末松はのけぞりぎみに生唾を飲み込んだ。

「決まった」

崎山がひと言つぶやいて、薄い笑みを見せた。

映像は複数の艦影を示していた。グレーに塗装された艦体といかめしい姿は、まさに軍の船と呼べるものだった。

全体にごつごつした印象の船は駆逐艦またはフリゲートであり、すらっとした突起物の少ない艦容は揚陸艦や輸送艦と思われる。

そして、マストに掲げられた旗は中国海軍の赤旗ではない。

（韓国海軍か……）

『そうりゅう』は東進する韓国艦隊に、ぶちあたってしまったのである。

崎山が見せた笑みはただ単なるチャンスに恵まれたからというわけではなく、自分の読みがぴたりと当たったという満足感から来たものだった。

偵察あるいは撹乱を目的とするコマンドを先行して送り込み、あらためて上陸部隊を揚陸させるつもりというわけだ。

「魚雷戦、準備しますか？　それともUSM（Underwater to Surface Missile＝水中発射対艦ミサイル）で」

末松が恐るおそる崎山の意向を伺った。

ここにも時代の変化が表われていた。

大戦型の潜水艦なら、攻撃は魚雷かはたまた艦上に設置された砲と相場が決まっていた。

ミサイルの開発と配備が盛んになった第二次大戦後でも、潜水艦はしばらくはミサイルを海中から発射することはできずに、わざわざ浮上してミサイルを発射するという珍事すらあった。

そのために艦の外殻《がいこく》に発射筒を設けた異様ないでたちの潜水艦が、しばらく世界の海を闊歩《かっぽ》していたという。

それがどうだ。今は耐圧カプセルの登場によって、ミサイルは海中で魚雷発射管から容易に発射できるのである。

当然ミサイルは艦内に収容してあり、雑音を発しないように徹底的に洗練された艦体は非常に滑らかに仕上がっている。

「王道でいく」

「どうしますか」という末松の視線に、崎山は短くもはっきりと答えた。

ＵＳＭは魚雷に比べると格段に早いが、いったん海面に出てしまえば飛行体だ。

韓国海軍には、我がこんごう型やあたご型に匹敵するイージス艦がある。これだけの規模の作戦には必ず同行しているはずだ。乾坤一擲のＵＳＭを送り込んでも、それは容易に捕捉され撃墜されてしまうに違いない。

ここは遅くとも隠密性に優れる魚雷を使うべきだと、崎山は考えたのだ。

「はっ」

一歩下がって姿勢を正した末松は、発射管室に電話をつないだ。

「水雷長。魚雷戦用意だ。一番、二番に魚雷装塡」

復唱の声が返り、受話器の奥から水雷科員のあわただしい靴音が届く。

そうりゅう型潜水艦は、六門の発射管をすべて前部に配置している。目標を捕捉してそのまま叩き込もうというもので、逃げながら敵に見舞うという発想のない攻撃的な配置である。

「一番大きいのをやるぞ。ソナー員、識別できるな?」

「可能です。やってみます」

「やってもらわねば困るよ。我が隊の装備はそれほどやわじゃない」

崎山は再生映像に目を向けた。

「おそらくあれは『独島《ドクト》』だな」

「『独島』、ですか」

末松は難しい声を出し、ため息を吐いた。

『独島』は韓国海軍最大の艦艇である強襲揚陸艦である。外見は海上自衛隊のおおすみ型輸送艦に酷似したものだが、全長二〇〇メートル、全幅三二メートル、満載排水量一万九〇〇〇トンの艦体は、おおすみ型輸送艦を凌《しの》ぐ大きさである。

何事も日本より先に日本より上に、のスローガンのもとで行動する、韓国人の意識が働いているのだろう。

「やはり、あれが来ましたか」

末松が意味ありげにつぶやいた。

『独島』の問題は、建造目的や大きさ以上にそのネーミングにある。

『独島』というのは、日本と韓国が長年領有権を争っている島根県竹島の韓国名なのだ。

強襲揚陸艦『独島』は二〇〇七年に竣工したが、建造中にこの艦名が予定されていることを知った海上自衛隊は憤激した。

ところが、常に弱腰の日本政府は結局有効な外交手段を取れずにただ指をくわえて『独島』の竣工と就役を見ているだけだった。

日本の反発を十二分に予想していた韓国海軍は、挑発と嘲笑《ちょうしょう》の意味を込めて海軍最大となる強襲揚陸艦を『独島』と名づけたというわけである。

今、思えば、日韓はそのときすでに戦う宿命を帯びていたのかもしれない。

独島──竹島は絶対に手放さない。周辺の海洋権益も渡さない。そういった国家としての強い意思を、韓国が示した結果だったのだから。

そもそも一〇〇年以上にわたって使用され、全世界にも認められている「日本海」という呼称すら認めようとしない国なのだ。

韓国内の地図には、国連のおすみつきがある「日本海」という記述はいっさいない。「東海《トンヘ》」という勝手につけた名前があるだけだ。

ちなみに、駐韓国大使館が「日本海」ではなく「東海」と記述がある地図を掲示していることが発覚し、マスコミと世論にさんざん叩かれたのはあまりに有名な話である。

駐瀋陽の公館に北朝鮮の子連れ難民が亡命を求めてきた際も、中国の武装警官が不法に侵入してくることに抗議もせず、強引に連れ去っていくのをただ傍観する外務省の体質なのだから、驚くことはないのかもしれないが。

「魚雷は一〇秒あけて二本発射。さらに三〇秒置いて第二波を放つ。魚雷は……」

最終確認として崎山は命じた。

『そうりゅう』は舵をきって、目標を指向する。

「発射管、扉開け。発射五秒前、四、三、二、一、射《て》っ」

緊張の上に、さらに緊張が重なる。

三〇秒後、さらに『そうりゅう』は二本の魚雷を放った。

今のところは順調だ。

「急速潜航」

「はっ。急速潜航」

命中するかしないかに関係なく、魚雷を放った以上、こちらの存在を敵が知るのは確実だ。

魚雷の針路から、敵がこちらのおおよその位置を割りだして、あらゆる手段で捕捉しようとするに違いない。

降ってくるのは爆雷か、対潜ミサイルだろう。もう逃げの一手しかない。

「直上に対潜ヘリ！」の声が轟《とどろ》いたり、敵魚雷のアクティブ・ピンガーが今にも船《せん》殻《こく》を叩いたりするのではないかと心配するが、幸いそのような懸念は杞憂《きゆう》に過ぎなかった。

『そうりゅう』は完全な奇襲をかけて、安全深度に離脱したのである。

魚雷の到達時間がやってくる。かすかな異音が船殻ごしに艦内に伝わった。

皆の視線がソナー員に集まるが、ソナー員はゆっくりと首を横に振った。爆発音や圧壊音などの目標破壊の証拠が得られないのである。

かすかな異音は、魚雷が誤爆した音すなわち敵が接近する魚雷に気づいて放ったダミーにかかったか、アクティブ防御で破壊されたかのどちらかであろう。

『そうりゅう』に伝わったのは、魚雷単独の爆発音でしかなかった。

三〇秒が過ぎ、一分が経つ。

「駄目か」

末松が、がっくりと首を垂れた。

敵はそれほど甘くはなかった。

僥倖《ぎょうこう》に恵まれて洋上で敵を捕捉し、発見される前に先制攻撃を仕掛けたまではよかった。ところが、敵は黙ってそのままやられる技量未熟な相手ではなかった。こちらの攻撃を寸前に把握し、回避したのだ。

攻撃は失敗であった。

頭を抱えた末松は、そういった思いで顔をしかめた。

が、その後ろで崎山は表情ひとつ変えずに、悠然と構えていた。

「ソナー員、そろそろ注意しろよ」

崎山は腕にはめた時計に目を向けた。

ライト・オンされたデジタル数字が、ゆっくりとだが正確に時を刻んでいる。

「ワン、トゥー、スリー、フィニッシュ！」

　その瞬間、ソナー員がヘッド・セットを投げつけた。

　先の異音とは質も規模も異なる低音が、船殻を震わせた。明らかに爆発音とわかるくぐもった音が、二度連続して艦内に伝わってくる。

　事態を理解できずに目をしばたたかせる末松の背後で、乗組員が思い思いの表現で喜びを示す。両拳を高々と突きあげる者、ハイ・タッチを交わす者、中には抱き合って感激を表わす者さえいる。

『そうりゅう』の雷撃が成功したのだが、崎山の表情はそのままだ。

　自分の読みは正しかった。攻撃も成功した。だが、まだそれで終わりではないという崎山の表情だった。


「『独島《ドクト》』がやられた？」

　214型潜水艦『チョンジ』艦長朴雲在《パクウンジェ》中佐は、凶報に振り返った。

「被雷二。まだ浮いていますが、予断を許さない状況とのこと。また、積荷は絶望的だそうです。浸水、傾斜ともに激しく、とてもエア・クッション艇が発進できる状態ではないとのこと。陸兵だけは他艦に移乗させようとしているようですが」

「そうか。やるな、日本人」

通信長の報告に、朴は『独島』を襲った悲劇を思い浮かべた。

艦上構造物の破壊や火災ならともかく、被雷と浸水は水上艦にとって致命傷である。まだ艦に浮力が残っていたとしても、横転あるいはそれに近い傾斜がついただけで水上艦はその機能を失うからだ。

また、大型艦であればあるほど艦内は迷路のように入り組んだ構造になり、脱出には想像以上の困難を要するものだ。

おそらく大半は助からないだろうと朴は思う。

状況を察するに、沈没さえ危ぶまれている艦であれば、すでに多量の海水を飲み込み、艦内には海水の奔流が暴れまわっているはずだ。

艦内にいた者は押し寄せる海水の恐怖に怯《おび》え、脱出へのひと握りの希望も、猛烈な海水圧に押しつぶされてしまっているに違いない。

自分自身は幸い実経験がなかったが、数々の戦訓や海難事故から、朴は状況の厳しさを正確に予測できていた。

「ところでだ。被雷ということは魚雷だな？」

「はっ。『独島』もアクティブ・ソナーのピンガー音を聞いたとの報告を残しております」

「アクティブ・ソナー？　それを探知しながら躱せなかったのか？」

「いえ、はじめの二本は駆逐艦の援護もあって撃退したらしいのですが、第二次攻撃を躱《かわ》せなかったと。ノイズも相当ばらまいたはずです」

「むう」

朴は考え込んだ。

たとえ悲観的に考えたにしても、自分たちの艦隊が当たり前の雷撃を躱せないほどお粗末だとは思えない。敵はなんらかの奥の手を使ったのだろうか？

「水上艦や航空機を見たという報告はないのだな？」

「はっ。艦隊司令部も潜水艦の仕業と考えているようです。そこで本艦には、できれば周辺の捜索と確認ができないかと」

「なにを言っているんだ」

朴は唖然《あぜん》として肩をすくめた。

「司令部は中国の潜水艦を誤って攻撃する危険性を憂慮しているようです」

「馬鹿な」

朴は雷撃してきたのが日本の潜水艦であると確信を持っていた。誤射を疑う以前に、言っては悪いが中国の潜水艦隊は数こそあれど、性能的に日本の潜水艦には遠く及ばないはずだ。

日韓にはない原子力潜水艦も、保有こそしているが、米ロの原潜に比べると静粛性も信頼性も比較にならない。

中国の潜水艦で唯一脅威になるとすれば、それは核弾頭を積んだ戦略原潜のみだというのが朴の考えだった。

また、潜水艦の個艦性能だけではなく、日本には第二次大戦以前から培《つちか》ってきた潜水艦運用のノウハウがある。その伝統と経験は、やはり新興国には絶対に真似のできないものだ。

この鮮やかな手口は、中国の潜水艦には間違っても無理なことだ。日本海軍は自分たちの行動をしっかりと監視し、ここで牙を剝《む》いてきた。そうに違いない。

そう朴は確信していたが、それに加えて気に入らないのが、「できれば」「できないか」とまるでこちらに逆に伺いを立てるかのような司令部の物言いだ。

意見を出せというならばともかく、これでは司令部自体が浮き足立って迷走していると言っているようなものだ。部下たちに余計な不安を与えるだけではないかと、朴は艦隊司令部に不信感を抱いた。

「まあいい。どのみちこのまま進撃するわけにもいくまい。『周辺の捜索を開始する』と司令部に返電を。それにしても……」

朴は再び考え込んだ。

魚雷二本を発見し、それは躱した。その後の二次攻撃で被雷……機雷か？　敵は魚雷でこちらの目を欺き、触雷に持ち込んだのか？　ありえない。この広い洋上で触雷させるなど、砂場に針を刺して標的を突き刺すようなものだ。いくら機雷を動かしたにしても、確率的に低すぎる。

自ら発した音の反響をひろうアクティブ・ソナーを使った魚雷……ノイズを突破しての攻撃ということでの音響追尾の線はなし……残りは……。

「そうか！　有線誘導か」

朴ははっとして声を出した。

敵はアクティブ・ソナーといった、敢えて見つけられやすい魚雷を先に放って、艦隊の混乱あるいは撃退後の安堵する隙を衝いたのだ。

真打ちは第二撃だった。第一撃ははじめから捨て石だったのだ。

「やるな。日本人」

朴の予想は当たっていた。

崎山が選択した戦術は二段雷撃だったのだ。

アクティブ・ソナーを使った魚雷は完全な囮としてであり、そこから故意に間を開けて有線誘導の魚雷を忍び寄らせたのである。

有線誘導は光ファイバーを使った母艦からの誘導方式のはずだ。

捜索、解析能力の違いによって、魚雷単独で目標を探して向かうよりも誘導の信頼性は飛躍的に高まる。

敢えて雷速を抑えることで航走音を最小限にし、なおかつ第一撃からの時間差も大きくとった。

崎山の狙いは図に当たり、まんまと標的の『独島』を撃破したのであった。

「だとすればだ。まだ近くにいるはずだな」

朴は深く息を吐いて、気を取りなおした。

魚雷を放ってすかさず遁走したのならともかく、もし自分の推測どおりに有線で誘導したのなら必然的に目標との距離は近いはずだ。

これだけの戦術をやってのける指揮官だ。ひと筋縄ではいかないだろう。

どう出るか。自分なら……。

潜水艦『そうりゅう』は北上を開始した。

敵に発見されるリスクを下げるためと敵艦隊の動向を探るために、雷撃後は息を殺してそのまま海中にとどまっていたが、敵艦隊が溺者救助を終えて動きだし、さらに安全を確認するまでにはおよそ半日を要した。

目標とした『独島』の沈没を確認したとはいえ、乗組員の表情はさえなかった。

なぜなら、『そうりゅう』は韓国海軍最大の艦艇を葬《ほうむ》ったものの、肝心の敵艦隊は引き返さずにそのまま新潟方面に向かっているからだ。

偵察衛星や哨戒機の動きによって航空自衛隊や海上自衛隊も敵艦隊の動きには目を光らせているだろうが、第八潜水隊司令崎山輝生一等海佐や『そうりゅう』艦長末松亮二等海佐にしてみれば、自分たちの手で敵艦隊の進撃を止めたかったのが本音である。

よって、今からでもできれば追撃をかけたい。しかし、佐世保が中国軍侵攻の危機に晒されている以上、補給を受けるには舞鶴に入港するのが一番の早道だ。

そこで崎山は、雷撃から一二時間が経過した翌朝になって北上を命じたのだ。

『そうりゅう』はＡＩＰ（Ａｉｒ　Ｉｎｄｅｐｅｎｄｅｎｔ　Ｐｒｏｐｕｌｓｉｏｎ＝非大気依存推進装置）を搭載した新型潜水艦であるが、推進力の高い原子力機関を持っているわけではないので、水中最高速力は二〇ノットにとどまる。水上艦隊が巡航速度で航行しても、ようやく追いつくというレベルである。

普段冷徹ともいえる崎山の胸中にも、このとき焦りが芽生えていたのかもしれない。

「通信終わり」

「よし」

通信ブイを浮かべての報告後、『そうりゅう』は一軸のスクリュー・プロペラを起動して海水を蹴りだした。

変化は五分としないうちに訪れた。

「接近する物体あります。ゆっくりと移動している」

つぶやくようなソナー員の声に、末松は緊張した面持《おもも》ちで歩みよった。

まだ敵という証拠はない。

味方の潜水艦はいないはずだが、鯨かなにかの間違いはよくあることだ。そう信じたかった。

しかし、事態は最悪の形になって現われたのである。

「かすかな推進器音……は、発射管扉開きます。敵です!」

その瞬間、末松は凍りついた。

『そうりゅう』の艦内と違って、潜水艦『チョンジ』の艦内は逆に熱気に包まれていた。

敵潜水艦はやはり付近にいたという読みが的中したことと、『独島』を沈めた憎き敵の仇討ちができることに乗組員は興奮に目を輝かせていた。

「やはり、いたか」

この功績はほかでもない。艦長朴雲在《パクウンジェ》中佐の冷静で正確な判断によるものだ。

敵に見つからないようにするには動かないこと。それが一番だ。五〇メートルやせいぜい一〇〇メートルの水深しかない浅海ならともかく、大洋のど真ん中で潜航する潜水艦はまず目視発見はできないものだ。海中で不用意に音をたてなければ、存在が暴露されるわけがないのである。

そういう鉄則を守って、敵はじっと耐えていたのだ。

普通ならば敵がうようよする海域にそのままとどまるのは難しいだろう。相当な忍耐力と自分を信じる精神的強さが必要なのは確かだ。攻撃後にさっさと離脱したいと思うのが、大多数の自然な気持ちだろう。

だが、単艦で自分たちの艦隊に挑み、そして見事に最大の獲物を仕留めた相手だ。精神的にはきつくても、もっともリスクの低い方法を選ぶだろうと朴は考えたのである。

しかし、その朴にしても、半日という時間の経過を経て、自分の決断に疑問を抱きはじめたところだった。

だが、敵は現われた。朴の考えは正しかったのだ。

艦隊が対潜哨戒機でも繰りだして、ソノブイすなわちブイ形のソナーをばら撒いてくれればもっと楽だったろうとも思ったが、幸い敵は速力を上げて音源を晒してくれた。

『チョンジ』は独力で敵を捕捉し攻撃に入ったのである。

(これも運命だ。恨むなよ、日本人)

朴は胸中で呼びかけた。

一〇年ほど前までは、対日戦など考えられなかった。歴史解釈や独島(竹島)をめぐる領有権争いはあったが、おおむね日韓関係は良好で、軍事交流すら夢ではなかった。

それがどうだ。北朝鮮の自壊とアメリカの衰退、中国の増長によって、東アジアは劇的に変わってしまっている。日本はともに発展する経済的パートナーや農工業製品を大量購入してくれる優良客から、エネルギーや海洋資源を争う軍事的対立国に変わったのだ。

そして、自分は軍人である。対立相手は実力で排除せねばならない。

「一番から四番まで連続発射。外すなよ」

『チョンジ』の前部四本の発射管から勢いよく魚雷が躍りでる。目標はすぐそこだった。

第八潜水隊司令崎山輝生一等海佐は、己の失敗を悟った。

攻撃から半日程度で敵が去ったと判断したことも早計だったが、それ以上に全速航走を命じたのが致命的なミスだった。

『そうりゅう』はＡＩＰ（非大気依存推進装置）搭載の新型艦であるが、基本的に推進方式は従来の通常動力艦と変わりはない。原子力潜水艦特有の振動音などはなく、一〇ノット未満の水中速力なら雑音の発生は皆無だから、探知は不可能だったはずだ。

しかし、さすがに二〇ノットの全速となれば、モーターの振動や周辺設備の反響など異音の発生は避けられない。そこで『そうりゅう』は通常動力艦としての最大の武器である静粛性という迷彩服を脱ぎ捨て、敵に素性を晒してしまったのである。敵艦隊を捕捉して攻撃しながらも足止めできなかったという負い目と、なんとかして追撃し、上陸あるいは上陸支援しようという敵の意図を挫きたいという焦りが、知らず知らずのうちに崎山の決断を鈍らせたのである。

だが、まだあきらめる段階ではないと崎山は考えていた。

「艦長。すまんが戦術指揮（権も）もらうぞ」

「は、はいっ」

有無を言わせぬ崎山の口調に、末松はかしこまって答えた。

「すまん」という言葉を崎山が発したのはおそらく初めてのことだったろうが、切迫した状況の中でそれに気づく余裕は末松にはなかった。

「魚雷来ます。四つ。真後ろです。距離一〇〇〇……九〇〇！」

ソナー員の声も震えている。焦慮に噴きでた汗が額に光る。

真後ろをとられているということは、敵に完全に主導権を握られているという証拠である。こちらを発見した敵は、忍び寄るだけでなく攻撃される恐れのない背後にまわり込んでいたのだ。

「面舵二〇《ふたまる》」

「八〇〇……七〇〇。追ってきます！」

頬を引きつらせる末松の横で、崎山は目を閉じて時を待った。

「早く回避手段を」という部下たちの視線を感じつつ、崎山は耐えた。

あわててダミーを放り込んでも敵の魚雷は騙せない。目標である自分たちの艦とすりかえるには、ぎりぎりまで待つ必要があるのだ。

「六〇〇……五〇〇！」

「対抗手段！」

ソナー員の悲鳴じみた報告をかき消すがごとく、崎山は命じた。

かっと見開いた目はまるで仁王《におう》だった。分厚い眼鏡と冷たい視線という普段の崎山とはうって変わった、戦う熱き男の目だった。

「成功です。一本……二本……」

ソナー員が、ダミーに惑わされて敵魚雷が逸れていくのを報告する。こちらは涙目だ。死ぬかもしれないという恐怖心と極度の緊張感に、生きた心地がしないというのが本音だろう。

「三本……四（本）」

言いかけたところで、鈍い音と衝撃が艦を揺さぶった。転倒するほどではないが、照明が明滅し、キャスター付きの椅子が音を立てて動く。

「落ちつけ。直撃ではない。損害確認急げ」

崎山は努めて冷静に末松に命じた。

敵の魚雷を欺くのには成功したが、距離がぎりぎりだったために敵魚雷誤爆の影響が及んだのである。しかし、まずは当面の危機は脱した。一段落したといっていい。

「艦内に浸水ありません。機関、兵装ともに異常なし。システム、オール・グリーン」

報告の声に、崎山はうなずいた。

「転舵しつつ減速。速力八ノット。魚雷発射用意。今度はこちらの番だ。反撃いくぞ」

一軸のスクリュー・プロペラの回転を落とした『そうりゅう』は反転した。速力を抑えてほぼ無音に近い状態を保っている。第二撃は避けられるだろう。

だが……。

「目標。捕捉できません。音源なし」

予想以上に手ごわい敵だと崎山は感じた。

（そう来たか）

敵は、『そうりゅう』の反撃に備えてすでに停止したか、それに近いところまで速力を落として海中に雲隠れしたのであろう。

「韓国海軍にもＡＩＰ搭載艦があったよな」

「はっ。燃料電池搭載艦が少なくとも三隻確認されております」

「それだな」

末松の返答を耳にして、崎山は唇を舐めた。

敵艦隊への戦闘開始から半日あまりが経つが、この程度の時間なら非ＡＩＰ搭載の従来型潜水艦でも持続潜航は充分可能である。

だが、崎山は戦った印象として、敵のレベルはかなり高いと感じていた。

まず並の敵ではないだろう。韓国海軍でも虎の子のＡＩＰ搭載艦と、それを任される有能な指揮官が相手なのだから。

「アクティブ・ピンガー、打ちますか？」

「いや、駄目だ」

末松の問いに、崎山は言下に答えた。

あえて自分から音を発し、その反響音から敵を特定することは可能である。

だが、それこそが敵の狙いだ。それを頼りに、敵はすかさず第二撃の魚雷を放ってくるに違いない。AIP搭載艦どうし、ここは持久戦も覚悟だった。

(二日でも三日でも一週間でも、今度こそ耐えてみせる。我慢比べだ)

陸《おか》の状況も気になったが、それらを含めてもここは忍の一文字だと、崎山は自分に言い聞かせた。

国が危ない。だが、死に急いでは元も子もない。防衛という自分の任務をまっとうするためにも、ここは耐えねばならないのだ。

崎山と日本の長い一日は、まだまだ序盤だった。

第四章　焦熱のハワイ

一九四七年六月二〇日　オアフ島沖

後に第三次ハワイ沖海戦と命名される海戦の幕開けを告げたのは、巨大な戦艦の砲声でもうなりをあげる戦闘機のエンジン音でもなく、DDG（Guided Missile Destroyer＝対空誘導弾搭載護衛艦）『あしがら』のレーダーが映しだした小さな輝点だった。

「不明機、単機です。敵味方識別信号応答なし。速力一五〇ノットで北西に移動中」

「ほう」

七つの海を駆ける男こと『あしがら』艦長目黒七海斗《ななと》一等海佐は、報告を耳にして顎をなでた。世のイメージでいう〝海軍軍人〟にぴったりの長身で引き締まった目黒の姿は、実に絵になる。これが戦争映画なら女性の人気も出たに違いないが、あいにくここは実戦の場だ。血なまぐさい死臭漂う洋上なのだ。

「敵索敵機、ですな」

「そのようだな」

目黒の視線を受けて、第二一護衛隊司令大原亮一郎《りょういちろう》海将補は両腕を組んでメイン・モニターに目を向けた。

薄暗いＣＩＣ（Ｃｏｍｂａｔ　Ｉｎｆｏｒｍａｔｉｏｎ　Ｃｅｎｔｅｒ＝戦闘情報管制センター）の中で、一番大きなモニターはオアフ島周辺の地図を映しだしていた。

オアフ島駐留の航空隊と周辺に展開する第二艦隊、それに第二航空艦隊の位置が青い輝点で記されている。

そこに、出現した敵機が黄色の輝点で加わった。

『あしがら』自慢のイージス・システムはレーダーの索敵情報を瞬時に処理し、迎撃手段として自艦のＳＡＭ（Ｓｕｒｆａｃｅ　ｔｏ　Ａｉｒ　Ｍｉｓｓｉｌｅ＝艦対空ミサイル）を選択している。

『あしがら』を示す透視図の中で、ＶＬＳ（Ｖｅｒｔｉｃａｌ　Ｌａｕｎｃｈ　Ｓ

ystem＝垂直発射機構）に装塡されたSAMに黄色いランプが灯り、発射準備を促しているのだ。

「対空戦闘用意！　配置につけ」

艦内全域への通話をオンにして、目黒は命じた。

「それにしても、脇目もふらずに突っ込んできたというかなんというか」

「敵のトップは、聞きしに優るハルゼー提督らしいからな」

呆れ顔の目黒に、大原は苦笑混じりに答えた。

日本側は東太平洋に敷いた潜水艦の哨戒網によって西海岸サンディエゴを出港したアメリカ太平洋艦隊を一度ならず捕捉し、目的地がハワイ方面であること、艦隊は空母主体の機動部隊と水上部隊とに大きく二分されることなどを事前に把握していた。

とはいえ、これらの部隊が果たしてどのように襲撃してくるかという点については、意見が分かれるところだった。

おおむね機動部隊が先鋒となって先行してくるであろう点は多くの者が同意していたが、その目標がハワイ、特にオアフ島の基地機能になるのか在泊の艦隊になるのかは、意見がほぼ真っ二つに分かれていた。

また、敵機動部隊が洋上を直線的に進んでくるのではなく、大きく北側から迂回してきたり、意表をついて西から襲ってきたりするのではないかという意見も少なくなかった。

だが、敵はそういった細かな問題を一蹴するように現われた。敵は最短コースを突き進んで、このオアフ島近海に現われたのだ。

「小細工など無用というのが、ハルゼー提督の答えらしいな」

「くそ食らえといったところですかね。ところで、いかがいたしますか？」

「どうするって。知らせないわけにはいかないだろう」

わざわざあらたまって問う目黒に、今度は大原が諦《あきら》め顔を返す番だった。

敵と同様に待ちうける日本海軍もまた、艦隊を水上部隊と機動部隊とに二分して運用している。角田覚治《かくたかくじ》中将率いる第二艦隊と、山口多聞中将率いる第二航空艦隊である。

この艦隊配置もまた問題だった。

両艦隊の参謀や在オアフ島の基地航空隊司令部からは、艦隊はオアフ島近海にとどまって共同で敵にあたるべきだという意見が大勢だった。中には艦隊は真珠湾に逼塞して一大要塞と化し、徹底的に防御に徹して敵を消耗させるべきだという過激な意見までが出されていた。

専守防衛を基本とする自衛隊という組織に所属してきた大原や目黒も、そういった防御偏重の案には賛成だった。

第二護衛隊のイージス艦『あしがら』『あたご』にしてみれば、積極攻撃よりも徹底防御のほうが真価を発揮できるわけだから、当然の選択だったといえる。

しかし、各個撃破のリスクをなくし、かつ持てる戦力を集中して投入できるこの最善と思われる案に、強硬に反対する人物がいた。ほかでもない、第二航空艦隊司令長官山口多聞中将と第二艦隊司令長官角田覚治中将の二人である。

山口は航空屋の中の航空屋ともいわれる男であり、空母の持つ機動性を誰よりも知っていた。

「空母機動部隊というものは、広大な洋上で自由行動が許されてこそ力を発揮するものである。いたずらに正面からぶつかって相応の痛みを被るよりも、敵の意表を衝いて完全勝利を得る可能性を追求すべきだ。邀撃《ようげき》に特化して動かぬならば、艦隊など必要ない。自分を解任して艦載機をすべて陸揚げして使うがいい」とまで主張した山口の強硬な言葉の裏には、実は大日本帝国首相山本五十六の意向も働いていたのだった。

「次期決戦は単なる戦争の一局面や規模が大きいだけの海戦ではない。我が国の死力を尽くした最終決戦であって、次に備える国力はもはやない。正真正銘最後の戦いと心得、万難を排して敵に打撃を与えてもらいたい」と山本は言葉をかけて、山口を送りだしていたのである。

つまり、中途半端な戦いは許されないというわけである。

たとえ敵を撃退できたにしても、敵に致命的な打撃を与えなければ勝ったとは言えないのだ。

それが今回の海戦の意味合いなのである。

一方、角田もこの戦略的な意味合いを理解はしていたが、同時に彼の場合は、戦術的にも山口の主張に賛同していた。

山口の艦載航空隊が先手を打ち、角田の水上部隊がとどめを刺すというのが理想的であり、角田の水上部隊としても、行動の自由があったほうがむしろ勝機を窺いやすいと考えていたのである。

作戦の要《かなめ》となる二人に反対されれば、それを覆すことなどできなかった。

したがって、基地航空隊と相互支援が受けられるぎりぎりの範囲ということで、山口の第二航空艦隊はオアフ島南東端のマカプウ岬の南東二〇〇海里に、角田の第二艦隊はそこから北方五〇海里に展開して敵を待ち受けることになったのである。

そして、『あしがら』『あたご』の第二一護衛隊は一航艦の前方一〇〇キロで哨戒にあたっていた。

「猛将山口に闘将角田だからな」

大原は意味ありげに笑った。

敵艦隊接近の報に接すれば、山口の第二航空艦隊は目の色を変えて敵艦隊を捕捉し攻撃するであろう。多少の悪条件、例えば薄暮攻撃や下手をすれば夜間空襲までやりかねないのが山口だ。

角田の第二艦隊も同じだ。敵を捕捉できる可能性があるなら、夜どおしでも全速で突っ走るかもしれない。

(まあいい。我々は我々の役目を果たすまでだ)

「忙しくなるぞ。艦長」

「はっ」

目黒はすらりとした身体をぴんと伸ばした。

国の浮沈をかけた戦いが今、始まる。

自分たちが予想だにしない異世界の戦争に関わって、約一年が経つ。長いようで短い時間だった。この戦争が終わったら、自分たちはどうなるのだろうか。どうすべきなのだろうか。

ふと、余計な考えが目黒の脳裏をよぎった。

勝ったとすれば、いよいよ職業軍人として海軍で働くか。

負けたら？　米軍の調査対象として徹底的に尋問される日々が待つか、あるいは海上自衛隊や航空自衛隊そのものが米軍に取り込まれる可能性もないではない。

（よそう）

目黒は天を仰いで深い息を吐いた。

どうなるかわからない先のことをあれこれ考えていてもしかたがない。目前のことに集中することでより良い扉が開くはずだと、目黒は気を引き締めなおした。

数分後、『あしがら』が放ったＳＡＭが敵索敵機に命中した。

前方の空に昼間の星が光り、レーダー・ディスプレイ上から赤い輝点が静かに消滅した。

こうして、第三次ハワイ沖海戦の初手は日本側がとった。

『あしがら』は持ち前の長距離捜索機能と長射程兵器で、戦果第一号を記録したのである。

「この日、敵は散発的ながら絶え間ない攻撃を加えてきた。自分たちは一発ＫＯの強烈なパンチを浴びたわけではなかったが、執拗なボディー・ブローを食らってじわじわと追いつめられていったのだ」

生還した第三五任務部隊の参謀たちは、後に口を揃えてこう言ったという。

山口多聞中将率いる第二航空艦隊が、敵機動部隊——第三五任務部隊を発見したのは現地時間で一四時をまわったころだった。

ぼやぼやしていれば夕暮れが迫って攻撃の機会を失うと考えた山口は、即時出撃可能だった空母『翔鶴《しょうかく》』『瑞鶴《ずいかく》』『飛龍《ひりゅう》』『蒼龍《そうりゅう》』の艦載機隊を第一次攻撃隊として差し向けた。

歴戦のパイロットで占められた総勢二〇〇機あまりの第一次攻撃隊だったが、これは敵直衛機の激しい迎撃行動に遮《さえぎ》られ、第三五任務部隊の持つ空母八隻すなわち『フランクリン』『ランドルフ』『ハンコック』『ベニントン』『キアサージ』『オリスカニー』『アンティータム』『レイク・シャンプレーン』のうち、わずかに『レイク・シャンプレーン』に命中弾三を与えたにとどまった。

このころ、戦況は激動した。

DDG『あしがら』と『あたご』による第二一護衛隊の働きによってかたっぱしから索敵機を撃墜されて敵艦隊を発見できていなかった第三五任務部隊だったが、この空襲の最中に哨戒中の潜水艦が敵機動部隊すなわち第二航空艦隊を発見するという殊勲の報告をよこしたのだ。

海軍作戦部長ウィリアム・ハルゼー大将から「攻撃は最大の防御」「突進あって後退なし」の精神を徹底的に叩き込まれていた第三五任務部隊司令官ラルフ・デビソン中将は、すぐさま稼動全空母に出撃準備を命じた。

ところが、第二航空艦隊の第一次攻撃隊が去って間もなく、第三五任務部隊の頭上には再び敵機の爆音が響きわたったのである。オアフ島に駐屯する基地航空隊の第一一航空艦隊の攻撃隊であった。

第二航艦の攻撃を退けて直衛機が補給に降りていたことから、この攻撃によって第三五任務部隊は手痛い損害を被った。空母『アンティータム』と『レイク・シャンプレーン』が沈没、空母『ハンコック』と『ベニントン』が被弾により発着艦不能という結果である。

しかし、それでもなおデビソンの闘志は衰えていなかった。

四隻の空母を失っても、自分の手元にはまだ四隻の空母がある。

日本の空母に比べてアメリカの空母は概して搭載機数が多く、実質的には日本空母の六隻程度に匹敵する戦力が今なお自分には残されていると、デビソンは敵機動部隊攻撃をあきらめるつもりはなかったのである。

ところが、この一航艦による攻撃の最大の戦果は、命中弾数や命中雷数および撃沈破艦艇数といった見かけのものではなく、敵艦載機の出撃準備を大幅に遅らせたということにあった。

そう、一航艦の第二次攻撃隊である空母『雲龍』『葛城』『天城』『磐城』の艦載機隊は、まさに第三五任務部隊の艦載機隊が発艦する最中を襲ったのである。

一航艦の第二次攻撃隊は、その様子を見て小躍りするように突進した。

制空隊の烈風が、各空母の飛行甲板に駐機している艦攻と艦爆に容赦なく二〇ミリの射弾を叩きつける。鋭い金属音が連続して飛行甲板上に弾け、ＳＢ２Ｃヘルダイバー艦上爆撃機が着陸脚を折られてあえなく擱坐《かくざ》していく。

横合いから一掃射を食らったＴＢＦアヴェンジャー艦上攻撃機は、たまらず横転して列機を道連れにしながら海面に滑りおちていく。

発艦のために全速航進していた空母から落下した機は海面に叩きつけられて盛大な飛沫をあげたが、それもすぐに洋上の荒波に飲まれていく。

それでも、烈風の銃撃による損害などまだかわいいものだった。衝撃的だったのは空母『キアサージ』だ。健在な空母四隻の最後尾にいた『キアサージ』はそれだけ発艦作業も遅れぎみで、飛行甲板上にはまだ爆弾や魚雷を抱いた艦爆と艦攻が勢揃いしていた。

それを二航艦の攻撃隊が見逃すわけがない。

『雲龍』『葛城』の艦爆隊が頭上から襲いかかり、液冷エンジン特有の尖った機首を持つ彗星艦爆が二五〇キロ爆弾を次々と叩きつけた。

唸りをあげて艦上を飛び去る彗星の後ろから黒光りする爆弾が降りそそぎ、艦上機がひしめく飛行甲板に吸い込まれていく。

閃光が機体の陰から飛びだしたと思うや否や、紅蓮《ぐれん》の炎がほとばしった。

爆風に吹きとばされたヘルダイバーがジュラルミンの残骸に変わりながら燃料のガソリンをぶちまけ、そこに新たな爆弾が降りそそいでガソリンに引火し新たな炎を噴きあげる。

勢いを増す炎は駐機中の機体の爆弾や魚雷を襲い、そして……。

おどろおどろしい爆発音とともに、『キアサージ』の後部四分の一ほどが飛び散る炎と黒煙の中に消え失せた。

推進軸、舵、信号灯、そして多くの乗組員と艦上機が瞬時にして消し飛び、轟々《ごうごう》とした海水が『キアサージ』の艦内に奔流となって押し寄せた。機関室や兵員室や煙路へとありとあらゆる場所に浸入する濁流の一部は、解放式の格納庫から飛び出して再び海面に帰結した。

なすすべもないというのは、まさにこういったことを指す言葉なのであろう。

艦長が総員退去の指示を出すころにはすでに『キアサージ』は轟々とした渦に飲み込まれ、乗組員の大半を巻き込みながら海底奥深くに沈んでいったのだった。

もちろん第三五任務部隊もただ黙って敵機の攻撃を甘受していたわけではない。巡洋艦や駆逐艦らの護衛艦艇はもちろん、発艦作業中の空母でさえも、可能な限りの対空火器を動員して敵機の排除に努めた。

特に被害が多かったのは、天山や流星といった雷撃機だった。

高空から襲来する急降下爆撃機や自在に海上を飛びまわる戦闘機には、味方機への誤射を恐れて思いきった攻撃ができなかったが、海面を這うように進んでくる雷撃機は味方機と交錯する可能性はほとんどない。だから高角砲手や機銃手は、砲身や銃身を目一杯倒して群がりくる雷撃機を迎え撃った。

海面に白い線状の飛沫があがり、海上に褐色の花が狂い咲く。

四〇ミリ機銃弾を正面から浴びた天山が、プロペラを跳ね飛ばされ、エンジンを抉《えぐ》られる。シリンダーが爆砕し、引きちぎられたパイプからオイルが噴きだして風防ガラスをどす黒く染める。推進力を失った天山はしばらくグライダーのように滑空していたが、やがて力尽きて海面にすべり込むようにして果てる。

高角砲弾の炸裂を至近に受けた流星が爆風に煽られて翼端を波濤にひっかけ、海面に叩きつけられる。

反りあがった特徴的な主翼が折れて裏返しになった流星は、すぐに波間に消えていく。

また、四〇ミリの赤い火箭《かせん》に射ぬかれたため抱いてきた魚雷に痛恨の一撃を食らった天山が、文字どおり木《こ》っ端微塵《ぱみじん》に爆砕して果てる。

それでも残った雷撃機は臆することなく突進し、敵艦隊に必殺の雷撃を見舞った。

搭乗員の心理からすれば、投雷前に撃墜された同僚の無念を晴らすべく、より精神集中が高まっていたのかもしれない。

海面を切り裂く白い航跡が、駆逐艦の華奢な艦体を真っ二つに引き裂き、巡洋艦の舷側を抉り、そして傷ついた空母にとどめの引導を渡したのであった。

二航艦の第二次攻撃隊が引きあげたとき、海面には虹色の油膜が漂い、海上は黒煙に包まれていた。

第三五任務部隊の稼動空母は皆無になり、アメリカの航空作戦はここにピリオドを打たれたのであった。

基地航空隊と機動部隊による個別行動が奏功し、満足すべき戦果をもたらしたのである。

しかし、それで航空戦が終わったわけではない。二航艦の第二次攻撃隊が第三五任務部隊に猛攻をかけているときにかろうじて発艦した敵戦爆連合一二〇機が、母艦の状況を顧《かえり》みずに攻撃目標である二航艦に殺到してきたのである。

すでに陽は西に傾き、海上は赤紫色の光に包まれようとしていた。

薄暮空襲という奇手を強行したのは二航艦ではなく、帰るところのない決死の覚悟の米艦載機隊だったのである。

「敵機来襲。機数一〇〇を超える大編隊、東南東より急速接近中。高度三〇〇〇」

「おいでなすったか」

第二一護衛隊司令大原亮一郎海将補は、両肩を大きく回して気合を入れなおした。

「ＳＡＭはいくら残っていたかな？」

「本艦は一二発。『あたご』は一五発と聞いております」

「とうてい足りんな」

DDG(対空誘導弾搭載護衛艦)『あしがら』艦長目黒七海斗一等海佐の答えに、大原は唇を歪《ゆが》めて小さく息を吐いた。

大日本帝国という国家と歩調を合わせるようにして、海上自衛隊にもまた限界が訪れようとしていた。

硫黄島合同大演習の際に、戦闘機、空中給油機からAWACS(Airborne Warning and Control System＝空中早期警戒管制機)、護衛艦、潜水艦、輸送艦、そして戦車、装輪装甲車、高機動車といった正面装備のみならず、各種ミサイル、弾薬、バック・アップ機器からバッテリー・パックなどに至るまで補給物資もかなりの量が持ち込まれていたものの、しょせん補給がないからにはじり貧は当然であった。

『あしがら』『あたご』のイージス・システムの急先鋒となるSAMも、ついに底をつきつつあるのだ。

わかっていたこととはいえ、実際に目《ま》の当たりにするとやはり失望を禁じえない。

だが、嘆いていても天から補給されるわけでもない。最善の処置がなにかを考えるまでだ。

「迎撃準備完了しました」

「よし。艦長、遠慮なくぶっぱなせ。あとは海軍機に期待するしかあるまい」

大原は開きなおって命じた。

「ＳＡＭ発射用意」

「ＳＡＭ発射用―意」

『あしがら』艦長の目黒に続いて、砲雷長の怒声がＣＩＣ（戦闘情報管制センター）内に響く。

「三秒前、二、一、発射！」

次の瞬間、ＶＬＳ（垂直発射機構）の発射扉が開き、ＳＡＭが噴煙をあげて飛びだした。

複数目標の同時追跡は『あしがら』のイージス・システムの真骨頂である。

一発といわずに、ＳＡＭが二発から三発と次々に高空に撃ちあげられていく。

轟音がＣＩＣにも伝わってくる。艦上が炎と白煙の狂騒ですさまじいことになっているのはモニターでも窺えるが、全体が煙で覆われてはイメージも半減だ。

だが、『あしがら』がＳＡＭという電子の槍をすべて放ったのは確かだ。今ごろ夕暮れ迫る空に、次々とＳＡＭが輝点になって消えていることだろう。

「『あたご』、ＳＡＭ発射完了しました」

「そうか」

大原は内心で胸を撫でおろした。

機関不調やシステム・ダウンなどこれまで大事な場面で様々なトラブルに見舞われてきた配下の艦だが、今回ばかりは期待どおりに働いてくれたようだ。

「二航艦に打電。『我、これより直衛隊の誘導と管制に移らんとす。直衛隊の前進を求む』以上」

「しかし、海軍がそこそこの無線機を持っていてくれて助かりました。我々の記憶にあった旧海軍では、機上無線など信頼性ゼロで、音声通話はもちろん、まともな連絡を取りあうことができなかったと聞いています。そうであれば、本艦も管制艦としての働きはできないところでした」

「そうだな」

目黒の言葉に、大原はうなずいた。

この時代の日本陸海軍は、旧史の陸海軍に比べて一〇年は進んでいるといえた。

無線機やレーダーといった電子機器から、旧史では開発段階で終わった航空機の登場など、それはこの時代にありえないオーパーツではない。目黒や大原がここに現われる以前に、同じように未来から飛んできた者がもたらした産物なのだ。

その事実を二人は知らない。

様々な運命や時のいたずらが絡みあいながら、歴史は流れる。

今、その一ページに二人は確実な足跡を刻んでいたのである。

結果として、『あしがら』の防空管制はほぼ完璧な結果を残した。

第三五任務部隊から決死の思いで飛びたった艦載機隊は、二航艦の手前三〇海里付近から戦闘機の執拗な攻撃を受けて、その大半が二航艦の姿を見ることもなく高空に散華した。

わずかに残った機も、無傷の二航艦護衛艦艇の手荒い歓迎を受けてまともに投弾できた機はほとんどなかった。

空母『翔鶴』が至近弾による小火災を生じた以外は、二航艦に被害らしい被害はなかった。こうして航空戦は日本側の完勝に終わったのである。

しかし、日米の最終決戦がこれで終わろうはずがない。夜の帳《とばり》が降りるころ、巨大な海獣《リヴァイアサン》どもが蠢《うごめ》きだしたのである。

第二幕の幕開けだった。

海上には幾多の光球と火球が閃いていた。

殷々《いんいん》たる砲声が夜空に轟《とどろ》き、時折り明らかに爆発のものとわかる轟音が混じる。

ＤＤＧ（対空誘導弾搭載護衛艦）『あしがら』が新たな戦場に到着したころ、すでに日本海軍第二艦隊とアメリカ海軍第七五任務部隊との砲雷戦は始まっていた。

「針路二二〇度」

第二一護衛隊司令大原亮一郎海将補が命じたとき、旗艦『あしがら』のＣＩＣ（戦闘情報管制センター）に詰めていた多くの者が緊張に身をこわばらせた。

二二〇度、つまり南西というのは敵の水上部隊が向かってきている方向だった。

当然、真珠湾、ひいてはオアフ島の防御に戦艦『武蔵』『紀伊』以下の第二艦隊がその前に立ちはだかろうとしていたが、大原はその水上部隊同士の海戦に助太刀しようというのであった。

第二一護衛隊の『あしがら』と『あたご』は、基本的には防空戦闘を念頭に開発し建造された艦といっていい。自慢のイージス・システムを使って群がりくる敵の航空機やミサイルを叩きおとし、さらには政府中枢や首都などの人口密集地を狙って撃ち込まれる弾道ミサイルを迎撃するのが目的であった。その『あしがら』『あたご』を艦隊決戦に投入しようというのだから、乗組員の多くが驚いたのも無理はない。

もっとも、この第二一護衛隊に水上戦の経験がないわけではない。

昨年六月の第二次ハワイ沖海戦では、敵戦艦にSSM（Surface to Surface Missile＝艦対艦ミサイル）による攻撃を試みた実績があったのだ。

しかし、それは第二艦隊主力の第二戦隊――大和型戦艦四隻に後続し、整然とした単縦陣を組んでの夜戦だった。

しかも、指揮艦DDH（Helicopter Destroyer＝ヘリコプター搭載護衛艦）『ひゅうが』からSSM発射後ただちに離脱する命令を受理したため、撃ちあいは経験することなく終わっている。

正直、そのときに消化不良の感もあったことは事実だ。

しかし、今回は違う。すでに夜戦は始まっており、二一護隊は乱戦の最中に飛び込む格好になる。

彼我入り乱れた砲雷戦の戦場に飛び込むというのは、非常にリスキーな戦いになることを意味するものだ。遭遇戦が頻発し、予想外の戦いを強《し》いられる可能性も高いのである。

二一護隊としては、その優れた情報収集と管制力を生かして敵との間合いをとって戦うのが理想だが、どうもそういった戦い方は今回はできそうもない。

夜戦参戦にあたっての二一護隊の行動は大原に全権委任されていたが、振り向いたほとんどの者の顔には「本気ですか？」という内心の声が現われていた。

『あしがら』艦長の目黒七海斗一等海佐でさえも、目をしばたたかせて命令を聞きなおそうとしたほどである。

しかし、目黒は数秒間思案して、自分たちの存在意義と価値を自分なりに問いなおした。

旧海軍の秋月型駆逐艦が防空駆逐艦という位置づけながら最終的には雷装を付与されたように、割りきりができない日本人の気質からか、伝統的に日本艦艇はある種の目的に徹底的に特化して設計建造されることはない。

この思想は海上自衛隊の護衛艦にも脈々と受け継がれており、ある程度の色分けはあっても必ずなんらかの汎用的な味付けが残されている。

『あしがら』『あたご』のあたご型イージス艦もその例に漏れずに、防空を主任務としつつも対艦、対地、対潜戦闘もこなせるように設計されているのである。

もちろんイージス・システムという多用な索敵手段と情報管理統制を束ねた防御システムの位置づけからすれば、あらゆる防御行動に適応できるのも当然といえば当然だろう。

また、指揮管制のみならず、自らSAM、SSM、単装五インチ速射砲、アスロック（Ａｎｔｉ　Ｓｕｂｍａｒｉｎｅ　Ｒｏｃｋｅｔ＝対潜ロケット）を搭載していることを考えれば、単艦でもそれ相応の戦いができるのではないか。しかも相手は旧世代の水上艦艇なのだ。そして、SAMという防空の槍を失った自分たちにとってはこの砲雷戦に参戦するのもまた義務ではないのかと、目黒は考えた。

「『針路二三〇度。水上戦闘用意』でよろしいですね？　司令」

「うむ」

大原の表情には、いっさいの迷いがなかった。

局地的な小規模沿岸戦ならまだしも、外洋ではもはや永久に生起しないだろうと考えられていた艦隊決戦に、自分たちは再び臨む。

予想もつかない展開になる可能性もあるが、とにかく消極的な姿勢に陥って悔いを残すことはないようにしようと目黒は決めた。「七海斗」という自分の名は、世界の七つの海をまたにかけるという意味と同時に、あらゆる状況にも対応するという意味があるのだと。

「艦長。ヘリを飛ばそう。戦場の様子を知りたい。『あたご』にも同様の連絡を」

「はっ」

大原はあたご型護衛艦に特有の艦載ヘリを出すよう促した。

海上自衛隊が持つイージス艦はあたご型とこんごう型の二タイプがあるが、第一世代のこんごう型には艦載ヘリの装備はない。自艦のレーダーに加えて、より詳細でしかも光学的映像を加えた艦載ヘリからの情報を手にできるのは大きい。とにかく近代戦は情報が命なのだから。

あらかじめ準備していたのだろう。数分としないうちに発艦完了の報告が寄せられた。

おそらく、航空の連中はこれまで出番がなくてうずうずしていたに違いない。

目黒は全艦につながるマイクを手にした。

「艦長だ。本艦はこれより水上戦闘に入る。まれなケースに戸惑う者もいるかもしれないが、我々はこの難局を乗り越えねばならない」

目黒はそこで一拍置き、大きく息を吸って付け加えた。

「二〇一八年の世界でも有数の力を持つ本艦が、大戦型の敵艦相手にもたつくことは許されんぞ。総員、配置につけ！」

　ここで『あしがら』は対艦戦闘に突入した。

　前方では閃光が夜空を引き裂き、紅蓮の炎が闇を焦がしていた。日米の艦艇が入り乱れる砲雷戦の戦場に、『あしがら』は果敢に足を踏み入れていった。

「艦長。撃ちまくってかまわん。ただしSSMは大物にとっておけよ。おそらく戦艦がいるはずだ。どうせなら大物食いといこうか。排水量で四倍も五倍もある敵艦を沈める。それこそが海の防人《さきもり》としての醍醐味だろうよ」

　不敵な笑みを見せる大原に、目黒はうなずいた。

　さすがに肝っ玉がすわった上司だと、あらためて目黒は感じた。まったく経験のない状況で未知の領域での戦いだというのに、臆する様子は微塵《みじん》もない。かといって気負っている様子もなく、状況を楽しむ余裕さえある。自分よりも三〇センチ近くも身長が低い大原が、自分よりもはるかに大きく見えるような気がした。

「右舷八〇度方向に駆逐艦と思われる反応あり。距離三《さん》、一《ひと》、〇《まる》。反航しています。左舷四〇度にも艦影あります。艦影二。距離二《ふた》、八《はち》、〇《まる》。針路三《さん》、二《ふた》、五《ご》。こちらは味方の可能性が高いですが……」

「確証はない、か」

電測員の報告に、目黒は眉を歪めて首を傾《かし》げた。左の掌で右ひじを支え、右手の甲で顎を軽く小突いている。考え込んだり悩んだりしたときに目黒がとるポーズだ。

『あしがら』『あたご』をはじめとする海上自衛隊の艦艇は、ひそかに旧海軍艦艇のレーダー反射波をデータ・ベース化していた。その特徴によって、ある程度の見極めがつくからだ。

ところが、実戦でそれが使えるかどうかとなると、やはり待っていたのは落胆だけであった。敵側のデータ・ベースがない以上、何事も推測の域を出ないのだ。それでは実弾を使った攻撃などできやしない。

(どうする?)

そんな目黒の苦悩を見越して、大原は断じた。

「どちらも放っておけ。攻撃されない限りかまわん。我々の目標はあくまであれだ」

大原が目を向けたモニターの先では、一段と激しい閃光が飛び交っていた。戦艦同士の砲戦場と見て間違いない。

「機関長。最大戦速! 針路、そのまま」

目黒の命令に従い、COGAG(Combined Gas Turbine and Gas Turbine＝ガスタービン)四基がフル回転して一〇万馬力の最大出力を叩きだす。鋭く前方に突きでた艦首が波濤を突き破り、ステルス形状の角張った上構が合成風を切り裂く。飛沫が甲板を濡らし、艦の動揺も高まる。

「前方に大型艦の反応あり。左舷に二隻、右舷に四隻。並進しながら向かってくる。速力二七ノット」

「同航砲戦中。我がほうとは反航する形になるか」

「左舷の二隻が『武蔵』『紀伊』、右舷の四隻が敵戦艦、しかも速力からしてノースカロライナ級以降の新型戦艦のようですな」

「そのようだな」

目黒と大原はモニターを凝視した。航海艦橋に据えつけたカメラが、外の様子を伝えてくる。まばゆい発砲炎が二列になって閃いている。

二人は昨年の第二次ハワイ沖海戦に参戦したが、序盤で戦線離脱したため戦艦同士の砲戦を目の当たりにするのは初めてだった。

互いの艦影ははっきりしないが、砲炎は鮮烈だ。まるで海上に火山が現われたようであった。

「二一護隊、針路二五〇度。敵との距離を取る」

「宜候《よおそろう》。針路二《ふた》、五《ご》、〇《まる》」

『あしがら』は『あたご』を従えて西南西に針路を取った。反航しながら、『武蔵』と『紀伊』に近づく態勢だ。

「小型艦二群、迫ってきます。砲戦中の模様」

「砲戦用意！」

目黒は腹の底から声を張りあげた。

「遠いほうが敵だ。間違えるなよ」

『あしがら』の前部に設置された五四口径五インチ単装速射砲が、まるで指を鳴らすように砲身を上下させる。

これがレーダー連動の完全自動化砲であった。一発あたりの威力は戦艦や重巡の大口径弾に遠く及ばないが、一分間あたり四五発の弾量は必ず期待に応えてくれるはずだ。そうあってくれと、目黒以下『あしがら』の乗組員は祈るような気持ちで発砲のときを待った。

「艦長。発光信号だ。味方に撃たれてはたまらん」

「はっ」

「我、海上自衛隊護衛艦『あしがら』」と意味する探照灯の大きな目が瞬《まばた》く。

大原の機転は正しかった。

「危ない。危ない」

発光信号の先に待つ陽炎型駆逐艦の砲身が、こちらを睨んでいたのだ。もう少し遅かったら、六門の五インチ砲が閃いていたかもしれない。

（我々の敵は、あちらだ）

大原は大きくうなずいた。

「『あしがら』目標敵一番艦。『あたご』目標敵二番艦。撃ち方はじめ！」

『あしがら』の放った発光信号に敵も素早く反応したのだろう、発砲は彼我ほとんど同時だった。砲炎が闇を焦がし、金属と火薬の塊が交錯する。

せっかくの速射砲だが、無駄弾を減らすために第二射は第一射の弾着を待ってからだ。

レーダーの測距精度は高いはずだったが、初弾命中とまではいかなかった。

第二射は修正射になって連射だ。

小気味良い砲声とともに、次々と五インチ弾が目標に殺到していく。

入れ替わりに敵弾が降りそそいできたが、『あしがら』のはるか後ろの海面を抉っただけだ。弾着規模からして、敵は駆逐艦クラスか。

かまわず『あしがら』は撃つ。弾着点は海上をじりじりとにじり寄り、ついに敵の艦体を食らった。

「命中！　命中です」

結局、敵の第三射は閃くことすらなかった。間髪入れず叩きつけられる『あしがら』の五インチ弾に、敵駆逐艦は激しく炎上してその場に停止していた。

『あたご』も同じく敵駆逐艦一隻を仕留めたようである。

「幸先いいぞ」

どこからか声があがった。自分たちは水上砲戦もできる。そんな自信が芽生えた瞬間だった。

「右舷に新たな敵！　巡洋艦らしい」

「前方から敵艦二。突進してくる！」

『あしがら』と『あたご』は、さらに三隻を相手にしてそれらを撃退した。

砲戦は順調に進んでいる……ように見えたのだが。

「『武蔵』が、燃えている。『紀伊』も……」

近づいてきた大和型戦艦の姿は、期待を裏切るものだった。

『武蔵』は艦尾に炎の尾を曳き、『紀伊』は艦中央に火の手があがっている。

火災の勢いは特に『紀伊』がひどい。メイン・マストから第三砲塔付近を覆う炎は轟々と燃えさかり、多量の火の粉を周辺に撒き散らしている。あのぶんでいくと、後部の予備射撃指揮所はもはや使いものにならないのではあるまいか。

それに対して敵は一番艦が『武蔵』と同程度の火災を背負っているものの、二番艦の火災は小規模で三、四番艦にいたってはほぼ無傷のようだ。

「SSM発射用意！『あしがら』目標、敵三番艦。『あたご』目標、敵四番艦。さすがに新型戦艦が倍では『武蔵』らもきつかったかな」

やや青ざめた表情の目黒に、大原は言った。

（まさか世界に冠たる大和型戦艦が撃ち負けるとは）

目黒は目の前の光景が信じられなかった。

「『土佐』『尾張』がいれば、こんなことには」

「いや、違うな」

大原は『武蔵』『紀伊』を映すモニターを見ながら続けた。

「あの二隻でも勝てない相手ではない」

「勝てない相手ではない？」

「問題は連携と役割だよ。これまで大和型戦艦は四隻が一組で戦隊を組んでいた。それが」

「今回は、二隻」

ぽつりと目黒はこぼした。

「これまで四隻が一体になって敵を撃退するよう訓練されていた戦隊だ。それが二隻になって自分たちの役割が倍になった。頭ではわかっていても、それが末端の兵まで伝わっているかどうか」

「………………」

「とにかくSSMで支援だ」

「はっ！」

思いだしたように、目黒は振り返った。

入れ違いに砲雷長が射撃準備完了を報告してくる。

「よし」

目黒と大原の声が重なる。

「SSM発射五秒前、四、三、二、一、撃《て》え！」

ミサイル士が発射ボタンを押した直後、独特の摩擦音のような音を残してSSM

－13が目標に向けて飛びだした。

立てつづけに二発撃ちだされたSSM－13は、いったん上空に飛びあがったかと思うとすぐに高度を落としてシー・スキミング・モードに移行する。海面を識別して超低空を飛行するのだ。

アメリカの艦艇はこの時代にすでにレーダー連動の射撃指揮装置を実用配備していたが、九割九分対処は不可能なはずだ。

弾頭重量二五〇キログラムのSSM－13は、必ずや敵戦艦にとって痛打となる。

そうあってくれと、目黒は祈るような眼差《まなざ》しでレーダー・ディスプレイを見つめた。

SSM－13の軌跡が敵三番艦に向かって伸びていく。

「『あたご』、SSM発射しました」

メイン・モニターの映像が切り替わった。

後続の『あたご』からも炎の矢が噴きのびる。放物線を描く戦艦の大口径弾と違って、直進するSSMの到達は早い。

「目標到達まで、あと一五秒！　一四……」

そこで電測士の声は轟音にかき消された。『あしがら』の右舷海面が唐突に弾け、基準排水量七七〇〇トンの艦体が大きくのけぞったのだ。

ＣＩＣのメイン・モニターが一瞬ぶれ、壮絶な光景を映しだしていた。『あしがら』の五インチ砲塔のすぐ脇に、巨大な水柱が噴きあがっている。舷側をこするような勢いで立ちのぼる水柱は異様に太く、その頂点はカメラの視界外にまで達している。

いくら高性能の電子機器や兵装を積んでいるとはいっても、イージス艦に装甲らしい装甲はないのだ。そもそも受けた攻撃をしのいだり跳ね返したりするといった思想そのものがないため、戦艦の大口径弾が命中したりすればひとたまりもないのである。

（これが戦艦の砲撃というものなのか）

目黒は目を見張った。

「大丈夫。単なる流れ弾だ。当たらねばどうということはない」

恐怖感漂う顔を見せている者たちを流し見ながら、大原は諭《さと》した。

（そうだ。敵戦艦が自分たちを脅威視する前に叩きつぶすまでだ）

目黒も自分に言い聞かせた。

弾着の狂騒が収まるのと入れ違いに、待望のときがやってきた。

「目標到達まで、あと三秒、二、一」

ＳＳＭ－13を表わす黄色の輝点が目標の赤い輝点に一致したと思った次の瞬間、メイン・モニター内に閃光がほとばしったのである。

「命中！　命中です」

黄白色の閃光が弾けると同時に、今度は火災の炎が敵艦上にあがる。小規模ながら、炎はまとわりつくように艦中央から後部にかけて点在している。

『あしがら』のＳＳＭは分厚い装甲板を貫く力はないが、五インチ両用砲や機銃座、さらには上甲板を引き剝《は》がすなどして広範囲に損害を与えたに違いない。

もしかすると、着弾した二発がうまい具合に散らばって命中したのかもしれない。

『あたご』のＳＳＭも命中しました」

「よおしっ。やったか！」

連続した戦果に大原が快哉を叫んだ。

敵三番艦に続いて、敵四番艦にも火の手があがりはじめていた。こちらは艦首に命中したらしい。艦の航進に伴う合成風に炎が流れ、その明かりに艦容があらわになっている。間違いない。塔状の艦橋は敵新型戦艦に特有のものである。

その間にも、『あしがら』は第二射、第三射を放っていた。画像識別センサーを組み込んだＳＳＭ－13が、超音速で海上を飛翔する。轟音が交錯し、爆発が連続した。

気がついたとき、いつのまにか砲声は止《や》んで海上はうっすらとした水蒸気を残して静まりつつあった。

「残存する戦艦は三隻。敵艦隊、避退していきます」

「そうか」

目黒は炎上しながら遠ざかるモニター中の敵戦艦を見ながら、深く息を吐いた。

「敵一番艦は辛くも『武蔵』が撃沈したが、二番艦以下は大破あるいは中破というところか」

『あしがら』は自慢のＳＳＭを叩き込んで敵戦艦を撃破したものの、沈没にまで追い込むことはできなかった。

これまでイージス艦と戦艦のどちらが強いかというたわいもない議論や解説を雑誌などで目にしてきたが、目黒はそれを身をもって証明した。イージス艦が戦艦に負けることはなかったのだ。

しかし、イージス艦ひいては現代の戦闘艦艇が搭載するＳＳＭでは強靭な装甲を持つ戦艦を沈めることはできないということも、また明らかになったのである。

「どうもすっきりしませんな」

「そうでもないだろうよ」

自分の艦に絶対の自信を持っていた目黒の言葉に、大原は微笑した。

通信長が「よろしいですか」と頭を下げながら割って入る。

「第二艦隊司令部から、炎上中の艦の消火と溺者《できしゃ》救助の要請がきております」

「了解したと伝えよ。『あたご』もいけるな？」

「はっ。『あたご』からは損害軽微との報告が入っています」

「よろしい。二一護隊は消火と溺者救助に努めよ。上にあがるか」

大原の指示にうなずき、目黒は副長に以後の処置を任せて航海艦橋にあがった。

艦橋の窓ガラスには、べったりとすすがこびりついていた。夜間なので様子ははっきりとはしないが、甲板もところどころでささくれだっているように見える。まともな命中弾を受けた覚えはなかったが、やはり知らず知らずのうちに大小の断片や鋭利な破砕片が艦上に降りそそぎ、艦を傷つけていたのだろう。

「手ひどくやられたみたいだな、『紀伊』は」

大原は右舷前方で燃え盛る戦艦『紀伊』に目を向けた。艦首から艦尾まで、炎が艦上を席巻している。まるで山火事の山そのものが海上を移動しているように見える。一方の『武蔵』の火災は鎮火していた。うっすらと白煙をたなびかせてはいるものの、致命的な問題はなさそうだ。

これが敵戦艦四隻と戦った第二艦隊主力の姿であった。

しかし『あしがら』と『あたご』の参戦もあって、第二艦隊は敵水上部隊のオアフ島突入を阻むことには成功した。巡洋艦以下の小型艦艇どうしの戦いも、勝敗は明確ではないが敵の侵攻をしのいだことは確かだ。

「戦術的には辛勝かドロー。戦略的には勝利といったところですか」

「いや」

やや曇りがちな目黒の言葉に、大原は顔を上げた。胸を張って続ける。

「悲観的に考える必要はない。『紀伊』はなんとか真珠湾に帰港できるだろうが、敵はどうかな? 今現在浮いているとしても、道のりは極めて遠い。足が鈍っていれば、我がほうの潜水艦がつけ狙うチャンスも出てくる。仮に気息奄々《きそくえんえん》として西海岸にたどり着いたとしても、あれだけSSMを叩き込んだんだ。一年やそこらではとうてい復帰できまいからな。勝利だよ。我らは勝った。堂々と言いきっていい」

そうあってほしいと目黒も思った。

正確には確認していないが、『あしがら』の弾庫はほぼ空に近い状態のはずだ。

『あたご』も似たりよったりだろう。そして、自分たちが持ち込んだ備蓄ミサイルはもはやない。これが、自分たちが総力を振り絞って臨んだ最後の戦いだったのだ。

（結局生きのびてしまったか）

目黒は胸中でつぶやいた。

第三次世界大戦の勃発と参戦に死を覚悟していたが、あの硫黄島近海での雷撃以来、自分たちは常に死地に赴きながらもことごとく生還してきた。生きて次に行くように導かれているような気すらする目黒だった。

この戦争がここで終わるかどうか、自分たちが今後どうなるのか、現時点ではなにもわからない。しかし、とにかく悔いは残さないようにしようと目黒は思っていた。

幸い自分は独身だ。自分の帰りを待つ妻や子はいない。

（好きにするさ。せいぜいな。……ただ、どうせなら元の世界に戻って生きるのがベターだよな。この経験を一方通行で終わらせるのも惜しい）

南海に煌《きら》めくミサイルの火は消えた。

それは異世界での限界を示したものか、あるいは戦争そのものの終焉を告げたものか。

「針路二八〇度。オアフ島真珠湾に帰港する」

『あしがら』の航海艦橋に大原の声が響いたが、それは安寧《あんねい》を約束したものではなかった。

失われた未来と失われた日常……多くの者にとっては、それを取りもどしてこその平和なのである。

第五章　北大西洋海戦

一九四七年六月二一日　ワシントン

夏を思わせるようなじりじりとした昼を迎えようとするころ、ホワイトハウスは震撼した。各方面からの電話は鳴りやまず、職員はひっきりなしに入退室を繰り返していた。

廊下を駆け足で歩く面々の表情は一様に硬い。アメリカ合衆国が容易ならざる事態に置かれていることを意味していた。

それは、オアフ島周辺での日米海戦の終結を、まるで見はからったかのように現われた。

いや、実際それを受けての出現であることは明らかだった。また、それそのものも問題だが、それ以上に厄介だったのはその登場の仕方だった。

「巨大な戦艦がニューヨーク沖に現われたというのは本当なのだな?」

「事実です。ミスター・プレジデント」

「それが日本の戦艦だと?」

「おっしゃるとおりです」

統合参謀長会議議長ドワイト・アイゼンハワー陸軍元帥の言葉に、アメリカ合衆国第三三代大統領ハリー・トルーマンは一語一語確かめながらうなずいた。

合衆国本土が敵の攻撃に晒されるという建国以来の危機に焦慮を隠せないアイゼンハワーとは対照的に、トルーマンは冷静だった。トルーマンはいたって落ちついた様子で、事態の確認を求めたのである。

そもそもトルーマン個人としては、戦争継続にもはや希望も期待も抱いてはいなかった。

自分が大統領に就任して以来、軍には何度裏切られてきたことか。

「絶対に勝てる」「今度こそ鎧袖一触《がいしゅういっしょく》」という景気のいい言葉を並べたてながら、軍は常に敗北という屈辱と絶望しか自分に残してこなかった。

年初早々に中国国民党の蔣介石総統から日本との和平仲介の申し出があったときも、軍はそれを蹴って継戦を求めた。

なのに、戦況に好転の兆しはない。昨日からハワイ方面に海軍が攻勢をかけているが、報告は遅れている。結果が芳しくないという証拠である。

ここで自分がリーダー・シップを発揮して軍の暴走に歯止めをかけないと、アメリカが危ない。

本土陥落の危機はもちろん、軍拡競争を続けるだけの体力も今の合衆国には乏しい。

トルーマンは危機感を強めていた。このままでは、アメリカも経済財政が破綻して、戦争以上に恐ろしい二〇年ぶりの恐慌を招いてしまうと、人一倍国の未来をトルーマンは憂《うれ》えていたのである。

それに、日本は蒋介石を通じてその後も接触し、提案を続けてきている。今現在出されている条件は、ハワイ諸島の全面返還とオーストラリアの解放、それにフィジー、ニューギニア方面からの撤退と国際治安部隊の駐留という思いきった内容であり、アメリカとしても魅力的ではある。

日本が一方的に譲歩しているように見えなくもないが、それだけ日本も内情は苦しいということだろう。

そして、だから今こそが決断の絶好機だといえる。なぜなら……。

「敵戦艦は白旗を掲げている。戦闘の意思はないということだな？」

「イエス、サー」

アイゼンハワーは理解しかねるといった歪《ゆが》んだ表情で答えた。

「正確にいえば艦隊です。戦艦二隻、空母一隻に補助艦艇を合わせた一〇隻ほどの小艦隊です」

「攻撃は控えておろうな？」

「命令あり次第いつでも仕掛けられるよう待機しております」

「駄目だ！」

トルーマンは珍しく有無を言わせぬ口調で叫んだ。

いつもなら部下に仕事を任せて静かにそれをチェックするといったトルーマンのやり方からは、かけ離れたものだった。

「いかんぞ。絶対に手は出すな。敵は我々の度胸を試しているのだ。度量もな」

軍事には素人に近いトルーマンにしても、敵艦隊の戦力が充分ではないことはわかる。

一応の体裁をなしてはいるものの、いくらアメリカの軍事力が著《いちじる》しく弱体化しているとはいえ、それでも海空の総力をもって叩けば決して撃退できない相手ではない。

　戦艦や空母のような大型艦や艦艇攻撃に適した俊敏な単発機がなくとも、ニューヨークおよび首都ワシントン周辺の北東アメリカで、陸軍の爆撃機が数百機と、一〇〇隻近い駆逐艦や魚雷艇などの小艦艇をかき集めることができるはずだ。

　当然、かなりの犠牲を伴うのも必至だが、それだけの数で波状攻撃を仕掛ければ、敵にも大きなダメージを与えられるに違いない。

　しかし、敵はそれを承知で乗り込んできた。それだけ、敵は本気なのだ。

「失礼します！」

　ここで息を切らした秘書官が飛び込んできた。

「何事だ！　ここをどこだと思っている」

「す、すみません。サー」

　叱責するアイゼンハワーに非礼をわびつつ、秘書官は驚くべき言葉を口にした。

「て、敵、敵艦隊から使者を乗せた小型艇が離れました。使者は中国国民党総統蔣介石を名乗っており、イソロク・ヤマモトの親書を携えていると言っています！」

　そのころ、大西洋の波濤をぶち破って驀進する二隻の巨艦があった。

一隻は、見た目には異常はなかったが一部の通信機器や機銃などの射撃指揮装置が未搭載であり、もう一隻は、主砲塔こそあれど両用砲や機銃がまったく装備されておらず見るからに建造途中の姿だった。

未成戦艦『モンタナ』と『オハイオ』の二隻であった。ノーフォーク海軍工廠で建造中あるいは慣熟訓練中だった二隻が、急遽抜錨《ばつびょう》して北上していたのである。

目指すはニューヨーク沖！　男の意地の戦いであった。

一九四七年六月二二日　日本近海

ホワイトハウスに激震が走るころ、日本は日付が変わった深夜だった。

日欧戦が終わった今となってもやはり世界大戦という名にふさわしく、日本本土もまた安穏としてはいられなかった。広大な太平洋を横断した金属製の怪鳥が、再び首都・東京に迫っていたのである。

「ビッグ・アイより全機へ。敵は房総半島沖を西進中。東京を目指していると思われる。高度一万二〇〇〇、機数四〇」

ＡＷＡＣＳ（Ａｉｒｂｏｒｎｅ　Ｗａｒｎｉｎｇ　ａｎｄ　Ｃｏｎｔｒｏｌ　Ｓ

ystem＝空中早期警戒管制機）からの連絡が入ったとき、邀撃《ようげき》に向かっていた第七航空団第二〇四飛行隊のパイロットたちからは一様に驚きの声があがった。

代表して飛行隊長大門雅史二等空佐が確認する。

「ビッグ・アイ、こちらブラック・タイガー。機数四〇、間違いないか？」

「ビッグ・アイよりブラック・タイガーへ。機数四〇。間違いない。今回は一〇〇機単位の編隊ではない。現針路をキープせよ。一〇分ほどで視界に入ってくるはずだ」

「ラジャ。ブラック・タイガーより各機へ。敵の数は少ないが、きっとなにかある。気を付けろ。ミッション、スタートだ」

（高度からいって、敵はB－36群に間違いはない。しかし、四〇機というのはこれまでの数からしていかにも少ないではないか。それだけ敵も限界が見えているということか、それともなにかたくらんでいるのか）

実情はその両方だった。東京に迫るB－36『ピース・メーカー』は、海軍のハワイ襲撃に呼応して陸軍航空隊司令官カーチス・ルメイ大将がアラスカから送り込んだ四〇機だったのだ。第五八爆撃航空団に残された全戦力である。

首都ワシントン、そしてニューヨークが騒然としている中、ホワイトハウスも不穏な動きを見せ、ルメイも実際に大統領ハリー・トルーマンから呼びだしを受けていたが、あえてルメイは任務中断の指示を出さなかった。両手両足を失っても、自分は最後まで戦いつづける。自分は絶対に屈服しないというルメイの強固な意志と抵抗の表われだった。

ルメイにとっては切り札といえる最終戦力であり、そして同時に恐るべき指示を厳命していたのであった。

「奴もいる。絶対にいるはずだ」

コール・サイン「ブルー・ソード」こと山田直幸一等空尉の双眸《そうぼう》の裏には、暗闇の向こうを突きすすんでいるであろうB－35『フライング・ウィング』の魁偉《かいい》な姿が映っていた。

「タリホー（敵機発見）」

「タリホー」

報告に、山田は耳を疑った。

AWACSからの連絡が入ってから、まだ五分しか経っていない。会敵予想の半分ほどなのに、敵はもう現われたということか。山田が一瞥をくれた液晶ディスプレイにもくっきりと輝点が現われている。

F―15FXが搭載するレーダー関連のソフトウェアはメモリーと識別の自動解析機能が組み込まれていて、不明機は黄色の輝点で、敵と判明した輝点は赤で表示されるのだ。

前回の空戦で得たB―36の反射波形のデータに一致したことから、今回は赤の輝点が「Enemy」の文字とともに現われていた。

「ブラック・タイガーより各機。敵は予想外の攻撃を仕掛けてくる可能性もある。これまでの感覚は捨てて対処しろ」

大門が重ねて注意を促した。

敵の機速は時速六〇〇キロに近い。四発もしくは六発のレシプロ機としてはほぼ全速のはずだ。完全な空戦機動に入ったときならまだしも、会敵前からの全速飛行は明らかに異例であり、それだけ燃料消費も激しくなる。

(航続力に余裕があるとは思えないが……まさか!)

戦慄が山田の脳内を駆け抜けた。

敵ははなから戻るつもりはないのではないか、生還を期さない特攻作戦に出てきたのではないかと、山田は身を震わせた。

それでもやるしかない。

増槽を切り離して攻撃態勢に入る。

「ブレイク！」という大門の叫びとともに総勢二四機のF－15FXはいっせいに散開し、B－36群に飛びかかっていった。

「ブルー・ソードよりレイピア。迂回して背後を狙う」

「レイピア。ラジャ」

サポート役を務める小湊琢磨三等空尉の返答を確認してから山田は操縦桿を倒し、次いで緩やかに引きつけた。F－15FX二機が、大きな弧を夜空に描いていく。

限界という点では、航空自衛隊も同じだった。備蓄ミサイルは底をつき、今回各機に割りあてられたのは短射程のAAM－15が二発だけだった。

数字上はこれでも敵全機を葬ることができる計算になるが、現実はそう甘くはない。システム不調で失探したり誤爆したりするものもあれば、同一目標に突っ込んだりほかの爆発に巻き込まれたりするケースも充分考えられるからだ。

敵機の三分の一から四分の一は残ると覚悟しなければならないだろう。そのために、山田は今回も敵の背後から撃つ安全策を取ったのである。

暗視ゴーグルをとおして、敵機が有視界に入ってくる。いつもの密集隊形ではなく、やや横に広がっていると見た。

それをいったん視界の隅にやり過ごそうとしたときに、ふいに敵が動いた。それぞれ四、五機ずつ固まって上昇してきたのだ。下から突きあげて正面戦を挑むような格好である。

「こいつら正気か!?」

正気なはずがなかった。山田に、B－36五機がまるで覆いつぶすように向かってきたのだ。

六基のR－4360－25エンジンが轟々《ごうごう》とうなり、全幅七〇・一メートルの巨体が迫る。空を圧するという表現がぴったりの光景だった。夜間でもはっきりと見えるところが、いっそう不気味さを呈している。

いかに格闘性能に優れたAAM－15でも、正面攻撃は無謀だ。山田は機体を滑らせながら、AAM－15を放った。そして、もう一発……。

「なにい！」

ここで、ありえないことがまた起こった。レーダー・ディスプレイが死んだのだ。砂を撒きちらしたように白一色になってしまったのだ。

「ECM（電子対抗手段）だと!?」

この時代では信じられないことだが、明らかにジャミングである。

山田はECCM(Electronic Counter Countermeasures=対電子対抗手段)を作動させたが、気を取られているうちにB-36が間近に迫っていた。

HUD(ヘッド・アップ・ディスプレイ)からはみ出すどころか、視界いっぱいに広がろうという勢いだった。

「くっ……」

山田は咄嗟《とっさ》に操縦桿を前向きに押し込んだ。

間一髪、黒い影が頭上をかすめて轟音が脳内をかきまわす。風圧が覆いかぶさるようにのしかかり、機体がコントロールを失いかける。

「こいつら、本気だ」

山田はこのとき確信を得た。

敵重爆が体当たりも辞さない覚悟で向かってきているということは、爆撃ができなければ敵の高性能機を道連れにして自爆せよというのがルメイの冷酷な命令だったのであろう。

それに加えて、二重三重の衝撃が山田らを襲う。

「ロックされた！」

「ＡＡＭだと⁉」

「被弾した。離脱する」

（いったい、なにが起こった？）

ますます混沌とする戦場の中で、復帰したレーダーは異様な光景を映しだしていた。

「味方が味方を追っている！」

「後ろ⁉」

垂直尾翼の上端に付いている警戒装置が、脅威的なレーダー波を感知した。コクピット内に鳴り響く警報音に、山田は振り返った。

「ふははは」

「か、唐沢！」

レシーバーの奥から聞こえた笑い声は、コール・サイン「ペトロ」こと唐沢利雄一等空尉のものだった。

「どういうつもりだ。唐沢！」

山田機の背後には同僚であるはずの唐沢機がぴたりとついていて、ＡＡＭの照準は明らかに山田を狙っていた。

「お前、自分がなにをしているのか、わかっているのか!?」

「もちろんだ」

唐沢は笑みを含んだ声で言った。

「わかっているからこそこうしているんだよ、俺はな」

高速機動を繰り返しながら、二人の会話は続く。

「お前、よく仲間を平気で」

「仲間？　はん、笑わせるな」

唐沢の口調は狂人のそれだった。自己陶酔していて周りのことはいっさい目に入っていない。正常な思考が妨げられている。そんな印象だった。

「俺にとってはな、自衛隊も国も、そんなものはどうだっていいんだよ。しょせん人間は自分が大事。違うか？」

「違う！　人間はそんな勝手な生きものじゃない。第一、俺は自分のためではなく妻や子のために生きている！」

「へいへい。ご立派なことで。だがな、世の中そんなきれい事で生きていけるのか？　考えてもみろ。俺たちが毎日命を賭けて空を飛んで、場合によっては海外の敵性空域にまで出向いていって、国がなにをしてくれた？　安い給料で、アラート、アラートと二四時間気の休まる暇もない毎日だ。その間、政治家や大企業の経営者らは私服をこやし、好き放題にふるまっているだけだ。大多数の庶民にしても、俺たちに対する感謝の気持ちなど微塵もなく惰眠をむさぼっているだけだ。こんな奴らのために働くなど、馬鹿らしいと思わんか？　ええ、山田よ」

「唐沢、お前、そんな考えで」

「そこで俺は考えた。ビジネスだよ、ビジネス。自分がいかに価値を持っているかに気づいたのだよ、俺は。情報や技術、知識……ものがあればベターだが、ものがなくとも買いたい奴は世界にごまんといた」

「あの中東の事件も、お前か」

「中東？　ああ、もちろんだ。腐った官僚たちの話から、俺は輸送するものが核物質だと知っていた。あの類《たぐい》のものをほしがる組織や国はいくらでもある。予定では、俺はそれで五億を手にしているはずだった。しかし妨害はできたものの、結局肝心の物資強奪はできなかった。報酬は一〇〇分の一のたった五〇〇万よ。本当ならそこで俺はこのビジネスから足を洗って除隊するつもりだった。だが、五〇〇万じゃなあ」

「唐沢、貴様。お前はペトロなんかじゃない。お前がリーダーであるはずがない。お前はユダだ。裏切者のユダだ！」

「なんとでもほざけ。俺はこのイーグルをアメリカに売りわたす。馬鹿だよな、アメリカも。自分たちが作ったものを売りつけられるとも知らずに。笑ってやれよ、お前も。まあ、そういうことだから、オプションとして、あまり米軍機を落とされたら困るし、できればイーグルも最後の一機だとありがたいんだよ！」

「唐沢。お前って奴は」

「あの世に逝《ゆ》きな」

銃撃音が聞こえたのは、そのときだった。

「山田！　ここは俺が引き受ける」

山田と唐沢の間に割って入ったのは大門だった。

「お前はあれをやれ。ナイン・オクロック、ハイ」

山田は九時の方向に目を向けた。

うっすらとしか見えなかったが、判断は容易だった。

B―35だ。過去二度苦杯を舐めさせられたB―35『フライング・ウィング』が至近にいる。

「山田、行け！　こいつは俺が」

「ラジャ」

唐沢が〝衝撃の告白〟をした今、因縁の相手であるのは大門もいっしょだった。

唐沢は大門に任せ、自分は今度こそB－35を落としてやると山田は決意した。

「敵機一機向かってきます」

「なんとかもたせろ。アラスカには戻れなくても、ソ連領まで届けばなんとかなる」

「早い！　例の奴です」

「来たか」

第五八爆撃航空団所属「ラスト・サンセット」機長エディ・ジョーンズ少佐は振り向いた。

山田対ジョーンズ、大門対唐沢、因縁の対決二つが火花を散らす。

「部下の不始末は自分でつける」

「落とせるものなら、落としてみるがいい」

大門と唐沢の空戦は、しばらく続いた。

携行ミサイルはともに残弾一発ずつであり、二人とも航空自衛隊では腕利きのパイロットであった。意地と意地のぶつかり合いに鋭い航跡が絡みあい、衝撃波が大気を切り裂いた。反転、急旋回、ループと様々な機動を繰り返して互いに相手を追いつめようとするが、決定打までには至らない。

これは訓練ではない。実戦なのだ。日の丸を背負ったイーグルどうしが争う異様な光景に、見る者は息を呑んだ。

そして、ついに相手を追いつめたのは唐沢だった。

「もうすぐだ。おとなしくしろ」

ヘルメットのバイザーに照準を示す映像が投影されている。大門機を囲んだ赤い枠（ターゲット・ボックス）が中心のエイミング・レティクル（照準マーク）上を左右に行き来する。

静止すればロック・オン、ＡＡＭ発射になる。

大門が急降下に転じた。唐沢が追う。高度が八〇〇〇から六〇〇〇に、五〇〇〇から三〇〇〇に急減していく。

「そう来たか」

左右に機体を振りながら逃れる大門に向けて、唐沢は嘲笑《ちょうしょう》した。

「逃げるふりをして海面への激突を狙うなんて、見え見えなんだよな！」

暗い海面が眼前に迫る。光は乏しいが、それでも波頭が時折り鈍い光を発することで識別はできた。

大門が機首を引き起こす。

「甘い！」

海面をこするようにして、唐沢が続く。強烈なGに耐えた先には、大門機の尾部がくっきりと見える……はずだった。

しかし……。

「なにい！」

唐沢の眼前に大門機はなかった。代わりに襲ってきたのは、熱源反応を示す警報音だった。

「くそっ。俺は！」

唐沢の意識はそこまでだった。

フレア（欺瞞《ぎまん》の熱源体）をばら撒く暇もなく、至近から迫ったＡＡＭが唐沢機を直撃した。閃光が海上にほとばしり、炎が闇を振り払った。爆風が海面を白波立たせ、轟音が夜気を揺さぶった。

残っていた燃料と携行AAM、さらには直撃したAAMの推進剤らすべての爆発エネルギーが、唐沢の機体を粉微《こなみ》塵《じん》に打ち砕いていた。無数の破片が海面に降りそそぎ、音を立てて飛沫をあげた。

反転して急上昇した瞬間、大門は急減速をかけて唐沢機をオーバー・シュート(追い越し)させ、間髪入れずにAAMを撃ち込んだのである。

「終わった」

ストール寸前の危険な賭けだったが、大門はその賭けに勝った。核物質の中東輸送任務以来、胸中につかえていたもやもやした気持ちを、大門はここで断ちきったのだ。

山田は目標のB-35『フライング・ウィング』を急追した。

主翼そのものが飛ぶブーメラン形の機影は、何度見ても異様だ。

ハワイで、この本土近海で、二度も取り逃してきたが、今日こそ落としてやると山田は強い視線でB-35を射抜いていた。

幸いAAMが一発残っている。それをぶち込みさえすればすべてが終わる。

敵悌団の密度は薄い。そもそも数が少なかったことに加えて、混乱はあっても半数あまりを撃墜していることで敵はばらけているのだ。

「今日は貴様が盾にしてきた艦載機もB−36もいない。これまでだ！」

山田はスロットルを開いた。機体が加速し、身体がシートに押しつけられる。

敵影が、倍に、四倍に膨らんでくる。左に右に、敵も必死に機体を振って照準を外しにかかる。ヘルメットのバイザー上で、ターゲット・ボックスがエイミング・レティクルに近づいては離れ、離れては近づくを繰り返す。

「む！」

突如として赤い吹雪が吹きつけてきた。敵の機銃掃射である。

タイミングを外された山田は、一度B−35の機上をフライ・パスして再度アプローチに転じた。

幸い圧倒的な速力差があるため後ろに回り込むのは容易だった。斜め後方から、今度こその気持ちで山田は照準を定めていった。

執拗な山田の攻撃に、選りすぐりのB−35のクルーもさすがに焦燥を隠しきれなくなっていた。

「また来る!」

「味方との弾幕は張れないのか!」

「機銃手、もたもたするな!」

P&W R-4360-21エンジンの爆音さながらに怒号と絶叫が飛び交う。

「うろたえるな」

第五八爆撃航空団所属「ラスト・サンセット」機長エディ・ジョーンズ少佐は、周囲の者たちに呼びかけた。

「このまま終わらせはせんよ。最悪でも奴を道連れにしてやろうぜ」

ジョーンズを見るクルーの目が震えた。

B-35を含めて今回出撃してきた四〇機の爆撃機は、生還を期さない特別攻撃隊である。任務を言い渡された瞬間に死刑宣告されたようなものだったが、これまで何度も決定的な危機を脱してきた自分たちなら奇跡を起こせるのではないかと多くが考えていた。

しかし、現実は厳しかった。卓越した指導力を持って数々の戦果に自分たちを導いてきたジョーンズ機長も、ついにこの難局を乗りきることができないのか。圧倒的な敵制空権下に飛び込んで、自分たちは砕け散るのか。そんなことを考えているうちに敵が迫る。

「まだだ！　Ｇｏ！　Ｇｏ！　Ｇｏ！」

ジョーンズの怒号とともに、頭上から異音が響いた。

Ｂ－35『フライング・ウィング』最後の手段の発動だった。

「ロック・オン、Ａｔｔａｃｋ」の文字が、ヘルメットのバイザーに浮かんだ瞬間だった。

「！」

Ｂ－35の上面が閃き、反射的に山田は操縦桿をひねった。急転する視界の中で、炎の尾が右から左に横切っていく。中世ヨーロッパでは、彗星が出現するとなにか不吉なことが起きる前兆だと恐れられたというが、それを現代版に差し替えた印象だった。

「ロケット弾！　あいつ」

Ｂ－35は機体上面にロケット弾を隠しもっていた。一瞬の反応が遅かったら、間違いなく山田は愛機とともに夜空に散っていたに違いない。無誘導だったから助かったものの、なんらかのホーミング機能があれば今ごろ自分は死んでいた。

そんな考えすら打ち消す轟音が迫る。

B－35の巨体が真下から突きあげてくる。

「舐めるな！」

衝突の危険性を告げるアラームが鳴り響き、閃光がコクピットに射し込んだ。

敵のパイロットはどこまでいい反射神経を持っているのだろうか。完全に不意を衝いたはずのロケット弾なのに、すべて回避されていた。

だが、鈍った敵はすぐ前だ。

「かまわん。突っ込め！」

こうなったら、自分の機体そのものを巨大な砲弾と化して敵にぶつけるだけだ。

切り札のロケット弾までを躱された今、残された手段はそれしかないとジョーンズは覚悟を決めた。

「Ｇｏ！」

Ｐ＆Ｗ Ｒ－４３６０－２１エンジン四基が猛々しくうなり、全備重量八万一六五〇キログラムの巨体が自らを武器と化して敵に向かう。

ジョーンズは野獣のようなうなりを発した。

衝撃が襲い、炎と爆煙が視界を覆った。コクピット前面のガラスが粉々に砕け散り、熱風が機内に吹き込んだ。

「さらば……」

ジョーンズの意識はそこまでだった。

五分後、二〇四空の各機はエリア・ベータと名づけた空域に集合していた。

出撃してきた二四機のうち四機が姿を消していた。しかしパイロットは脱出に成功し、海上で救出を待っている。ただ一人を除いては。

「どうするつもりですかね、連中」

最後尾についた山田は、北方に去っていった少数のB－36『ピース・メーカー』に対して言葉を投げた。

「そんなことより、自分のことを心配したらどうだ。帰れそうか？」

「持ちそうにないですね」

大門の言葉に、山田は微笑した。

正直言って、山田の機体はぼろぼろだった。機首から尾部まで全体が煤《すす》で汚れ、主翼や尾翼の一部は抉れて胴体には大小の破孔が穿《うが》たれている。傷にいたっては無数にある。

そして、致命的だったのは燃料タンクに亀裂が入ったことだった。残燃量が、霧どころか雨だれのように漏れだしており底をつくのは時間の問題であった。

「不時着水でもして気長に待ちますか。二〇〇億を捨ててしまいましたかね、俺」

山田は生きのびた。

B－35の決死の体当たりは、無人航空機UAV「ガーディアン」によって阻まれたのだった。山田はB－35『フライング・ウィング』との間にUAV二機をうまく入れ込み、逆にUAVを砲弾としてぶつけた。そして鋭くループをうった山田は、至近距離でAAMを叩き込んで空戦に決着をつけたのだ。

あまりにも距離がなさすぎたために、大小の破片が機体のあちこちにぶち当たり……そして今がある。

「金《かね》の問題ではありませんよ。とにかく生きてるってことが大事です。死ねばなにもかも終わりなのですから」

小湊の声に、山田は無言でゆっくりとうなずいた。

日は昇る。その繰り返しは、人それぞれに不変なものではない。今日、今の戦いに勝ったからこそ明日の日が昇るのである。

山田のF－15FXは二基のエンジンが停止し、滑空状態に入った。

(俺は生きる。愛する家族のもとに帰るまで、俺は生きのびる)

山田は緊急脱出レバーに手をかけた。

妻や子の顔を思い浮かべた瞬間に轟音が耳を襲い、同時にキャノピーが吹き飛んで射出座席が宙に舞っていた。

同日一六時　ニューヨーク沖

旗艦『大和』の昼戦艦橋で、第七艦隊司令長官代行松田千秋少将は遠くの海面に目をやりながら悠然と構えていた。それに対して司令長官代行補佐の特別参謀藤原修三中佐は、しきりに行ったり来たりを繰り返している。

その様子をみかねた『大和』艦長黛治夫大佐が口を開いた。

「代行補佐、ここで焦ってもなにも起こらんぞ」

「はっ。申し訳ありません。いてもたってもいられないものですから」

再び歩きだす藤原に、黛は松田と視線を合わせてため息を吐いた。

藤原はたしかに変わった。私利私欲に満ちていた以前の藤原は、策謀をめぐらせたりすることはあっても、よほどのことでなければ動じない強心臓の持ち主だったはずだ。

それがどうだ。事態の行方に気を配るあまりに落ち着きを失っている。

（まあいいか）

全体を見る目が養われてきた結果だろうと、前向きに黛は解釈することにした。

事態も事態だ。和平仲介の特使である中国国民党の蔣介石総統がこの第七艦隊を離れてから、もう四時間が経とうとしている。その間に入った連絡は、「アメリカ政府と接触に成功した」というただ一回きりである。

「うちも海軍大臣と（陸軍）参謀次長を出しているんだ。アメリカも本気だとはわかるだろうよ。現に」

松田は空を見あげた。

これだけ敵の面前だというのに、爆撃機一つ飛んでこないということは、最低でもアメリカが聞く耳をもったということではあるまいか。

（もっとも）

松田は胸中で付け加えた。

（アメリカが一枚岩だったとしたらな）

その懸念は、数分後に的中した。

「電探に感あり。反応二、真方位二一〇《ふたひとまる》」

第七艦隊司令部に緊張が走った。

「不明艦二、反応大」

「速力二五ノット、針路〇三〇《まるさんまる》」

時間を追って情報に確度を増していく。

「長官！」

藤原が訴えかけるような眼差《まなざ》しを松田に向けた。震える双眸は、「敵です。早く攻撃態勢を整えるべきです」という気持ちを表わしていた。

その藤原を煽りたてるような報告が飛び込む。

「二三駆より報告！『不明艦二隻は戦艦。塔状の艦橋を認む』」

「長官！」

藤原が「早く！」とばかりに再び叫ぶ。黛も眉をぴくりと動かして、松田に視線を向けた。

すでに第七艦隊の各艦は、総員戦闘配置の態勢にあるのだ。陣形こそ対空戦闘を見越しての輪形陣だが、松田が号令を発しさえすれば駆逐艦は雷撃を狙って突進し、『大和』『信濃』の第二戦隊は敵戦艦を粉砕すべく巨大な砲門を開くのだ。

今なら間に合う。敵を確実に叩きつぶすことができる。

しかし、松田の命令は違った。

「第二戦隊、針路一二〇《ひとふたまる》。第三戦速」

そこまではいい。向かってくる敵群にT字を描いてゆき、全火力を動員して各個撃破が可能になるからだ。

しかし……。

「二戦隊以外は下がらせろ。全速で退避。絶対に手を出すな。二戦隊も指示あるまでそのまま」

松田の言葉に揺るぎはなかった。

おそらくこういった事態も、蔣を送った時点で想定していたのだろう。

敵の戦力は決して侮れるものではないが、こちらが全力で先制攻撃をかければ潰せない相手ではない。しかしこちらが先に手を出したとすれば、せっかくの和平工作は吹き飛ぶ。

松田は艦隊を預けられた立場にありながら、政治的な行動をも求められていたのだ。

「交渉が決裂したとは考えられないでしょうか」

藤原が蒼白とした表情で言った。

もしそうならば、迫ってくる二隻はれっきとした敵艦だ。すぐにでも攻撃して叩きつぶさねばならないと言いたげな顔だった。

だが、松田はきっぱりと首を横に振って答えた。

「推測で動くことはできん。もしそうなら、相手が駆逐艦の帯同もなしに戦艦二隻というのはどうにも解《げ》せん。航空機の一機も現われないということもな」

「長官のおっしゃるとおりだ」

黛は松田の真意を悟って藤原に言った。

「少なくともアメリカは組織的に攻撃してこようとはしていない。ただ、この二隻がどういう意図で接近してきたのか……」

「反逆者か、あるいは強硬派の暴走とでも？」

「可能性はある」

不安げな藤原の言葉に、松田は口元を引き締めた。

接近する戦艦二隻が、はっきりと視界に入ってきた。

「我、戦闘の意思なし。それ以上の接近を望まず」

煙突横の探照灯が瞬《まばた》き、旗艦『大和』から発光信号が送られた。

『大和』『信濃』に接近しつつあるアメリカ戦艦二隻は、アイオワ級に続くアメリカの新型戦艦モンタナ級の一、二番艦『モンタナ』『オハイオ』だった。

「どうやら、間に合ったな」

海軍作戦部長ウィリアム・ハルゼー大将は、息を切らしながら『モンタナ』の航海艦橋に駆けつけた。

ホワイトハウスからの統合参謀長会議召集の指示を振りきって水上機に飛び乗ったハルゼーは、洋上で『モンタナ』『オハイオ』に合流した。

ハルゼーとしても、大統領ハリー・トルーマンが和平に傾いているのは感じていた。

そして、ハルゼーが送りだした太平洋艦隊がハワイ沖で大敗した今、海軍には和平を覆すだけの力も残っていない。ホワイトハウスが日本側からの停戦と休戦の提案を受け入れるのは、時間の問題である。

しかし、ハルゼーは個人的にそれを拒否した。これからの自分の行動がいかなる重大な事態を招くかなど、ハルゼーの頭の中にはまるでなかった。イエロー・モンキーと蔑視する日本人に頭を下げるくらいなら死んだほうがましだとさえ、ハルゼーは考えていた。

そして、幸いにも、動機はともかく日本人に激しい敵愾心《てきがいしん》を燃やす部下がそばにいた。戦艦『モンタナ』艦長に任命したトーマス・クーリー大佐である。

クーリーは今、ワシントンやホワイトハウスでなにが起こっているかまでは知らない。

ただ、本土近海に現われた敵を倒す。これまで二度も苦杯を舐めさせられた敵に、復讐の一撃を加える。その一心でクーリーは僚艦を引き連れて出撃してきたのである。

「戦うつもりがないだと？　馬鹿な」

敵が発光信号で告げているという報告に、クーリーは声を荒げた。

事実、敵が発砲する気配はない。駆逐艦が帯同しているという情報もあったが、それらも今、見当たらない。すべて下がったということか。

「かまわん。さっさと叩きつぶしてしまえ」

ハルゼーは顎をしゃくった。

「敵艦より再度発光信号」

「無線でも呼びかけてきています」

クーリーは、通信長とハルゼーの交互に視線を向けた。

しつこい敵の動きに、さすがになにかあると考えざるをえなかったクーリーだったが、ハルゼーの態度は頑《かたく》なだった。

「よろしいのですか？　提督」

「いいも悪いもないわ」

ハルゼーは言いきった。

「あれは敵だぞ。違うか？　降伏もしていない。ましてやここは我が合衆国の領海だ。奴らはそこに土足で踏み入った。これは明確な国際法違反であり、我が合衆国に対する冒瀆《ぼうとく》だ。我々にはそれを排除する義務がある。そうだろ？　クーリー艦長」

「………………」

なお押し黙るクーリーに、ハルゼーは決定的なひと言を口にした。

「これは命令だ！　ただちに砲撃を開始せよ。復唱はどうした！　艦長」

「……イエス、サー！」

クーリーは、ふっきるように踵を揃えて言った。

たしかにハルゼーの言い分にも一理ある。他国の首都の目前に、しかも強大な力を持つ戦艦を持ってくるなど言語道断。それだけで明確な威嚇行為と言っていい。

そして、自分たちは軍人だ。命令は絶対であり、自国を脅かす何者をも撃退する義務がある。

「砲戦隊形に移行後、ただちに砲撃にかかります」

「よかろう」

満足そうにハルゼーは唇を躍らせた。

「フル・スターボード《面舵いっぱい》」

大和型戦艦に迫る基準排水量六万五〇〇トンの巨体が右に流れる。

クーリーは同航戦を選択した。隻数は二対二と同数である。真っ向勝負で敵を撃ち破ってやると、クーリーは眼光鋭く敵を睨みつけた。

砲撃準備完了の報告が届く。

「ファイア！」

クーリーは腹の底から声を張りあげた。

敵艦上に閃いた発砲炎に、『大和』艦長黛治夫大佐は側壁を拳で叩き、第七艦隊司令長官代行松田千秋少将は険しい表情で立ちあがった。

敵戦艦二隻が面舵に転舵して高まった緊張が、ついに頂点に達して弾けたのである。忌《いま》まわしいほどの敵の反応だった。

「通信！　もう一度呼びかけろ」

「もうよいわ。艦長」

松田は遮《さえぎ》るように言った。

「あれが敵の答えだ。やむをえん。応戦だ」

「残念ですが、座して死を待つのはご免です」

松田と黛は視線を合わせてうなずいた。

「『大和』目標敵一番艦、『信濃』目標敵二番艦。第二戦隊、砲撃開始！」

「目標敵一番艦、撃ち方はじめ！」

砲術長以下砲術科の者たちは、いつでも対応できるようにすべての準備を整えていたのであろう。五秒と経たないうちに、『大和』の三基の主砲塔それぞれ一門ずつが轟然たる砲声を海上にぶちまけた。

昼間の光を吹き飛ばすような閃光が艦上にほとばしり、強烈な衝撃が艦全体を襲った。

「『信濃』撃ち方はじめました」

『大和』にわずかに遅れて、『信濃』も砲門を開く。

これも砲術の基本に沿った各砲塔一門ずつの試射であった。仰角を上げて炎を吐きだした右砲三門の砲身が振りおろされ、代わりに中砲三門が天を仰ぐ。

大和型戦艦は四六センチという直径に比例した長い砲弾を扱うために、それなりの場所を確保しなければならない。そのため、装塡のたびに砲身を三度に固定しなおす必要があるのである。

入れ違いに敵弾が降りそそぐ。

「！」

金属どうしがこすれ合うような耳障りな音が轟音と化したと思った次の瞬間、黛は目の前に火花が散ったかの錯覚を覚えた。横殴りの衝撃に足がよろめき、天井から吊るされていた双眼鏡がけたたましい音をたてて落下した。

「初弾命中だと……？」

呆然《ぼうぜん》とした表情を見せる部下たちを前に、黛も信じ難い様子でつぶやいた。砲術の常識的では奇跡ともいえる精度だったからだ。

敵艦上に第二射の発砲炎が閃き、しばらくして『大和』の射弾が到達する。

一本、二本、……三本。

「駄目か」

突きあがった水柱はすべて敵艦の後方であった。

『大和』が叩き込んだ重量一・五トンの巨弾は、すべて遠弾になって虚海に消えたのである。

「落ち着け、艦長」

部下たちのため息を浴びる黛を、松田は一瞥した。

「まぐれ当たりだ。精度が出た射撃ではない。それに……」

松田の言葉を裏づけるように、敵の第二射が着弾した。今度はすべて近弾だ。しかも、苗頭すなわち方位も大きく逸れている。噴きあがる水柱は『大和』よりかなり手前の前方に逸れている。なおかつ散布界も甘い。縦横一〇〇メートルはあろうか。自分たちの倍以上のばらつきである。

命中弾に気を取られていたが、一射めの他の二発もかなり離れた位置に着弾していたのかもしれない。この散布界の甘さ、つまり着弾のばらつきが広かったために、たまたま一発が命中したと松田は見抜いていたのである。

「敵艦との距離は」

「そろそろ三万をきります」

報告に松田は鷹揚にうなずいた。

「水柱の高さと太さからして、敵の主砲はせいぜい四〇センチクラスだ。この距離なら大丈夫だ。対四六センチ防御をほどこしたこの『大和』の装甲を敵は撃ち破れん。ただ、問題は敵の門数だ。ささいな損害も積み重なれば厄介だからな」

先の命中弾は艦中央の舷側装甲——大和型戦艦が纏《まと》う装甲の最厚部が弾きかえしたが、あたりどころによっては思わぬ損害も受けかねない。特に電探や測距儀といった測的に関わる機器は脆弱《ぜいじゃく》なため、強力な大和型戦艦にとってもアキレス腱といっていい。できればそれらが傷つく前に砲力で圧倒したいところだった。

そのとき、敵艦上に再び鮮烈な閃光がほとばしった。閃光は前部に二つ、後部に二つ。それまで確認されていたアメリカの新型戦艦にはない前後二基、計四基の主砲塔を示しているのがわかった。

戦艦『モンタナ』艦長トーマス・クーリー大佐と海軍作戦部長ウィリアム・ハル

ゼー大将は、砲戦開始後は艦内のCIC（戦闘情報管制センター）に入って指揮を取っていた。

そのCICはなんともいえない難しい空気に包まれていた。初弾命中の報告に俄然沸きかえったCICだったが、その後の二射と三射はまったくの空振りに終わっている。

期待を抱かせられたぶん、かえって落胆が大きく、裏切られたとさえ感じる者もいたに違いない。ハルゼーもその一人だった。

「艦長。いったいどうなっている。さっさと沈めてしまわんか！」

ハルゼーは砲戦に関しては素人であり、戦闘指揮は実質的にクーリーが取っているといっていい。食ってかかるようなハルゼーの形相に、クーリーは毅然として答えた。

「ベストは尽くしています。本艦の乗組員を信じてください」

「とはいっても（だ！）」

ハルゼーの怒声を、鈍い音がかき消した。

感触からして、直撃弾を食らったわけではない。足元から衝撃が伝わってきただけだから至近弾であろう。水中での爆圧が、喫水線下の艦体を叩いたぐらいに違いない。

クーリーも決して平静なわけではない。アメリカ海軍史上最強の戦艦を預かり、日本海軍への復讐を誓って出撃してきたにもかかわらずこのざまだ。気合が空回りするばかりで、ストレスがたまる展開である。

対して敵は一射ごとに精度を上げてきている。遠弾、近弾ときて、ついに至近弾が出た。次は夾叉《きょうさ》、下手をすれば命中弾を食らうかもしれない。

「第四射弾着……命中なし」

「『オハイオ』はどうだ？」

「駄目です。敵二番艦と交戦中ですが、砲撃は精度を欠いています」

（くそ……）

そうしているうちに、敵の四射めがやってきた。

弾着の瞬間、クーリーはこれまで経験したことのない衝撃に見舞われた。轟音が脳内をかきむしり、クーリーをはじめとしてＣＩＣにつめていたほとんどの者が弾け飛んで床や机に叩きつけられた。備えつけの悪い機器はのきなみ落下したり倒れたりし、スパークした火花が室内に散った。

緊急事態を告げる非常ベルが鳴り響き、白煙が漂いはじめている。

「被害報告！」

クーリーは苦痛に顔を歪めながら立ちあがって叫んだ。

敵艦は苦悶にあえいでいた。艦首から噴きだす炎は航進に伴って後ろへとなびき、艦尾からはどす黒い煙が湧きだしている。

今またその黒煙を切り裂くように命中の閃光が弾け、大小の破片が宙に舞いあがっていく。

『大和』『信濃』の第一戦隊は、砲戦の主導権を完全に奪いかえしていた。

砲術を極めた自分たちの砲撃には絶対の自信を持っていた『大和』艦長黛治夫大佐にしてみれば、ほっと胸を撫でおろす展開である。

「敵弾、来ます！」

甲高い風切音が轟《とどろ》き、黛は眉間を狭めた。

だが、轟音は頭上を圧しながらとおり抜けて、後方に派手な水柱を噴きあげただけだった。

「しびれをきらして全門斉射に移行したか」

「そのようですな」

第七艦隊司令長官代行松田千秋少将の言葉に、黛は落ち着いて答えた。

噴きあがる水柱は全部で一二本を数えた。敵戦艦は三連装砲塔を四基備えた新型らしいことは、これではっきりした。

しかし、その門数も当たらなければどうということはない。敵がまごついている間に決着をつけるだけだ。

黛は炎上する敵一、二番艦に視線を流した。

戦艦『モンタナ』艦長トーマス・クーリー大佐は、自分の決断の甘さを悔いていた。

（やはり無理だったか）

排水量では敵ヤマトタイプの戦艦に匹敵し、全長では一割ほど上回るほどの巨体に、五〇口径長砲身一六インチ三連装砲四基を備えたアメリカ海軍最大最強の戦艦――それが『モンタナ』だ。

この『モンタナ』と二番艦の『オハイオ』、そして他艦で経験を積んだ優秀な乗組員があれば、多少の悪条件は克服して必ずや敵を撃破できるはずだとふんできたクーリーだったが、それはどうやら大きな見込み違いだったようだ。

　慣熟訓練半ばで出撃してきた『モンタナ』は一二門もの主砲を振りかざしながら、発射した巨弾は空《くう》を切りつづけている。

　艤装途中で駆りだした『オハイオ』にいたっては、砲撃のみならず損害対処ももたついているようであった。見張員は、『オハイオ』にあがる炎が鎮火せずに逆に勢いを増していると報告している。

「艦長。なんとかならんのか！」

　こんなはずではなかったと憤怒の顔を向けるハルゼーに対して、クーリーは振り返った。

　が、言葉が出ない。

　クーリーとしても、ただ悶々と過ごしていたわけではない。照準がままならない状況を鑑《かんが》み、全門斉射に切り替えて確率を高める策も取った。

　だが、それでも状況を打開できてはいない。問題はやはり艦への習熟不足であったか。

　砲塔や砲身、装塡機などがいかに組みあがっていようとも、やはり艦にはそれぞれの微妙な癖や特徴があるのだ。砲身の命数、磨耗の影響についても然りだ。いかに優秀な砲手でも、それは経験を積まねばわからないことである。

この点が、『モンタナ』は決定的に不足していたのである。

（やむをえん。いちかばちかの策に出るか）

「提督。接近戦を挑みます。命中率、威力ともに高まりますので、これで形勢の逆転を狙います」

「やれるんだな」

「やってみます」

「うまくいくかいかないかなど、やってみなければわからん」というハルゼーへの反抗心を押し殺しながら、クーリーは命じた。

「ハード、アポート《取舵一杯》。針路七〇度。『オハイオ』にも通達。全速前進。敵に向かって突撃する！」

「最後の賭けに出たな」

第七艦隊司令長官代行松田千秋少将は、敵艦二隻が回頭して向かってくるのを認めた。

このまま同航戦を続けていても勝ち目がないとふんで一発逆転の接近戦を挑もうというのだろうが、逆にそれはこちらの砲弾の破壊力が高まることも意味する。

加えて、敵は後部主砲が使えなくなるのに対して、こちらは全力射撃を続けられる。

「捨て身のつもりなのだろうがな。針路そのままだ」

「はっ。針路そのまま」

松田の言葉に、『大和』艦長黛治夫大佐が復唱した。

日は傾き、『大和』の長大な前甲板は西日を浴びてうっすらと赤く染まりはじめている。水面下の球形艦首――バルバウ・バウは北大西洋の水塊を突き破り、メイン・マストに掲げられた将旗が音をたてってはためいている。

敵艦の回頭に伴って照準をやりなおしていた主砲がしばしの沈黙の後、轟然と吼えたけた。暴力的な音と目を焼かんばかりの閃光は、まさに落雷そのものであった。

距離がつまるにしたがって砲身は仰角を下げ、弾道は低く鋭いものになってきている。対向面積が小さくなったぶん外れ弾も多かったが、一発がまともに艦首をぶち抜いた。大小の破片に混じって断ち切られた錨鎖《びょうさ》が高々と跳ねあがり、主錨は盛大な飛沫をあげて海中に飲み込まれていく。あまりの衝撃に、敵艦の行き足が一瞬止まったように見えたほどだ。

次の弾着は二発が命中した。

一発は最前部の第一主砲塔前盾にぶち当たって右砲一本をもぎとったため、砲弾そのものは火花をあげながら砲塔上を滑って海面に落下した。もう一発は艦橋横の五インチ両用砲二基をまとめて粉砕し、艦内に突入したところで炸裂した。

両用砲の装薬に火がまわり、開いた破孔を突き抜けて巨大な火柱が艦上に噴きだした。

（いける）

そう思っていたところに、吉報が重なる。

「敵二番艦、大火災。沈黙した模様」

松田と黛はすぐさま視線を振り向けた。

そこには炎の塊に成り果てた敵二番艦の姿があった。特徴的な塔状の艦橋構造物は崩れおち、主砲塔もすべて炎の中に飲み込まれている。もはや艦上の構造物はなにひとつ満足なものがない。元がなにだったか、ひいては船だったかすら疑わしくなるほどの敵二番艦の惨状だった。

敵一番艦の火災も、鎮火する気配はまったくない。炎はたいしたことがないものの、艦首から艦中央にかけて噴出する黒煙が艦全体に纏わりつこうとしている。

だが、それでもその黒煙を衝いて発砲の炎が閃く。

「あくまで退くつもりはないということですかな」

「ああ。その闘志と勇気は敵ながらあっぱれだ」

黛と松田が見おろす中で、再び九門の砲口がまばゆい閃光を宿らせた。

戦艦『モンタナ』は破局への道を転がりおちていた。燃え広がる炎は艦の奥深くまで達しようとしており、浸水も徐々に進んでいる。主砲の火はなお消えてはいなかったが、『モンタナ』がただならぬ状況に追い込まれていることは誰の目にも明らかだった。

艦底部には乗組員の遺体を浮かせた海水が浸り、艦の上部では炎を背負った乗組員が絶叫をあげて転がりまわったあげくに、二度、三度指を動かしながら息絶える。また、被弾箇所につめていた者たちは、圧倒的な熱風と爆圧に声をあげる間もなく絶命し、あるいは鋭利な弾片や破片に四肢を切り裂かれて、大量の血海の中で果てていく。

ＣＩＣ（戦闘情報管制センター）もまたひたひたと迫る炎に室温は四〇度を超え、ただいることさえ苦しい状態になりつつあった。

「左舷注水完了。傾斜五度に復帰も、これ以上の注水は不可能」

「第一主砲塔に直撃弾！　右砲損傷」

「艦長！　どういうことだ。この『モンタナ』は我が合衆国の海軍史上最強の戦艦ではなかったのか」

大量の汗と煤にまみれた顔で、海軍作戦部長ウィリアム・ハルゼー大将は吼えた。

戦艦『モンタナ』艦長トーマス・クーリー大佐は無視した。そうするしかなかったのだ。

ハルゼーのような猪突猛進の男は、いったん受け身になると弱い。後退することはひとつの例外もなく否定するし、かといって展望が開けなければこうして騒ぎたてるだけだ。なんの解決にもならない。

結果的に、クーリーの取った策はどれも事態を好転させることができなかった。

交互撃ち方から全力射撃への移行も射撃精度の向上には結びつかず、また同航戦を捨てての接近戦は皮肉にも自分たちの末路を縮めたにすぎなかった。

「『オハイオ』沈黙、停止しました」

「もう……」

衝撃的な報告に両目を吊りあげるハルゼーに対して、クーリーは静かに口を開いた。

「もう、いいでしょう」

「もういいとは、貴様、敵に後ろを見せるというのか。降伏しろとでも」

興奮して声を荒げるハルゼーだったが、クーリーはなお冷静だった。

「やはり無理だったのですよ、提督。艤装もまだ、乗組員の習熟もまだという艦では。敵は歴戦のヤマト・タイプのようです。個艦性能、士気、練度、どれをとっても申し分ない。そんな脂ののりきった相手に対して、こちらはあまりにも未熟すぎた。もちろんそのへんの判断が及ばなかった私にも、大きな問題がありました。責任は感じています」

「責任を感じるだと！　そんなことで済むわけがなかろう！」

「お待ちください！　艦長一人の責任ではありません」

クーリーに殴りかからんとするハルゼーを、部下たちが押さえ込んだ。

「お前ら、こんなことをしやがってただで済むと思うな！」

そのとき、ハルゼーらの頭上から轟音が降りかかった。

クーリーは、赤熱化した巨大な物体を一瞬見たような気がした。

数瞬後、真っ白な光があたり一面を覆いつくし、ハルゼーやクーリーはじめそこにいた多くの者たちの肉体をも包み込んだ。

そして意識は瞬く間に途絶え、クーリーは永遠の闇の中に放り込まれていった。

戦艦『モンタナ』艦長トーマス・クーリー大佐が最後に見たもの、それは驚愕と恐怖に歪んだハルゼーの顔だった。

第六章　絆

一九四七年八月二一日　ハワイ

オアフ島は喧騒のただなかにあった。島内の各飛行場では航空機がひっきりなしに離発着を繰り返し、南端の真珠湾でも船舶の出入りが激しかった。

しかし、それは敵の襲来に備えて防備を固めるためではない。また、敵地攻撃に遠征するための備えでもない。陸海軍、それに伴う軍属らが内地に引きあげるためのものであった。

日本時間六月二三日一四時、北大西洋海戦と名づけられた日米の二戦艦どうしの砲戦が終結してまもなく、日米の和平協定が暫定発効され、ここに日米停戦が実現した。

第二次大戦、第三次大戦と続いた日米の戦争は、実に六年近くもの歳月を経てようやく幕を閉じたのである。

大量の血に染まり、多くの将兵の命を吸った太平洋には、ようやく平和が訪れていた。

第二戦隊旗艦『大和』は、真珠湾の最奥に投錨《とうびょう》しながらその穏やかな風を浴びていた。特徴的な三本のメイン・マストに翻る将旗の主である第二戦隊司令官松田千秋少将は、あわただしい湾内の様子を和やかな眼差《まなざ》しで眺めていた。

「しかし、本当に手放してしまうのですね。このハワイを」

背中から聞こえてきた声は、『大和』艦長黛治夫大佐のものだった。黛は感慨深げに、羅針艦橋の外に視線を流していた。

「なんだ。不満か」

「いえ、自分がどうこうではなく、一部の士官や兵の間には、せっかく勝ちとった領土を手放すなんていったいどうなっているのかという声も少なくありませんのでね」

「小さいな」

松田は口上の髭を震わせて微笑した。

「狭い目で見れば、そう思うのだろうがな。ここが我が国の領土だとしてどうする？　アメリカと対立したままでは、この広大な太平洋全体を我々は守らねばならないのだぞ。補給線は伸びきり、南北、東西と膨大な艦や航空機が必要になるんだ。もちろん我々軍人もだ。しかも一回きりではない。戦争であれば常に補充が必要だ。できるのか？　そんなことをいつまでも。

それなら、いっそのこと半分はアメリカにやらせよう。アメリカを味方にしてしまえば、我が国の負担は確実に軽くなる。このハワイも、軍事的にではなく平和裏に利用できればいい。それが政治のやることだと俺は聞いた。たしかにそうだと思う。いくら困難でもやってみせるという軍人の独《ひと》りよがりは、もはや無用だ」

「山本首相らしい発想ですね」

「ああ。米内大臣らの意見でもある。俺も『せっかく血を流して手にした領土をみすみす』という声は聞いた。だがな、血を流したり命を捨てたりするのが我々軍人の役目と勘違いしてはいけない。もちろん命が惜しいというつもりはないぞ。そもそも海軍に奉職した時点で、自分の命は預けたと俺は思っている。だが、戦わずして国が守れるならそれに優るものはないだろう。敵が我が国を侵そうとすることがないように目を光らせる。敵にそんなことを考えさせないのが、我々の真の役割といってもいいのではないかな。この『大和』もな」

「はい。働きましたからね、この艦は」

しみじみと黛は言った。

「ああ。たとえ『土佐』や『尾張』が使えたにしても、あの場面には『大和』を出した」

「上がそう言っていたと？」

「いや、そう聞いていたわけではない。だが、そんな気がしないか？　あの場面には『大和』がふさわしかったと」

「そうですね。そう決まっていたような気がします。今になって、『大和』を出した理由というのもよくわかる気がします」

『大和』という名前は、日本という国そのものを指す名である。国の命運を賭けた戦いにその名を戴いた艦が出撃したのは、ある意味宿命と言ってもいいのではないかと、松田と黛は考えていた。

『大和』は僚艦『信濃』とともに遠くニューヨーク沖まで進出して敵新型戦艦二隻を撃沈し、日米の戦いに終止符を打った。

その敵戦艦がモンタナ級と呼ばれる大和型戦艦に迫る巨大な戦艦だったこと、一番艦『モンタナ』にはアメリカ海軍の最高指揮官であった作戦部長ウィリアム・ハルゼー大将が座乗し、艦上で壮烈な戦死を遂げたこと、ハルゼーとともに和平に消極的だった陸軍飛行隊司令官カーチス・ルメイ大将解任と同時に、大統領ハリー・トルーマンは日本との停戦受け入れを表明したこと、それらを松田と黛が知ったのは、つい最近である。

「今こうしてみると、司令官が『大和』を世界一とおっしゃっていた理由が、よくわかるような気がします」

松田と黛は、羅針艦橋から艦の前部を見おろした。そこでは磨きあげられたチーク材の最上甲板が艶《つや》やかに光り輝いていた。ただ一点の曇りを除いては。

そう、戦争はまだ完全に終わってはいなかったのである。

同日　成増

航空自衛隊のUH－60Jヘリコプターが、速度を落として降下してきた。

UH－60Jは、おもに航空救難を目的として配備された回転翼機である。夜間や悪天候時の活動を考慮して、FLIR（前方赤外線監視装置）や気象レーダーおよび慣性航法装置などを装備しているのが特徴だが、今はそのときではない。

乗り込んできたのは、操縦士のほかは第七航空団第二〇四飛行隊の大門雅史二等空佐と山田直幸一等空尉の二人だった。

航空自衛隊機向けに滑走路が強化されたヒッカムやチッタゴン、百里の飛行場と異なり、ここ成増はレシプロ機向けに最低限整地した程度のものである。

T700―IHI―401Cエンジンが互いの声も聞き取れないほどの爆音を轟《とどろ》かせる中で、直径一六・三六メートルのローター・ブレードが砂塵《さじん》を巻きあげる。

上部が白に下部が黄色に塗装された機体が徐々に高度を下げ、ローター・ブレードの回転が緩やかになったと思ったときに、接地の衝撃がやってきた。

「しかし、こんな陸軍の飛行場なんかに誰が」

首を傾《かし》げる山田の背を、大門は軽く叩いた。

「とにかく行ってこい。うちの司令をとおして来た話だからな。俺もさっぱりわからんが、とにかくお前が指名されたわけだから俺はここで待つ。なにかあったらすぐ知らせるんだぞ」

「わかりました」

（しかし、なぜ）

山田の怪訝《けげん》な思いはまだ続いた。

司令部のある建物に向かおうとすると、土埃をあげて車が近づいてきた。陸上自衛隊の高機動車だった。

「あれは……」

「よく生き延びていたな。直幸」

運転席から降りてきたのは、実兄の智則だった。防衛省技術研究本部先端技術推進センター所属にして二等陸佐——それが、直幸の兄・智則の肩書きであった。

「なんだ、兄貴か。俺を呼びだしたのは」

「ああ」

智則は後ろを気にしつつ答えた。

「いったいなんの用だというんだ。怪しげな研究活動で忙しいんじゃないのか？　そもそも兄貴の狂った計画が！」

「そう騒ぐなよ」

食ってかかる弟を、兄は片手を軽くかざして制した。

「お前に託したいものがあってな」

「託すって？　冗談じゃない。兄貴の片棒を担ぐなんて、俺はご免だぜ」

「それがお前に必要なものでもか？」

「必要？　必要って……まさか！」

「ようやくな。昔から俺はできないということが嫌いでな。できるだけ多くの者を集めておけ。空自だけでなく、海自も陸自の連中も硫黄島にかき集めるんだ。そして、それをお前の機から落とせ。原料不足で規模は小さいが、理論上は充分なはずに作ってある」

「それで？」

「ああ、元の世界に戻ることができるはずだ」

「！」

直幸は目を瞬いた。嬉しさよりも驚きのあまり言葉が出なかった。

「元はといえば俺がまいた種だ。責任は果たさなきゃならん」

智則は弟の右掌を開かせ、キーとメモをのせて握らせた。

「公式に渡すのは強硬派の監視の目もあるし、いろいろあってな。現物はそこにある。土井海将や飯田空将補には、念のためにこの後メッセージが送られることになっている。そのへんの心配は無用だ」

「それなりのサイズや重量があるんだろう？　それを……」

「心配するな。俺を誰だと思っている」

　智則は胸を反らせた。

「F－15のハード・ポイントぐらいは頭に入っている。安心して持っていけ。ただ、そこでお前に追加で頼みたいことがある。もう一つの爆弾を海洋投棄してほしい。もちろん汚染はないようにブロック済みだ」

「それって？」

「原爆だ」

　兄の言葉に、直幸は戦慄を覚えた。右手の指先から左手に電流が走ったかのようだった。

「陸軍は北部戦線（対ソ戦）の決着をつけようと、二個めの原爆投下を目論《もくろ》んでいた。それが完成したんだ。おっと、誤解するな」

　智則は右手の人差指を振って、微笑した。

「俺が作ったものではない。拝借してきたまでだ」

「そんなことをして大丈夫なのか？」

「大丈夫もなにも、あんなものを満州で炸裂させたら日本は将来に大きな禍根を残す。モンゴルでは阻止できなかったがな。一発でも大罪だというのに、二発めなど絶対に許されん。俺はそんな日本のために働いてきたわけではない」

「日本のために?」

「ああ。余計なことを口走ってしまったな。ついでだ。話しておこう。俺はな、親父の遺志をついで技術屋になった。日本は弱い国だ。アメリカの言いなりになり、中国や韓国にもなにも言えない腰抜けの国になってしまった。親父はそんな国を守るには技術を磨くしかないと考えた。人も資源も乏しい国には無人兵器が必要だ。また、手を出させないような絶対的な備えを持たせたかったと聞いている。俺はそこで今の研究をしようと考えたんだ」

「知らなかった」

「無理もないさ。親父はお前が物心つく前に急死したんだからな。無理がたたってよ。結果的に俺は研究にのめり込み、母さんにはなにもしてやれなかった」

「兄貴……」

そのとき、複数のエンジン音に続いて多数の靴音が重なった。

着地、散開、疾走と軍靴の響きは素早い。

「まずい！　治安部隊だ」

二人は駆けだした。視界の隅に軍用トラックの姿がちらついたかと思うと、すぐに銃声がやってきた。

「俺の乗ってきたヘリに」

「よし」

しかし、そこは人を狩りたてるプロと素人だ。遠くに小さく見えた兵が、もうすぐそこまで迫っている。激しい銃撃が降りかかり、足元に銃弾が跳ねる。その一発が近くのドラム缶に当たった。

「まずい！」

「飛び込め！」

二人は土嚢の向こうに身を投げだした。

間一髪、背後から赤い光が射し込むと同時に耳を聾《ろう》する轟音《ごうおん》が鼓膜を殴打した。ガソリンが引火し、爆発したのである。

多量の土砂が頭上から降りかかり、それにまぎれて直幸は護身用の拳銃を発射した。が、相手に怯《ひる》む様子はない。威嚇の効果もないようだ。

兄と弟を狙う銃弾が、次々と土嚢にめり込む。

「くそ」

ヘリに連絡を取ろうにも、その余裕すらない。まごまごしていれば二人とも射殺される。話し合う余地なんてまったくない。奴らは、明らかに殺せという指示で追ってきた様子だった。

ふいに神経をかきむしるような雑多な音が響き、ディーゼル・エンジンの爆音が轟いた。履帯のきしみ音が続いた。

戦車だ！

「一気に走ろう。そこを抜けて二、三〇〇メートルはあるけど」

「やるしかないな」

事態は逼迫している。代案を考える暇はなかった。

弟が飛びだし、智則が続いた。

だが……。

「兄さん！」

頬にかかった鮮血に、直幸は振り返った。

何十年ぶりのひと言だったろうか。長く二人の間を閉ざしていた確執という壁が、ようやく融解した瞬間だった。

右足を撃たれた智則は、前のめりに倒れていた。なんとか自分で上半身を起こすが、背中から胸を撃ち抜かれたらしく鮮血が溢れでている。どす黒い染みのようなものが、みるみる広がっていく。

「兄さん！」

戦車砲弾が炸裂し、足元が揺れた。大地が鳴動し、轟音が大気を震わせた。

敵戦車の分厚い装甲を射抜くために作られた砲弾である。たとえ榴弾の断片でも生身の人間が浴びればひとたまりもない。

硝煙の臭いが混じった風が鼻をつく。

「行け、直幸」

肩を貸して抱えあげようとする弟の腕を、兄は振りはらった。

「俺にかまうな。二人ではやられる。お前一人なら助かる。いける。行け。元の世界に戻るんだ！」

「兄さんを置いてはいけない」

「馬鹿！」

忘れかけていた昔日の思い出が、二人の脳裏に蘇った。

近所の川原や公園でのかくれんぼ、鬼ごっこ、キャッチ・ボール、サッカー、魚釣り……。無邪気だからこそときどき危ないことをする弟を、兄はよくしかりつつも面倒をみたものだった。兄弟二人での懐かしく良い思い出だった。

「母さんはお前を宝のように思っている。こう見えてもな。年に一度は連絡くらいはしていたんだぞ。母さんを守ってやれ。必ず帰れ。頼んだぞ」

「兄さん！」

立てつづけに戦車砲弾が弾着した。轟音とともに地面が抉れ、爆風に直幸の身体は数メートル吹き飛んでいた。

熱風が周囲を吹き荒れ、大量の土煙の中に兄・智則の姿は消えていた。

（このねじれた歴史をここで断ち切る！）

直幸は強い意志をもって硫黄島上空にさしかかっていた。

涙が止まらなかった。兄の智則が命と引き換えに自分たちに残してくれたチャンスだと思うと、喜びよりも悲しみと後悔が直幸の胸中を引き裂いていた。

これまで一〇年以上にわたって、自分は兄に誤解を抱いていた。いらぬ思いが溝を深くし、なくてもいい確執を生んだ。

兄がこれまでどんな思いで過ごしていたかと思うと、悔やんでも悔やみきれない直幸だった。

涙は……静かに絶え間なく直幸の頬を濡らしていた。

だが、悲しみにくれていても兄は喜ばない。自分たちがいるべきところに戻る。それが、兄が成そうとしていた最後の仕事である。

(それを完結させる!)

直幸は渾身の思いで投下ボタンにかけた指に力を込めた。

軽い衝撃が操縦桿をかすかに揺らした。

「あれが真の『きぼう』、未来への光だ!」

液晶ディスプレイがブラック・アウトし、すべての反応がなくなった。

やがて視界が揺らいだかと思うと、山田の意識は急速に薄れて時の彼方へと飛び去った。

エピローグ

二〇一八年八月二一日　茨城

エレクトーンの柔らかな音色と子どもたちの歓声が室内に満ちていた。

航空自衛隊中部航空方面隊第七航空団第二〇四飛行隊所属の山田直幸一等空尉は、一人の父親として平和と幸福を嚙み締めていた。

「うわ、べとべとだ」

「父さん、早くやって」

「そんなこと言ったって」

空に上がれば猛禽《もうきん》のような鋭い眼差しで周囲を警戒する山田も、ここでは我が子に優しい笑顔を送るごく普通の父親だった。

今日は幼稚園の入園お祝い会の日だった。子どもと父親がべっこう飴作りに挑戦している。

「できた！」

「どれどれ」

嬉しそうに飴を掲げる息子の風也に、山田は満面の笑みを見せた。後ろでは愛妻の香子が、二人の様子を優しく見守っている。

風也が右手に持つべっこう飴は、形は悪いがそれだけ純粋で、正直な子どもの心が映っているような気がした。

「父さん、食べてみて」

「よしっ。うーん、うまい！」

「そう。やったー。父さん、うまくできたご褒美におもちゃ買ってね。家に帰ったら買いに行こうよ」

「わかった。いいよ。父さん、家にいないことも多いからな。今日は風也のためになんでもやってあげよう」

「わーい！」

「ただな、今日はその前に行くところがあるから、その後にな」

「いくとこ？」

「そう。大事なところにな」

線香の臭いも花もなく、お盆明けの墓地に人影は少なかった。

（また来たぜ。兄さん）

山田は静かに手を合わせた。

目の前の墓石には、『山田家代々の墓』と刻んである。たとえ遺骨や遺品がなに一つなかったにしても、ここに兄の智則が眠っていることには変わりはないと、山田は考えていた。

「父さん。ここ、誰のお墓？」

「ここか？　ここはな、父さんのお兄さんのお墓なんだよ。風也が知らないのも無理はないな。父さんのお兄さんは、風也が生まれるよりずっと前に死んじゃったからね」

「ふーん」

「ただな、風也。これだけは覚えておきな。父さんのお兄さん、つまり風也から見ておじさんは、とても立派な人だったんだ。ものすごく頭が良くてね。人のためになる仕事をたくさんしていたんだよ」

「人のためって、父さんみたいに？」

「父さんよりずっと凄くてね。まだ颪也はわからないだろうけど、この日本という国がこうして平和でいられるのもおじさんのおかげなんだ」

（そうだよ。兄さん、あの世で胸を張っていればいい。日本は世界に誇れる平和主義のリーダーになった。決して核兵器の威力で他国を脅してつかんだものじゃない。兄さんの功績だよ。俺はそう信じている）

訓練の合間のコーヒーは格別だった。高G機動のために疲れた身体とすりへった神経を、芳しい香りで癒してくれる。

首都近郊の茨城に位置する航空自衛隊の百里基地には、通常訓練を繰り返す安定した日々が流れていた。

第二〇四飛行隊長大門雅史二等空佐は、平和を支える空の守りとして、変わらず日本の空を飛びつづけていた。

「今日、山田は非番だったな」

「ええ。リーダーは子煩悩ですからね、息子の幼稚園に行くって楽しみにしてましたよ」

普段、山田とペアを組む小湊琢磨三等空尉は、そう言って壁にかかった一枚のパネルに目を向けた。

一年に一度の基地開放の日の写真である。そこでは息子を肩車した山田が、わざとらしくVサインを見せていた。幸福をそのまま写しだした写真だった。

「ところで……」

小湊に目で促されて、大門はリフレッシュ・ルームの中央に据えつけられた大画面テレビに視線を流した。

救急車が忙しく走りまわる光景や、血を流しながら相手の不当な行為を訴える人などが映っている。その一方で、画面が切り替わって日中首脳が親しげに談笑している映像も流れる。

「まだ中東やアフリカの一部では戦火がおさまっていませんね」

「そうだな。宗教や民族の問題ってのは、常に争いの火種になるからな。その点、東アジアは幸運だった。考えてもみろ。歴史がひとつ狂って、朝鮮が米ソに分断されたり中国が共産主義国家だったりしたら、日本もどうなっていたことか。隣の火事が飛び火してきたり、領有権争いが激化したりして、戦争が始まったかもしれん。弾道ミサイルがいつ飛んできても、おかしくなかったかもしれん」

「そんなこと……」

「ありえない、か。今はな」

大門は神妙な顔で遠くに視線を向けた。

東アジアは、日本、中華民国、朝鮮民主国の三国を中心とした自由主義同盟の下、安定的に発展を続けようとしていた。ここに大戦の暗い影はひきずられていなかった。

多くの者は、それが時空を超えた者たちの功績であることを知らない。新たな史実が歴史として流れているからだ。

(時空最強自衛隊　完)

コスミック文庫

時《じ》空《くう》最《さい》強《きょう》自《じ》衛《えい》隊《たい》［下］
ニューヨークの大和

2023年5月25日　初版発行

【著 者】
遙《はるか》　士伸《しのぶ》

【発行者】
相澤　晃

【発 行】
株式会社コスミック出版
〒154-0002 東京都世田谷区下馬 6-15-4
代表　TEL.03（5432）7081
営業　TEL.03（5432）7084
　　　FAX.03（5432）7088
編集　TEL.03（5432）7086
　　　FAX.03（5432）7090

【ホームページ】
http://www.cosmicpub.com/

【振替口座】
00110-8-611382

【印刷／製本】
中央精版印刷株式会社

ISBN978-4-7747-6475-7 C0193